长篇小说

白客

郑渊洁 著

云南人民出版社

果麦文化 出品

目录

第一章　孔若君功亏一篑　　001

第二章　求职碰壁　　008

第三章　十八岁生日礼物　　015

第四章　不可思议的一幕　　023

第五章　头号疑案　　032

第六章　雪上加霜　　043

第七章　众志成城突围　　050

第八章　倒霉的居委会主任　　058

第九章　白客诞生　　066

第十章　屡试不爽　　073

第十一章　出人意料的殷青　　079

第十二章　亿万观众目睹异变　　090

第十三章　转移视线　　100

第十四章　崔琳披挂上阵　　106

第十五章	取证	112
第十六章	世纪诉讼	122
第十七章	网恋	144
第十八章	逼上梁山	160
第十九章	杨倪浮出水面	168
第二十章	殷青中计	176
第二十一章	如梦初醒	184
第二十二章	赴约	192
第二十三章	殷雪涛的意外发现	198
第二十四章	孤注一掷	208
第二十五章	不翼而飞	217
第二十六章	杨倪被判死刑	223
第二十七章	疯狂白客	230
第二十八章	结识沈国庆	239
第二十九章	夜闯信访办	248
第三十章	阿里巴巴悔恨	259
第三十一章	走穴淘金	266
第三十二章	贾宝玉功绩卓著	278
第三十三章	生死搏斗	286
第三十四章	结局	289

第一章　孔若君功亏一篑

全校老师一致认为，如果本校只有一个学生能考上大学，非孔若君莫属。

高考结束后，该校高三应届毕业生只有一个人没考上大学，就是孔若君。

孔若君就读的是一所国家级重点中学，往年该校高考升学率达百分之九十五。高考扩招后，该校高考升学率登峰造极达到封顶的百分之百。

导致孔若君高考发挥失常而落榜的唯一因素是孔志方和范晓莹。

孔志方和范晓莹分别是孔若君的原装父母。之所以使用"原装"这个词，是因为孔若君目前的父母是组装的。

父母由原装演变为组装，这一切发生在孔若君参加高考前的两个月。

孔若君无论如何没有想到从他六岁起就鞭策他一定要上大学的父母会在他寒窗苦读十二年高考临战前发生婚姻裂变，而且裂到刻不容缓一分钟都不能耽搁必须立即离婚分道扬镳的地步。

除了丧失理智，找不到别的词汇形容孔志方和范晓莹的这一孽举。在孔若君十六岁时，孔志方和范晓莹的婚姻出现了瑕疵，由于双方都不是那种非得在一棵树上吊死的性格，离婚已成定局。但为了不影响孔若君上大学，孔志方夫妇达成了待儿子高考后再分手的协议。两年他们都度日如年地挨过来了，没想到在孔若君高考前两个月时，导火索突然被点燃，蓄满汽油的夫妻感情容器终于不识时务地爆炸，以至于双方将历时十二年共同辛勤浇灌的应试之花毁于一旦。

事情变化得迅雷不及掩耳，可以说是瞬间将孔若君从天堂抛进地狱。最令他难以置信的是，孔志方和范晓莹分手后仅半个月，双方就分别迫不及待地再婚，分明是各自早就有了备胎严阵以待。

孔若君继续和妈妈在原先的住所过，而爸爸则卷铺盖走人，易地和另一位女性再结良缘。最令孔若君感到别扭的是，继父殷雪涛带着女儿殷青进入孔若君的世界，和孔若君朝夕相处，生活在一个房顶下。

孔若君本能地厌恶殷雪涛，每当继父和范晓莹关上门就寝时，孔若君就有吃苍蝇的感觉。继父抽烟，自他来了后，家中烟雾缭绕，这使得从小在家里没闻过烟味的孔若君痛苦不堪，他多次向妈妈提抗议。

"妈，你能不能跟他说说，抽烟到阳台上去。"孔若君忍无可忍。

"你怎么老是'他''他'的，即使你不愿意管他叫爸爸，起码也应该叫叔叔。"范晓莹不说后夫抽烟的事，倒反过来教训孔若君。

"我叫不出来。"孔若君说。

"我觉得你原来的观念很前卫呀，怎么真遇到事这么封建？你看看人家殷青，来咱们家的第一天就管我叫妈妈。"范晓莹说。

殷青和孔若君同岁，都是应届高中毕业生。殷青是秀色可餐亭亭玉立的少女，孔若君第一次见她时，很是暗暗吃惊，他还从没在现实生活中见过这么漂亮的女孩儿。孔若君认为，殷青是父母离异给他带来的不幸中的万幸，能和如此美貌的女孩儿生活在一起，实在不是一件坏事。令孔若君始料未及万般沮丧的是，殷青明显对孔若君不屑一顾，她那种居高临下的蔑视刺伤了孔若君，反客为主的殷青竟然使得孔若君有了寄人篱下的感觉。

孔若君个子不高，长相中等偏下，在殷青面前，孔若君没法不自惭形秽。孔若君家是三室一厅，原先，孔志方和范晓莹住一间，孔若君住一间，另一间作为客房。殷雪涛带着殷青来了后，范晓莹将客房改为殷青的卧室。

由于家中只有一个卫生间，殷青不得不和孔若君共用一个坐便器，她每次使用坐便器时都要在上边垫一个一次性的纸坐套，以避免和孔若君曲线接触皮肤。殷青的这个举动深深刺伤了孔若君。

自从继父继妹进入孔若君的生活后，他心情压抑继而对什么都提不起兴趣，明明是在自己家中，孔若君却有如芒在背的感觉。而其中真正影响孔若君情绪的，是殷青对他的漠视。高考那几天，孔若君神情恍惚，所答非所问，可惜十二年次次一二三模回回考试所向披靡的他，在最关键的终极考试时惨败滑铁卢。

范晓莹没想到孔若君会落榜，她认为自己了解儿子，孔若君从上中学起就被老师认为是心理素质好临场应试发挥稳定的考试天才。

"你是怎么搞的？"当范晓莹通过电信局的摇钱树高考分数声讯台查得孔若君不可思议的乞丐分数后，她质问儿子。

"这得问你和我爸。"孔若君说。

"你的意思是我们离婚影响了你高考？"范晓莹盯着孔若君问。

"是的。"孔若君说。

"殷青怎么就考上了？她也和你一样在高考前经历了父母的婚变。"范晓莹说。

尽管孔若君目前尚未承认殷青是他的妹妹，遇到妈妈如此对孩子褒此贬彼，仍令孔若君大为反感。范晓莹犯了多子女家庭两代人相处的大忌：子女在父母面前说兄弟姐妹的坏话，父母在此子女面前说彼子女的好话。

孔若君挖苦说："殷青这回是随她爸爸第二次再婚，她已经练就了处变不惊的本事，我和她比不了。"

殷雪涛已经离过两次婚。

"你？！"范晓莹听出孔若君话中带刺，她瞪儿子。

"你们如果真的在乎我上不上大学，就不会在高考前离婚。退一步说，就算离，也不能这么快就再结婚。"孔若君和妈妈对视。

范晓莹避开儿子的目光，说："明年再考。明年你就适应了。"

"我不考了。"孔若君说。

"你说什么？"

"我说我明年不考了。"

"不考了？不考怎么行？"

"不考怎么不行？不上大学就没有出路？中国人没上过大学的是多数。我好不容易获得了走独辟蹊径的成功之路的机会，我不能丧失掉。"孔若君说。

"什么逻辑？"范晓莹瞪了儿子一眼，"你明年必须考大学。我给你联系好的补习学校。很多人是第二年考上的。"

"我坚决不上高四。"孔若君说。

高中学生戏称高考落榜后继续在学校补习的人为高四学生。

"你不考大学干什么？"范晓莹问儿子。

"我已经十八岁了，我去找工作，自食其力。"孔若君看着继父放在酒柜上的骷髅保龄球说。

"你没有大学文凭，能找到什么好工作？"范晓莹边摇头边说。

"我懂电脑，我可以到电脑公司去打工。"孔若君显然已经想好了。

孔若君喜欢电脑，喜欢上网。高考前一年，父母怕孔若君玩多了电脑影响高考，对他玩电脑的时间控制较严。高考后，孔若君就撒开了玩电脑上网。

"你没有文凭，人家不会要你。"范晓莹苦口婆心劝儿子回头是岸。

"我要试试。"孔若君执迷不悟，"人家比尔·盖茨就没有大学文凭。"

"我最讨厌没上过大学的人动不动就拿比尔·盖茨说事儿，"范晓莹皱眉头，"好像没文凭的人都能自己创业成为世界首富，有文凭的人只能一辈子给别人打工。这是自欺欺人。是狐狸吃不着葡萄说葡萄是酸的。"

"反正我不再考了。"孔若君伸手摸殷雪涛收藏的那个骷髅保龄球。

"我说过了，这个球不能摸。"继父从厨房看见孔若君摸他的球，制止道。

"保龄球不能摸，什么事儿。"孔若君一边收回自己的手一边嘀咕。

殷雪涛的听力显然卓尔不群，他从厨房走出来，指着"供"在餐桌旁酒柜上的骷髅保龄球对孔若君说：

"我已经跟你说过了，这不是一般的保龄球。这是限量制售的美国EBONITE牌经典骷髅保龄球，全中国也超不过五个。每个球上都有编号，这个球的编号是91J0439。这个骷髅保龄球很珍贵，不要用手摸。"殷雪涛教训孔若君。

骷髅保龄球是透明的，球中间有一个"栩栩如生"的白色骷髅。

殷雪涛刚和范晓莹结婚时对孔若君尚可，后来他发现孔若君对他这个继父比较敌视，殷雪涛也就对孔若君采取了以牙还牙的策略。

殷雪涛早年去日本自费留学，为了糊口和交学费，他到一家保龄球馆打工，经年累月跪在地上给日本人擦球道。一天，球馆的教练在等约好的学员，学员由于交通堵塞，迟到了一个小时，好为人师的教练声带闲得难受，他对跪在他身边专心擦球道的殷雪涛说你打个球我看看。殷雪涛说我是打工的，我不敢打球。教练说我让你打你就打。殷雪涛知道球馆老板也怕教练七分，没有教练给他往球馆拉客，光靠散客是挣不到大钱的。于是殷雪涛就拿起一个保龄球朝严阵以待的瓶子扔过去。教练摇头说你白在这儿待了，看也应该看会了。教练说完就教殷雪涛怎么掷球，左脚怎么着，右脚怎么着，左臂怎么摆，右手怎么动，扔完球身体要定型数秒，不要马上收摊打烊。那教练没想到殷雪涛悟性极高，三局球打完，动作俨然像专业运动员。教练说我喜欢教有天赋的人，你就跟我学球吧。殷雪涛说我没钱。教练说我免费教你。殷雪涛看球馆的老板。老板说他要教你你就学吧，半工半读。教练对老板说，这人打保龄球有戏，没准能给你拿名次。日本每年举办各种层次的保龄球赛，参赛者以球馆或俱乐部为单位，拿了前三名对球馆日后的生意绝对有益。事实证明那教练并非有眼无珠之辈。在他的指导下，殷雪涛竟然摘取了一次该市最高级别的保龄球赛的桂冠。殷雪涛索性退学专门打保龄球。回国后，殷雪涛在国内一家保龄球馆内开了一家经营保龄球具的小店，兼当教练，赚取学费。由于在保龄球领域望子成龙的家长呈上升趋势，殷雪涛收入不菲。范晓莹是在打保龄球时和殷雪涛相识的，殷雪涛那手漂亮的弧线球以及他对女性无微不至的关怀很快就解除了范晓莹的武装直至将她彻底俘虏。

"你应该把精力放在学习上。"殷雪涛对转身要回自己房间的孔若君说。

孔若君站住了，他背冲殷雪涛说："除了我爸，别人没资格对我说这种话。"

"他就是你爸！"范晓莹说。

"我爸叫孔志方，这是你在我一岁时教我的，当时我指对了，你就亲我。你忘了，我可记得。"孔若君提醒妈妈。

范晓莹气得嘴歪眼斜。

"他要考上大学就怪了。"殷雪涛搂着范晓莹的肩头往他们的房间走，那架势像在劝架。

殷雪涛的话刺痛了孔若君，他上牙用力咬下嘴唇。

孔若君想小便，他正要进卫生间，殷青抢在他前边拿着一次性坐套进去了。

孔若君回到自己的房间，他用力关上门。

数日后，殷青被电影学院录取了。孔若君的日子由此更难过了。殷青的高中男同学金国强天天来孔若君家找殷青，两个人在殷青的房间关上门时而谈笑风生时而鸦雀无声。一天，孔若君清清楚楚听见金国强对殷青说："你哥那个笨蛋连大专都没考上？"殷青反驳说："他才不是我哥呢。"

从那以后，金国强一来，孔若君赶紧躲避瘟神似的到外边游荡。

第二章　求职碰壁

如今孔若君在生活中唯一的朋友是贾宝玉。贾宝玉是孔若君豢养的一只松狮狗的名字，这是去年孔若君过生日时，孔志方送给儿子的生日礼物。孔志方很重视儿子的每一个生日，每逢孔若君过生日，孔志方都会煞费苦心给儿子准备生日礼物。当时孔若君正在读《红楼梦》，就近水楼台给松狮起了"贾宝玉"这个得来全不费工夫的名字。

开始范晓莹反对养狗，后来贾宝玉的出色表现扭转了范晓莹对狗的偏见。贾宝玉善解人意，经常能做出出人意料的事，令范晓莹不得不对它刮目相看。一年来，贾宝玉俨然已经成为家中的一个正式成员。孔志方离开这个家时，除了对儿子，他只对贾宝玉表现出了强烈的依依不舍。

殷雪涛不喜欢贾宝玉，他经常说养狗容易得病之类的话。殷青对贾宝玉态度尚可，孔若君看得出殷青本质上喜欢狗，但由于贾宝玉的主人是孔若君，殷青因此对贾宝玉表示了有节制的善意。

这天上午，孔若君睡到十点才起床，他坐起来准备穿衣服，贾宝玉叼起孔若君的衣服递给他。

"谢谢。"孔若君接过衣服说。

贾宝玉用摇尾巴这种身体语言对孔若君说："不客气。"

"幸亏还有你。"孔若君一边穿衣服一边说。

贾宝玉看孔若君的目光说明它听懂了孔若君的话。

孔若君拉开自己卧室的门,他准备去卫生间洗漱。这时,门铃响了。

孔若君透过门镜往外看,是金国强。孔若君打开门后转身往卫生间走,他听见金国强钻进殷青的房间后对殷青说:"这人没什么礼貌呀!"

明明是殷青的到来导致他孔若君与大学失之交臂,事后这两个考上大学的人却拿孔若君的落榜取笑他。孔若君咬牙切齿地刷牙横眉竖目地洗脸,水和牙膏溅了一地。孔若君从卫生间出来时,殷青的房间门紧闭着,里边没有任何声音。

孔若君不是没有想象力的人,他无法在家待着。原打算上网会网友的他,只得暂时离家。

"贾宝玉,我出去了,你想吃点儿什么?我给你买。"孔若君出门前问贾宝玉。

"除了狗粮,什么都行。"贾宝玉用目光语言告诉孔若君。贾宝玉平生最讨厌药片似的狗粮,进食狗粮时没有丝毫的进餐乐趣。

"别让他们进我的房间。"孔若君冲隔壁努努嘴。

"放心吧,我会守土有责的。"贾宝玉对主子摇头摆尾。

孔若君的家在二层,他下楼后才想起自己还没吃早饭。孔若君在楼下的一家小店买了一个夹肉面包和一瓶酸奶,坐在遮阳伞下的餐桌旁一边吃一边看行人。

很多人走过孔若君的视线,孔若君百无聊赖地观察他们。

"世界上有这么多人,能和我相遇的,即使没说上话,也是缘分。"孔若君看着从他身边匆匆而过的人,脑子里冒出这样的念头。

面包和酸奶进入孔若君的胃后,经过搅拌,给孔若君提供了热量。孔若君决定去尝试找工作。

孔若君乘坐公共汽车到位于城南的被称为本市"硅谷"的云集电脑公司的地界，他走进一家电脑公司。

"请问您是买电脑吗？"一小姐问孔若君。

"我想找个工作，你们公司需要人吗？"孔若君问。

"请您去人力资源部。"小姐指着她身后的一扇门说。

"谢谢。"孔若君绕过小姐，敲她身后的门。

"请进。"房间里说。

孔若君推开门。

房间里坐着一个二十多岁的男子。

"这是人力资源部？"孔若君问。

"对。"年轻男子点头，"找工作？"

"是。"孔若君说。

"懂计算机？"

"会一些。"

"学历？"

"高中毕业。"

"高中？"那男子笑了，"我们公司的清洁工都是大学本科毕业。"

"您可以看看我的能力。"

"本公司只聘用大学以上学历的员工，这是规定，对不起。"男子站起来。

"比尔·盖茨就没有大学学历。"孔若君提醒对方。

"所以如果比尔·盖茨来本公司求职，我们绝对不会录用他。"

"这正是你们公司不如微软的原因。"孔若君说。

"也是我们公司不会被肢解的原因。"对方反唇相讥。

孔若君转身走了。

孔若君一连到七家电脑公司求职,当人家获悉他只有高中学历时,均表示爱莫能助。其中一家电脑公司的主管甚至告诉孔若君,该公司非硕士以上学历一概不要。

孔若君想起了妈妈的话。他沮丧地在"硅谷"的大街上漫无目的地走,街道两旁鳞次栉比的电脑公司像杂乱无章的杂货铺,门口胡乱张贴着手写的兜售电脑软硬件的广告。

孔若君看看表,时间是下午一点,他到一个公用电话亭往家里打电话,想侦查一下金国强滚蛋了没有。接电话的正是金国强,孔若君没说话把电话挂了。

高考后,孔若君每天都要上网,他已经有了网瘾,一天不上就难受得无所适从。现在孔若君有家不能回,他只好走进一家网吧上网。

晚上七点,孔若君回到家中,范晓莹正往餐桌上端饭菜。贾宝玉一如既往迎上来对着孔若君做各种它能做得出的欢迎动作,孔若君将他给贾宝玉买的火腿肠剥开了喂它。

"干什么去了?"范晓莹问儿子。

"瞎逛。"孔若君说。

"这么热的天,不在家好好待着。"范晓莹说。

孔若君看了一眼已经坐在餐桌旁等待吃饭的殷青,说:"在家待着没意思。"

范晓莹瞪儿子:"洗手,吃饭。"

电话铃响了,范晓莹接电话。

"找你的。"范晓莹对孔若君说。

孔若君接过话筒。

"若君,我是爸爸。"孔志方说。

"爸爸你好!"孔若君故意使用高分贝叫爸爸。

殷雪涛正好从卧室里走出来。

"明天是你的十八岁生日。"孔志方说。

"谢谢您还记着。"孔若君说。

"什么话!"孔志方在电话那头叫道。

"您给我准备生日礼物了?"孔若君问。

"当然。十八岁生日是大事。成人了。"

"什么礼物?"

"你猜猜?"

"反正不会是汽车吧?"孔若君说。

最近这座城市的一位先生在其女儿过十八岁生日时,送给女儿一辆价值五十万元的汽车。媒体从扩大内需的角度疯狂报道此事后,立即成为百姓街谈巷议的话题。

"你爸还没富到那个程度。我在电视上看到那新闻了,那家伙确实让很多当爹的包括我自惭形秽。不过,我送你的十八岁生日礼物也不差,你肯定喜欢。"

"这我相信,知子莫如父嘛。"孔若君和爸爸通电话时才找到了在家的感觉。他想尽量延长通话时间。

"吃饭了。"殷雪涛表面是对殷青说,实则是对孔若君说。

"爸爸,咱俩明天在哪儿接头?"孔若君管离异家庭的不同子女生活在一起的父母见子女叫"接头"。

"老地方。中午十一点三十分。"孔志方说。

"不见不散。"孔若君说。

"明天见。"孔志方挂断电话。

"明天中午我给你准备了生日宴。"范晓莹对儿子说。

"改晚上吧。"孔若君在去卫生间洗手的路上说。

"让他改。"范晓莹说。

"谁晚说的谁改。"孔若君在卫生间里说。

"没考上大学,就没资格过生日。"殷雪涛在餐桌旁压低了声音说。

范晓莹叹了口气,说:"还是殷青争气。"

孔若君到餐桌旁坐下,吃哑巴饭。原先孔若君爱在吃饭时和父母讨论问题。自从殷青来了对他不屑一顾后,他在用餐时就严格身体力行孔子的"食不言"了。

"小青,你十八岁生日要爸爸送你什么礼物?"殷雪涛问殷青时,他的左眼看殷青右眼看孔若君。

"我无所谓。但我要在你过五十岁生日时送你一辆汽车。"殷青显然听到了孔若君刚才和其父的通话内容。

"这我相信,到我五十岁时,你肯定是大影星了。"殷雪涛大口吃肉,"原先我看到我培养的保龄球选手在比赛获得冠军时拿几万元奖金我还羡慕,自从小青考上电影学院后,我就觉得那是小菜一碟了。"

"我也等着沾小青的光了。"范晓莹一边给殷青夹菜一边说。

孔若君只吃了五成饱就毅然辞别餐桌,他想吐。

"他和咱们总是格格不入。"殷雪涛在孔若君关上自己的房间门后小声对餐桌旁的残余人员说。

"我尽了最大的努力,没办法。"范晓莹一脸的歉意,"还是小青懂事。"

殷雪涛问殷青:"这几天金国强没来?"

殷雪涛看不上金国强,他认为殷青来日大红大紫后会给他找一个地道正宗的能光宗耀祖的乘龙快婿。自从殷青被电影学院录取后,殷雪涛就告诫女儿不要和金国强发展关系。

"没有。"殷青说。

自从金国强从殷青口中获悉殷雪涛反对他和殷青来往后,他就专挑殷雪涛和范晓莹上班的时间来见殷青。

"小青是听话的孩子。"范晓莹说,"若君如果听话就好了。我让他明年再考大学,他不听我的。"

"不考也好。再考也不一定能考上。"殷雪涛说。

孔若君在自己的房间里上网,贾宝玉在一边陪伴他。尽管孔若君清楚今天是他距离成年前的最后一天,但他仍然无法预知明天对他的意义。父亲明天送给他的十八岁生日礼物将改变孔若君的一生,并给世界增添一个新名词:白客。

第三章　十八岁生日礼物

　　同范晓莹离异后，孔志方每次见孔若君都是在红河餐厅，这次也不例外。红河餐厅是孔若君过一岁生日的地方。

　　孔若君到红河餐厅时，孔志方已经在等他了。

　　"爸。"孔若君叫孔志方。

　　"若君，生日快乐！"孔志方祝贺儿子，"今天你就是大人了。"

　　"有什么用？连大学都没考上。"孔若君说。

　　"这不怨你，怨我和你妈。我们是这个世界上最残酷的父母，竟然在孩子高考前离婚……"孔志方痛心疾首。

　　"说穿了还是我的心理素质不行。"孔若君和父亲竞赛着自省。

　　孔若君是这种人：对方推卸责任，他也推卸；对方揽责任，他也揽。

　　"继父对你不好？"孔志方问儿子。

　　"开始还行，后来他见我不爱搭理他，就以牙还牙了。"孔若君说。

　　孔志方劝儿子："都什么时代了，你要宽容些。"

　　"这里边有原因。"孔若君没向父亲披露过真实原因，他在十八岁这天突然有向父亲倾诉的欲望。

　　"什么原因？"孔志方问。

　　"你知道，殷雪涛带了个和我同岁的女儿来。"孔若君慢吞吞地说。

"她和你关系不好？"

"她长得很酷……"

"这是好事呀！"

"开始我也这么想，我还想过'因祸得福'这个词。"孔若君脸有点儿红。

"后来呢？"孔志方问。

"人家根本不理我……"

"刺伤你了？"

孔若君点点头。

"她有男朋友？"孔志方问。

"有。"

"经常来？"

"是的。"

"也不理你？"

"对。"

孔志方理解这种伤害，他明白高考前历次模拟考试都出类拔萃的儿子为什么在真刀真枪时败下阵来了。

"因此你就对继父和他的女儿采取了敌视的态度，他们由此针锋相对待你。"孔志方说。

孔若君点头。

"不说这些了，今天是好日子。这是爸爸送给你的生日礼物。虽然不是汽车，但也绝不逊色。"孔志方从身边的包里拿出一个包装精美的礼品盒。

孔若君接过礼物，他准备拆开包装纸。

"不猜猜？"孔志方说。

服务小姐过来问："先生，点菜吗？"

孔志方点的全是儿子爱吃的菜。

孔若君将生日礼物放在手上掂量，重量不轻。

"随身听？MP3？"孔若君说完了又否定自己，"MP3不会这么重。原始随身听？"

MP3是最新随身听，无须磁带和光盘。孔若君管放光盘或磁带的随身听叫原始随身听。

"我儿子十八岁生日，我会拿随身听，还原始随身听打发他？"孔志方说，"十八岁生日呀！孩子过十八岁生日，父母不送一件像样的生日礼物，那才叫功亏一篑，十八年白辛苦。"

"我猜不出来。"孔若君说。

"打开吧。"孔志方很享受地说。

孔若君撕开包装纸。

"数码相机！"孔若君欣喜若狂。

孔若君从两年前就想拥有一架数码相机，但其"趾高气扬"的价格令孔志方和范晓莹一直没能满足儿子的愿望。

"太棒了！谢谢你！"孔若君亲了爸爸脸颊一下，他的目光却锁定在数码相机上。

小姐开始上菜。

"一边吃一边看。"孔志方对儿子说。

孔若君愣是没听见，他翻过来倒过去看数码相机。

"你今天十八岁了，喝点儿啤酒。"孔志方给儿子倒了半杯啤酒。

孔若君还从未喝过任何酒。

"生日快乐！"孔志方举杯。

"谢谢爸爸。"孔若君左手拿数码相机，右手拿酒杯。

父子碰杯。

孔志方一饮而尽。

孔若君喝了一口，说："真苦。"

"人间真正的好东西非苦即辣。香甜的东西往往不值钱。"孔志方说。

"你这话挺深刻。"孔若君想了想，说。

"来，咱们一边吃一边说。"孔志方用拿着筷子的右手指着菜说。

孔若君对数码相机爱不释手。

"我给你讲个笑话，是真事。"孔志方说，"前天我给你买了数码相机拿回家，你继母从家政公司找了个小保姆回来。小保姆刚从农村来，我见她看我给你买的照相机，就对她说，这可不是一般的照相机，这是数码相机，不用装胶卷，随便照多少张都行，得和电脑联系起来使用。待了一会儿，那小保姆问我：叔叔，什么是胶卷？"

孔若君哈哈大笑。

"农村有的地方很贫困。"孔志方感慨。

"如果农村上了大学的人毕业后必须回农村，农村早就脱贫了。"孔若君说。

"那就更贫困了，保准农村没人考大学了。"孔志方说。

"这倒是。"孔若君同意。

"城里孩子还是挺幸福的。"孔志方说。

"真正的好东西非苦即辣。这是你刚说的。"孔若君用父亲的话反驳父亲。

"这正是农村孩子容易出人头地的原因，他们吃过苦。"孔志方说。

"什么特殊情况都有。"孔若君一边摆弄数码相机一边说。

父子俩边吃边聊,这是孔若君参加高考后最开心的一天。

"爸,从明年起,就该我给你过生日了!"孔若君今天确实有一步跨入成人世界的感觉。

"我等着。"孔志方笑得灿烂,"十八岁以前,父母给孩子过生日。十八岁以后,孩子给父母过生日。"

"十八岁以后不给父母过生日的孩子不是孩子。"孔若君喝了一口啤酒。

"是什么?"孔志方问。

"白眼狼。"孔若君说。

"我对我的未来有信心了。"孔志方喝干了杯中的酒。

"我继母的孩子对你怎么样?"孔若君问爸爸。

"还行……昨天开始管我叫爸爸了。"孔志方有点儿不自在。

"天上掉下个大儿子的感觉怎么样?"

"若君,别挖苦爸爸。爸爸对不住你。"

"反正肯定比天上掉下个林妹妹的感觉好。天上掉下个林妹妹绝对不是好事。"孔若君说。

"也不一定。别忘了苦是财富。"孔志方开导儿子。

"有这个,我什么都不烦了!"孔若君举起数码相机对爸爸说。

"送给孩子一个像样的十八岁生日礼物,对父亲来说,的确是享受。"孔志方看着狂喜的儿子,一边喝酒一边深有感触地说。

"能保证每个月见我一次?"孔若君问爸爸。

"当然。"孔志方说,"你决定不考大学了?"

"决定了。"

孔志方轻轻叹了口气。

"每个人在这个世界上都有自己的位置,不上大学的人也有位置。这都是上天安排好了的。"孔若君说。

"上天保佑我的儿子有好运。"孔志方在心中祈祷。

孔志方叫服务员结账。

在餐厅门口，孔志方拦了辆出租车，他送儿子回家。

出租车停在楼下，孔若君下车后问车上的孔志方："不上去看看？"

"算了吧。"孔志方在车里冲儿子挥挥手。

孔若君拿着数码相机目送父亲乘车离去。

孔若君掏钥匙开家门，贾宝玉迎上来和他亲热。孔若君看见金国强的鞋在鞋架上，殷青房间的门紧闭着。

孔若君对贾宝玉说："来，我给你看样好东西。"

贾宝玉尾随孔若君走进他的房间。

孔若君关上房间门，他拿出数码相机，给贾宝玉看。

"这是什么？"贾宝玉歪头好像在问。

"数码相机！我爸送我的十八岁生日礼物。"孔若君说，"数码相机，懂吗？不用装胶卷！"

贾宝玉迷惘地看着孔若君。

孔若君想起了爸爸说的笑话，他笑了："你是在问我什么是胶卷吧？"

贾宝玉煞有介事地点头。

"胶卷是一种感光材料……"孔若君饶有兴致地给贾宝玉扫盲。

贾宝玉一言不发歪头静静地倾听。

孔若君先给数码相机的电池快速充电。趁充电的时候，他详细阅读了说明书，再将数码相机的相关软件输入他的电脑中。

"处女像给你照，这是殊荣。"孔若君端起数码相机瞄准贾宝玉。

贾宝玉像电视上的外国政治家见面时握手那样，在照相机镜头前做出皮笑肉不笑逢场作戏的职业特供拍照姿态。

"你看电视新闻看多了,好的不学。"孔若君笑着对贾宝玉说。

孔若君按下快门。孔若君从数码相机后部的视窗检验拍照效果。

"很神奇,拍完了马上能看效果。"孔若君很兴奋,他让贾宝玉看。

贾宝玉用舌头舔视窗。

孔若君赶紧将数码相机拿离贾宝玉:"这可不能舔!"

贾宝玉追着数码相机舔,它逗孔若君。

孔若君一边躲一边连续给贾宝玉拍照,贾宝玉看出孔若君是近来少有的高兴,它也高兴。

房间外边有动静,孔若君听见殷青和金国强说话。

"我送你下楼。"殷青说。

"不用了。"金国强说。

"我出去透透气。"殷青坚持要送。

关门声。

孔若君打开窗户,他拿好数码相机瞄准楼下,调整变焦镜头。

殷青和金国强告别后往回走,她面向楼上的孔若君。孔若君对准殷青按下了数码相机的快门。

孔若君关上窗户,他打开电脑,将数码相机里的照片输入电脑。电脑屏幕上出现了贾宝玉,很是清晰。孔若君移动鼠标,将贾宝玉调成全屏,贾宝玉的头充斥着整个屏幕。

"看看你的数字标准像,比你的真头还大。"孔若君让贾宝玉看。

贾宝玉摇尾巴。

孔若君按鼠标,屏幕上出现了殷青俊美的面容。

贾宝玉冲殷青叫，它早已察觉孔若君与殷雪涛和殷青的关系不融洽，它在孔若君的房间见到殷青，自然要表示它的敌视态度。

"不要叫，这不是真的。"孔若君提醒贾宝玉不要无效磨损声带。

孔若君还没机会如此直视殷青，他呆呆地看着屏幕上的殷青，殷青的容貌的确称得上那种震撼人心的漂亮。孔若君叹了口气，他苦笑着摇摇头。

孔若君清楚，正是电脑屏幕上的这个人导致他没能考上大学。如果殷青长得不出众或只是一般的出众，她进入孔若君的生活后无论怎么鄙视孔若君，都不会影响孔若君的高考成绩。相反，倘若殷青来孔若君家后不对孔若君采取嗤之以鼻的态度，孔若君亦不会高考发挥失常。同时，如果殷青到来得较早，能给孔若君一段适应的时间，孔若君也不至于落榜。

孔若君注视殷青的目光由钦羡变为怨恨。

善解人意的贾宝玉冲屏幕上的殷青恢复吠叫。

"叫什么？"孔若君没好气地说。

孔若君忽然想起数日前他看过的2000年6月号《童话大王》月刊的封面，那期封面上有一个人身犬头的人物，当时孔若君一看就知道这是使用数码相机和电脑联袂制作的高科技怪物。

"把贾宝玉的头换到殷青身上。"孔若君突发奇想。

第四章　不可思议的一幕

孔若君拿出他用来盛放各种光盘的盒子，从中找寻能切换图片的软件。软件安装完毕后，孔若君开始尝试剪切殷青的头部。

孔若君感觉该软件很愚钝，使用起来无法进入得心应手的状态。

"我自己编一个。"孔若君说。

孔若君在编制电脑软件方面有一定的天赋，上高二时，他参加过全国青少年计算机软件大赛，获得了二等奖。

孔若君站起来，他拿着杯子去餐厅给自己倒水，打开房间门后，孔若君看见殷青拿着茶杯站在饮水机旁。

孔若君靠在自己的门框上等殷青接水。奇怪的是殷青站着不动，像是在踌躇。孔若君观察头朝下倒扣在饮水机上的透明水桶的五脏六腑，里边已然弹尽粮绝。

饮水机旁的地上有一桶脑满肠肥的矿泉水，但殷青显然是懒得换水。孔若君转身想回去，他想了想，走到饮水机旁，轻松取下"弹尽粮绝"，吃力换上"脑满肠肥"。

孔若君当仁不让地先接水，他接完水回自己的房间，身后传来殷青接水的声音。

孔若君坐在电脑前喝了口水，正准备编程，有网友通过 ICQ 呼他。孔若君看屏幕，是"青蒜"。

上网的人在网上世界生存大都不用真名实姓,孔若君给自己起的网名是"牛肉干"。青蒜是孔若君的网友之一,是孔若君在虚拟棋牌室锄大地时认识的。

青蒜打字问孔若君:你干什么呢?打牌吗?

孔若君打字回复:我正忙着呢,挺重要的事。明天吧。

青蒜还不死心:忙什么?

孔若君打字:编程。

青蒜问:有工作了?

孔若君回答:没有。自娱。

孔若君认识不少网友,都没见过面。奇怪的是尽管在网上交往互相都不识庐山真面目,但"物以类聚,人以群分"的法则仍在冥冥中起着不可思议的作用。孔若君在网上经常交往的朋友没超过十个人,而他认识的网友则多达数百人。青蒜是孔若君的常务网友之一,性别、年龄不详。孔若君记得孔志方对他说过,一家公司,最重要的是负责面试新员工的人力资源部人员,如果这个人品行高尚,依据物以类聚法则,他招收的新员工不会差。反之亦然。

孔若君开始专注地编程,他忘记了世间的一切。前些天,孔若君在书摊随意翻看一本书时看到,当有记者问阿根廷的世界级作家博尔赫斯写作对他的意义时,博尔赫斯说:"幸运和幸福。"孔若君在编制电脑软件时就是这样的感觉。

时间一如既往地在流逝,孔若君眼睛盯着电脑屏幕,十个手指在键盘上轮番敲打。计算机领域的人都明白这个道理:好东西全是敲打出来的。

当孔若君进程过半时,范晓莹在门外叫孔若君吃晚饭。

孔若君看了一眼屏幕上的时钟,已经是晚上七点了。孔若君站起来舒展了一下胸背。贾宝玉也站起来。

餐桌上一反常态，摆放着丰盛的菜肴，中间是一个精雕细刻的生日蛋糕，蛋糕上插着十八根色彩各异的蜡烛。

"这是你爸爸给你买的生日蛋糕。"范晓莹告诉儿子蛋糕是继父的情义。

"谢谢。"孔若君对殷雪涛说。

"这是我送给你的生日礼物。"范晓莹递给儿子一个礼品包。

"谢谢。"孔若君接过礼物。

"猜猜是什么？"范晓莹还有和孔志方共同生活的惯性，送孩子生日礼物时先让孩子猜。

"不会也是数码相机吧？"孔若君感觉母亲送他的生日礼物的体积和重量同父亲送的差不多。

"他送你的是数码相机？"范晓莹问。

孔若君点头。

"我的不是数码相机。"范晓莹说。

"我打开了？"孔若君请示。

范晓莹点头。

孔若君撕开包装纸，是一台英语复读机。这是孔若君最讨厌的电子器件。上高二时，孔若君曾对同学说，英语复读机是人类对科技的亵渎。

"喜欢吗？"范晓莹问儿子。

"喜……欢……"孔若君用不喜欢的口吻说喜欢时，舌头显得生硬。

"英语复读机比数码相机对你有用。"殷雪涛对孔若君说。

孔若君没反驳。

组装的家庭成员围坐在餐桌旁，殷雪涛举杯说："祝若君十八岁生日快乐。"

大家举杯，孔若君和坐在他对面的殷青目光对视了瞬间，殷青的目光里是明显的应酬成分。孔若君忽然想起一会儿他就要在电脑里将贾宝玉的头换到殷青的脖子上，孔若君忍不住笑了。

"笑什么？"范晓莹离异再婚后难得见儿子笑。

"高兴。"孔若君一边说一边还笑。

殷雪涛认定孔若君接受他了，趁热拿出打火机逐一点燃蜡烛。

"许个愿。"范晓莹对儿子说。

孔若君在心里说："今晚换头成功。"

孔若君吹灭了十八根蜡烛。桌旁的血亲和非血亲都鼓掌。孔若君忽然很感动，他觉得能在一起的人都是缘分，地球上人的数量太多了，终生见不上面的是绝大多数。

"谢谢你。"孔若君对殷雪涛说。

殷雪涛感受到了继子的真诚，他说："都是一家人，不用客气。以后如果你有兴趣，我教你打保龄球。"

孔若君看了一眼酒柜上的骷髅保龄球，点点头。

"你拿一下那保龄球，我看看你的腕力。"殷雪涛特批孔若君动他的珍贵骷髅。

孔若君离开餐桌，将自己的三个手指头插进保龄球的三个指孔。骷髅不轻。

"我以后送你一个保龄球。"殷雪涛对孔若君说，"常打保龄球的人都有自己的专用球，球上的指孔是根据使用者手指的粗细和长度打制的。"

"我原来还以为打保龄球都是使用公用球。"孔若君首次听说打保龄球自带球具。

"何止自带球，连鞋也是自带。有的鞋还能更换鞋底，打直线球和弧线球使用的鞋底是不一样的，还有飞碟球。"殷雪涛说。

范晓莹笑了，这是她重组家庭以来，头一次感受到家庭气氛。

饭后，孔若君回到自己的房间，他关上门，继续编程。

十一点时，范晓莹推门进来问："还不睡？"

"马上就睡。"孔若君头也不抬地说。

凌晨一点时，孔若君大功告成，他编制了一个专门用来切换数码相机摄制的照片的软件。孔若君给该软件起名为："鬼斧神工"。

孔若君轻轻打开房间门，外边漆黑一片，其他紧闭的门缝下边没有外泄的灯光，说明都睡了。孔若君走进卫生间洗漱。孔若君掀起坐便器上的坐垫圈小便。殷青使用完坐便器后忘了扔掉一次性纸坐垫，孔若君一掀坐垫圈，纸坐垫飘落到地上，被水浸透。

孔若君离开卫生间后打开冰箱，他拿出一块吃剩的生日蛋糕。

回到自己的房间，孔若君一边吃蛋糕一边检验"鬼斧神工"，贾宝玉闻到蛋糕里的奶油味，它把下巴放到电脑桌上，表示自己并非对蛋糕不屑一顾。

孔若君剩了一块蛋糕给贾宝玉。

孔若君移动鼠标，电脑屏幕上出现了贾宝玉和殷青的照片。孔若君使用"鬼斧神工"中的剪刀裁下贾宝玉的头，移接到殷青的身上。

贾宝玉在一边专注地品尝奶油蛋糕。

孔若君设计的"鬼斧神工"在屏幕上问孔若君：确实要完成此次移花接木吗？

孔若君用鼠标按下了"确定"。

贾宝玉的头固定在殷青的身体上。孔若君看着屏幕上的滑稽景象忍不住哈哈大笑，他意识到已是深夜时，赶紧将大笑改为窃笑。

"OK，睡觉！"孔若君伸了个懒腰。

正要关闭电脑的孔若君忽然想起了什么。在这个家中，范晓莹、殷青和殷雪涛都会使用电脑，孔若君想："如果他们打开我的电脑，看到我有殷青的照片，肯定特没劲。"孔若君决定删除他使用数码相机拍摄的殷青的原装照片。

出于习惯，在删除殷青的照片前，孔若君将照片备份到一张 3.5 英寸软盘上。

一切完成后，孔若君再欣赏了一会儿电脑屏幕上的犬头人身怪物，就上床睡觉了。

"早晨起床时，我是十七岁，现在睡觉时就是十八岁了。"孔若君关灯时想。

凌晨四点时，孔若君被隔壁房间的一声尖叫吵醒了。紧跟着又是一声。

从声音判断，是殷青。孔若君急忙开灯坐起来。他的第一个反应是有坏人入室盗窃，近来媒体时有窃贼深夜攀登防盗窗入室盗窃的报道。

孔若君抄起一个哑铃，开门看究竟。

殷雪涛和范晓莹也醒了，孔若君看到殷雪涛手里攥着一个保龄球瓶。很显然，殷雪涛也做出了和孔若君一样的判断。范晓莹手里拿着手机，随时准备打 110 报警。

殷青在房间里继续惊叫。孔若君冲到殷青的房间门跟前，他推门，门从里边锁着。

"你退后。"殷雪涛推开孔若君，这是把危险留给自己的动作。

贾宝玉从孔若君的房间跑出来，它冲着殷青的房间露出牙齿狂吠。

"如果是坏人，你就咬他！"孔若君给贾宝玉下命令。

殷青继续喊叫。

"我踹门，如果真是坏人，你马上报警。"殷雪涛对身后的范晓莹说。

范晓莹已经在手机上输入了110号码，只等看见坏人立刻按YES键。

殷雪涛飞起一脚猛踹殷青的房门，球形锁不堪一击，门开了。

冲进殷青房间的殷雪涛呆住了。

孔若君见继父没有与歹徒搏斗，他判断殷青已被杀害。孔若君从殷雪涛肩头往屋里看，他张大了嘴，眼球像被冻住了，无法转动。

殷青穿着背心和裤衩站在床边，她的头不见了，取而代之的是一颗狗头。

"到底是怎么回事？"后边被挡住视线的范晓莹问。

孔若君侧身疏堵，给母亲的目光让开一条路。

范晓莹发出声嘶力竭的尖叫，尖叫声划破夜空，将邻居全部吵醒。

"这……这是怎么回事？"殷雪涛手中的保龄球瓶掉在地上。

贾宝玉进到殷青的房间看到殷青后，吓得掉头就跑。

殷青哭着说："爸，我刚才醒了，顺手摸了摸脸，觉得脸上都是毛，我开灯一照镜子，我的头变成了这个样子！爸，这是在梦里吧？"

殷雪涛迷惘地回头看范晓莹和孔若君，他像是在问别人，又像是问自己："这是在梦里？肯定是在梦里！"

最吃惊的还是孔若君，殷青现在的样子和他孔若君在电脑里把她弄成的样子一模一样！可这怎么可能呢？只有做梦这种解释说得通。

"咱们绝对是在梦中！"孔若君说。

范晓莹嘀咕："一般做梦的时候不会认为自己是在做梦呀……"

殷雪涛意识到女儿穿得过于"节约"，他拿起一件浴衣披在殷青身上。

"我这个样子，还穿什么衣服！"殷青将浴衣扔在地上。

孔若君觉得殷青说得有道理，尽管殷青是超级身材和一流皮肤，但配上狗头，无法给人以美好的视觉享受。

"到底是不是做梦？"殷青大喊。

殷雪涛对孔若君说："你使劲儿打我！"

"干吗？"孔若君问。

"如果是梦，使劲儿打就醒了。"殷雪涛说。

孔若君下不去手，刚才殷雪涛面对危险冲锋在前的情节，已经将孔若君和继父之间的隔膜撕破。

"打呀！总要有一个先醒的！"殷雪涛对孔若君说。

"你打我吧！"孔若君对继父说。

"都什么时候了，你们还假客气！我打！打谁？"殷青虎视眈眈地问。

"打我吧。"孔若君说。

"等等。"范晓莹走上前看殷青的手，她担心殷青的手也变成了狗爪子，会伤人。

殷青的手依旧修长细腻白嫩。

"不能打若君，打我。"殷雪涛对女儿说。

殷青抬手打了父亲一记耳光。

殷雪涛摇摇头，他再看殷青，还是狗头人身。

"再打！"殷雪涛说。

殷青又打父亲的另一边脸。

殷雪涛还是醒不了。

见殷青又要打，范晓莹制止道："不能再打了，这不是在梦里……"

殷青哇哇大哭。

殷雪涛看着女儿的头，他忽然发现了什么，说："这是贾宝玉的头！"

030

范晓莹仔细看，殷青脖子上的确是贾宝玉的头。

殷青照镜子。

"没错，是贾宝玉的头！"殷青喊。

"贾宝玉呢？"殷雪涛问孔若君。

"刚才还在。我去找。"孔若君步履蹒跚。

通人性的贾宝玉藏在孔若君的床下。

孔若君蹲在自己的床前思索：自己在电脑中将贾宝玉的头换到了殷青身上，现实中的殷青就真的被换成了贾宝玉的头？！这怎么可能？但孔若君现在清楚，这绝对不是在梦中。孔若君想告诉母亲和继父，是他刚才在电脑里换了殷青的头，可谁会相信这是殷青变狗头的原因？算了，还是先别说吧，而且可以肯定这不是殷青变头的原因。

贾宝玉胆怯地跟在孔若君身后来到殷青的房间，大家都看它。殷青的头没有出现在贾宝玉的身上。但殷青身上千真万确是贾宝玉的头。

"它是一只巫狗！"殷青突然说。

"这和贾宝玉没关系！"孔若君为贾宝玉辩护。

贾宝玉赶紧溜了。

"它做贼心虚！"殷青说。

"我觉得咱们得报警。"范晓莹对殷雪涛说。

"报吧。"殷雪涛掉眼泪了。

孔若君的大脑一片空白，他实在想不通这是怎么回事。

"小青，听爸爸的话，穿上衣服，一会儿警察来了……"殷雪涛哭着给女儿穿衣服。

第五章　头号疑案

范晓莹回到自己的房间给110打电话。

"你好，我是110。"电话通了。

"我……报警……"范晓莹说。

"请讲。"

"我的女儿……"范晓莹不知怎么说。

"您女儿怎么了？"110问。

"她睡觉前还好好的，刚才突然……"

"突然病了？要我帮您联系急救车吗？"

"不是病了，是……她的头……变成了……狗头……"

"您说什么？"

"我说我女儿的头变成了狗头。"

"您的电话号码已经显示在我们的设备上。我提醒您，打110搞恶作剧是违法行为。"110警告范晓莹。

"不是恶作剧，我说的都是真的。我家的地址是……"范晓莹将自家的地址告诉110。

"您是说，您女儿的头变成了狗头？"

"千真万确！"

"这怎么可能？"

"请快派警察来吧！"范晓莹哭了。

"马上有警察去。不过我再重申一遍，如果是恶作剧，您要负法律责任。现在您收回您的话还来得及。"

"我不收回。"范晓莹说。

"好，警察马上到。"110挂断电话。110这么想：如果是捣乱，就拘留肇事者。如果是精神病患者，就送精神病医院治疗。

范晓莹告诉家人，警察马上就到。

"我不见外人！"殷青哭着喊。

殷雪涛安慰女儿说："咱们需要别人的帮助，你会恢复的，相信爸爸。"

"他们家有魔鬼！我要见妈妈！"殷青提出见生母。

见殷青将她和殷雪涛的婚姻扯上了，范晓莹始料未及。

孔若君听见楼下有警笛声，他到窗户前往下看，警车已经到了。有见义勇为的邻居将他家的窗户指给警察看。

警察敲门。

"我去开门？"范晓莹问殷雪涛。

殷雪涛不敢离开女儿，他冲范晓莹点头。

范晓莹给警察开门，孔若君站在自己的房间门口看事态的发展。贾宝玉藏在孔若君的床下。

两位警察进门。他们观察范晓莹的神志。

"是你打的110报警？"高个子警察问范晓莹。

"是的。"范晓莹说。

"你女儿怎么了？"矮个子警察问。

"她的头变成了狗头。"范晓莹说。

"你是这家的人吗？"高警察看见了孔若君。

"是。"孔若君说。

"她刚从精神病医院跑出来？"高警察问孔若君。

"你们去看吧。"孔若君冲殷青的房间努嘴。

两名警察刚走到殷青的房间门口就往回跑，他们跑到门口站住了。

高警察脸色煞白，他问孔若君："这是怎么回事？"

孔若君摇头。

矮警察掏出对讲机，要求增派警力。

"大案？"对方问。

"快派心理承受能力强的来！"矮警察说。

五名增援的警察很快赶到了。

天已经蒙蒙亮，孔若君家的门外和楼下全是看热闹的邻居。有说出了谋杀案的，有说窃贼入室抢劫的，还有说再婚家庭自相残杀的。

增援的五名警察见到殷青后目瞪口呆，其中警长上前仔细观看狗头和人身的结合部，结论是天衣无缝。

"她是女孩儿？"警长看了殷青胸部一眼，问一旁的殷雪涛。

"是。"殷雪涛说。

一位警察做笔录。

"你是她父亲？"警长问殷雪涛。

殷雪涛点头。

"她原来好好的？很正常？"警长问。

范晓莹将殷青床头柜上的照片拿给警官看："这是昨天的她。"

警察们围过来看殷青的照片。孔若君清楚地看到警察们眼睛都一亮。警察们再看殷青本人，都皱眉头。

"咱们不是在做梦吧？"一个警察提醒同事。

警长瞪了他一眼，说："乱讲，怎么会是做梦，我现在清醒得很！"

"那这是……"那警察问。

"没外人进来？"警长问殷雪涛。

"没有。"殷雪涛说，"就算有人进来，和我女儿变头有关系吗？"

警长无话可答。

"他是什么人？"警长指着孔若君问殷雪涛。

"他是她哥哥。"殷雪涛说。

"哥哥？"警长不信。

"我们是再婚家庭，他是我儿子，她是他女儿。"范晓莹解释。

警长眼睛先是一亮，以他的经验，再婚家庭成员之间发生刑事案件的比例高于非再婚家庭。警长再一想，又觉得实在无法将再婚和变头联系在一起。

警长问殷青："你还能说人话吗？"

殷青说："能。"

警长又问："思维也和原先一样？"

"差不多。"殷青说。

一个警察小声说："狗脑子怎么能思想呢？"

警长转身瞪他。

"你是什么时候发现自己变成这样的？"警长问殷青。

"两个小时前。"殷青回答。

"有什么感觉？比如疼不疼，有人出现在你身边吗？"警长问。

殷青摇头。

"昨天吃什么特殊的东西了吗？"警长再问。

"没什么。对了，吃了生日蛋糕。"殷青说。

"你过生日？"警长不放过任何蛛丝马迹。

"他过生日。"殷青看孔若君。

"我儿子昨天十八岁。"范晓莹插话。

"你们的关系怎么样？"警长问殷雪涛。

"什么意思？"殷雪涛反问，"难道这是人为的？"

"我不是这个意思，"警长向殷雪涛解释，"希望您能配合我调查。"

"我们相处得很好。"殷雪涛看着范晓莹说。

"其实一般。"殷青说。

"有矛盾？"警长像溺水者抓住一根稻草。

"小青，你应该如实说话。"范晓莹提醒殷青。

"让她说。"警长制止范晓莹。

"也没什么大矛盾……"殷青确实说不出什么。

"对了，"殷雪涛忽然想起了什么，"我们家养了一只狗，我女儿现在的头和那狗头一模一样。"

"你怎么不早说！"警长发现了新大陆，"狗呢？"

"去把贾宝玉叫来。"殷雪涛对孔若君说。

"贾宝玉？"有警察嘀咕。

"我们家的狗叫贾宝玉。"范晓莹解释。

尽管孔若君觉得把贾宝玉带到警察跟前凶多吉少，但他别无选择，只能尽量拖延时间。

孔若君磨蹭到自己的房间里，贾宝玉蜷缩在床底下。

"出来吧，没事儿……"孔若君叫贾宝玉。

精通人性的贾宝玉不出来。

"你不出来，他们会来找你的。"孔若君说，"有我呢，没事。"

贾宝玉只得出来，孔若君将它领到警察面前。

"真的是它的头！"警察们惊讶。

"会巫术的狗？"一名警察和殷青的想法如出一辙。

"肯定是巫狗！"殷青来劲了。

"你瞎说什么？"警长训斥下属，"别说迷信的话！"

"这狗养了多长时间？"警长问孔若君。

"一年。"孔若君说。

"有犬证吗？"警长问。

"有。"孔若君拿出犬证给警长看。

"昨天晚上它在你的房间？"警长问殷青。

"不在。"殷青说。

"昨天晚上它在哪儿？"警长问。

孔若君说："贾宝玉昨天晚上在我的房间。"

"它一直没离开过？"警长问。

"绝对没离开过。"孔若君说，"我做证。"

"它没有作案时间。"一名警察小声说。

警长回头瞪他。

"它有什么异常吗？"警长问孔若君。

"没有。"孔若君回答。

警长觉得没什么可问的了，做笔录的警察让殷雪涛在笔录上签字。

"警长，需要勘查现场吗？"一位警员请示警长。

"看看吧。"警长想了想，说。本来他觉得没这个必要。

警察们戴上手套开始勘察殷青的房间，小心翼翼地提取指纹和脚印。

"可以使用一下您的这个房间吗？"警长指着殷雪涛和范晓莹的卧室问范晓莹。

"请便。"范晓莹知道警长需要和下属研讨案情。

警长叫上两名资深警员，他们进入卧室，小声商量。

"你们怎么看?"警长问。

"不像是刑事案件。"一名资深警员说。

"太离奇了。如果不是亲眼看到,谁说我也不信。"另一名警员说。

"皮皮鲁才应该遇到的事,让咱们碰到了。"警长说,"如果不是刑事案件,就不归咱们管。"

"毕竟不是小事。据我所知,现实世界中还没发生过这样的事,咱们应该重视。"一名警员说。

警长点头沉思。

"我请示局里。"警长拿出手机。

"今天局领导谁值班?"警长打电话前问下属。

"巩副局长。"一警员说。

警长给巩副局长打电话。

"巩副局长吗?我是王刚复。我有一件事要请示您。"警长说。

"说吧。"巩副局长说。

"大约四十分钟前,110接到报警,说是一个女孩子在睡眠时变成了狗……"

"抓到骚扰者了?"巩副局长判断警长擒获了令警方头疼和恼火的打110捣乱者。

"不是骚扰,是真的报警,我现在就在现场,目睹了变成狗的女孩子……"

"我跟你们说过多少次,不能在执勤时喝酒,你是怎么搞的?"巩副局长训斥警长。

"我什么时候在执勤时喝过酒?我是王刚复,我压根儿不会喝酒。"

巩副局长这才想起此王警长不是彼王警长,此王警长滴酒不沾。

"没喝酒你说什么胡话?"巩副局长质问。

"我也不多说了,我估计任凭我再怎么说,您也不会相信。您最好能亲自来一趟,再顺便到限养办借个圈狗的笼子来。"警长说。

"拿狗笼子干什么?"巩副局长问。

"我估计您来了后,会下令将贾宝玉带走。"

"贾宝玉?你绝对喝酒了!"

警长再次申明自己完全清醒。

巩副局长见到殷青后,呆若木鸡。

"怎么办?归咱们管吗?"警长问副局长。

"当然得管,咱们连煤气中毒都管,这么大的事,责无旁贷。"巩副局长说。

"怎么管?"警长请示。

巩副局长语塞,因为没有先例,他一时不知如何处置。巩副局长想起了自己的老婆。

巩副局长的老婆是一家医院的内科主任。巩副局长觉得应该先向医生咨询变头是不是一种病变。

巩副局长给他在医院值夜班的老婆打电话。

"请找彭主任接电话。"巩副局长对接电话的护士说。

"哪一位?"彭主任问。

"我是老巩。有件事向你请教。"巩副局长对妻子说。

"怎么跟谈生意似的。"彭主任笑。

"从医学角度讲,人会变狗吗?"

"现在的人,有多少不是狗?"

"我是说正事。"

"有这么说正事的吗?我正忙着呢,没工夫听你瞎说,我挂电话了?"

"别挂,真的有个女孩子的头变成狗头了,身体还是人的身体……"

"你在值班时间喝酒?"

"你是怎么了?我什么时候在上班时间给你打过扯淡的电话?"

"你给我打电话说一个女孩儿的头变成了狗头,这不是胡说八道?"

"是真事!开始我也不信,现在我就在那女孩儿家!她家养了一只狗,今天凌晨,女孩子的头变成了贾宝玉的头……"

"什么乱七八糟的!"

"对了,贾宝玉是那只狗的名字。"

"你是说,有个女孩子的头变成了自己养的狗的头?你亲眼看见了?"

"千真万确。"

"女孩子多大?"

"十八岁。已经考上电影学院了。"

"……"

"你在医院见得多,有过这种事吗?"

"没有。"

"这会是病变吗?"

"不会。"

巩副局长见夫人给不了他帮助,说:"我挂电话了?"

"你等等!"彭主任猛然意识到这对她是一次机会。

"怎么?"巩副局长问。

"你是说,确实有个女孩子的头变成了狗头?"

"确实。"

"你把她连同那只狗送到我们医院来,我们给她做全面体检,找出原因。"彭主任说。

"这办法好！你做好准备，我们马上把她和狗送去。"巩副局长挂了手机。

彭主任是医科大学硕士毕业，从医数十载，比上不足比下有余。然而彭属于那种爱往上比的人，她的同学中已经有出任卫生部司长的了，而她还只是一个小小的内科主任。彭主任觉得如果真有女孩子变成了狗头，对她来说，这绝对是一个千载难逢的扬名机会。彭主任可以靠研究她出人头地。

巩副局长对殷雪涛说："殷先生，经过我们初步分析，发生在您女儿身上的事不像是人为的，更不像是刑事案件。我刚才和一家医院的医生联系过了，医生建议我们送她去医院做体检，您看如何？"

殷雪涛看范晓莹。

"我觉得也只有这样了，小青的意见呢？"范晓莹说。

殷青不说话。

"去医院检查一下，说不定很快就弄清原因了。"巩副局长说服殷青。

殷青同意了。

"把狗也带上。"巩副局长对下属说。

两名警察将放在门口的犬笼抬进来。

"你们要干什么？"孔若君急了。

"医生说，要把狗也带去。"巩副局长对孔若君说。

"带贾宝玉干什么？这和它有什么关系？"孔若君不干。

殷青说："怎么没关系？是它的头跑到我身上来了！"

有警察开始捉拿贾宝玉，贾宝玉冲警察狂吠。一名警察拿出一个带长把的专门夹狗的铁夹子。

"你敢!"孔若君上前阻止警察用铁夹子钳制贾宝玉。

"你不要妨碍公务!"那警察警告孔若君。

"贾宝玉怎么了?它有狗证,又没有咬人,你们没权力抓它!"孔若君抗议。

殷雪涛看范晓莹。

范晓莹含着眼泪对孔若君说:"他们不是没收贾宝玉,只是带它去医院做体检,很快会送它回来的。殷青都变成这样了,你应该同情她。配合一下吧,啊?"

巩副局长也对孔若君说:"狗是你的,我们确实没有任何理由没收它。我们不是没收它,而是送它和你妹妹一起去医院检查,行吗?"

孔若君不能不同意,他说:"我送贾宝玉去医院,不能用笼子!"

"完全可以。"巩副局长说。

孔若君一家在警察的护送下,下楼上警车,邻居夹道欢送。当大家看到殷青时,众人夺眶而出的眼球在空中相互碰撞,发出大珠小珠落玉盘的清脆声响,空气中弥漫着眼球水晶体破裂后的独特味道。

第六章　雪上加霜

彭主任放下电话后，立刻找院长汇报。院长先是死活不信，在彭主任对天发誓后，院长才半信半疑。院长说如果这是真的，确实是一个使本院家喻户晓提高就诊量的机会。彭主任提出不能有别的医生插手研究殷青，院长拍胸脯一口答应。

彭主任准备好病房接待殷青。院长悄悄通知在电视台当记者的儿媳。

载着殷青、孔若君、殷雪涛、范晓莹和贾宝玉的警车开进医院时，彭主任已经在门口恭候多时了。尽管有思想准备，彭主任见到殷青时还是狠狠吃了一惊。

"我没说谎吧？"巩副局长对妻子说。

"不可思议。"彭主任兴奋得连连摇头。

院长见到殷青后，立刻回自己的办公室叫整装待发的儿媳，电视台的摄像机早已蠢蠢欲动。

殷青在医护人员的关照下进入为她准备好的病房，沿途招来无数惊诧的目光。

巩副局长对妻子说："我把她交给你了，你们要尽快查清原因，恢复殷青的原貌。"

彭主任说："你放心吧。"

"谢谢您！"殷雪涛感激地对巩副局长说。

警察们走了。

"无关人员都出去。"彭主任清场。

房间里只剩下殷青、殷雪涛、范晓莹、孔若君和贾宝玉。还有医护人员。

"你躺在床上，我给你做体检。"彭主任对殷青说。

殷青上床。

"什么时候发现自己的头变了？"彭主任极其和蔼地问殷青。

"凌晨。"殷青说。

"最近几天身体没什么不舒服？"彭主任一边从脖子上摘下听诊器扣在耳朵上一边问。

"没有。"殷青说。

"解开扣子，我给你听听。"彭主任说。

殷青旁若无人地解开衣服。

孔若君转过身。

彭主任认真听，没有异常。彭主任仔细看殷青的狗头和人体的对接部位。

院长走进病房。

"这是院长。"彭主任站起来介绍。

殷雪涛向院长表示感激，他说殷青在医院受到了重视。

电视台的摄像机隔着玻璃拍摄床上的殷青。

院长观察殷青，他说："应该给她做个脑电图。她的思维功能正常吗？"

"正常。"殷雪涛说。

"这是那只狗？"院长指着孔若君身边的贾宝玉问。

"是。"殷雪涛说。

"把它带到实验室去。"院长对护士说，"在那儿给它做体检。"

"我带它去。"孔若君说。

"你协助我们把它送去后,就离开实验室,我们会善待它的,请你放心。"院长对孔若君说。

"我什么时候能带贾宝玉回家?"孔若君问。

"经过体检,如果发现它没什么异常,就可以带它回家了。"院长说。

"听院长的,把贾宝玉送到实验室去,这是为了治殷青的病。"范晓莹对儿子说。

"我没病!"殷青纠正继母。

"小青!"殷雪涛说。

孔若君拉着贾宝玉离开病房去实验室。

在实验室,护士将贾宝玉拴在桌子腿上。贾宝玉可怜巴巴地看着孔若君。

"你在这儿待着,他们不会伤害你,我马上回来。"孔若君对贾宝玉说。

孔若君决定赶回家,他要在电脑里将贾宝玉的头从殷青身上拿下来,尽管孔若君不相信殷青变头和他在电脑中给殷青换头有关,但他觉得这事太巧了。

为了尽快让贾宝玉回家,也为了殷青不再受罪,孔若君要回家试试。

孔若君到病房告诉范晓莹他先回家了。

"你回去吧,有什么事我会给你打电话的。"范晓莹对儿子说。

孔若君乘坐公共汽车回家,在车上,他听到两个乘客的对话。

"听说了吗?咱们市有个姑娘变成狼了!"

"胡说八道!你蒙谁呀?"

"谁骗你谁不是人!我姨的同事是那家的邻居,今天早晨的事儿，去了好几百辆警车！"

"真的？"

"听说那姑娘特漂亮，还是演员呢，这下给毁了。"

"她演过什么？"

"我不太看电影。据说有一种钙的广告就是她拍的。"

"能拍广告，名气小不了。真要是她给钙拍了广告，现在她变成狼了，谁还敢吃那钙？"

"这倒是。听说街上卖的钙都是糖片，傻子才吃。"

"没错，我姐夫就是药厂的，他说他们厂的职工没一个敢给自己的孩子吃钙，他还说钙都在食品和阳光里。"

"现在什么新鲜事没有？人都能变狼……"

孔若君到站了，他下车，匆忙朝自家的楼房走去。

孔若君打开家门，屋里的景象令他大吃一惊，所有房间都被翻得乱七八糟。

"被盗了？"孔若君难以置信祸不单行会残酷地降临到他家头上。

孔若君给妈妈打电话。

"妈，咱家出事了！"孔若君说。

"还能出什么事？"范晓莹疲惫地问。

"我刚进家门，家里特乱，我估计是被盗了！"孔若君说。

"咱家被盗了？！"范晓莹口气变了。

"估计是……"孔若君一边环顾一边说。

"丢什么了？"范晓莹急忙问。

"我还没看，你们的床头柜被打开了……"孔若君往范晓莹的卧室看。

范晓莹的床头柜是隐形保险柜。

"你快去看看，里边有没有几捆钱？"范晓莹急了。

孔若君过去看，保险柜里一贫如洗。

"没有，什么都没有。"孔若君告诉妈妈。

"你快报警！保护现场，我马上回去！"范晓莹说。

孔若君打电话报警。

孔若君放下电话，他进入自己的房间，窗户开着，孔若君看到他的桌子上有脚印。显然是有人从窗户进来了。

孔若君翻看自己的东西，他的存放电脑软盘的塑料盒不见了。孔若君赶紧翻看他放在枕头下的数码相机，谢天谢地，窃贼没有对他的枕头下边产生兴趣。

"小偷会偷电脑软盘？"孔若君觉得小偷和电脑软盘是风马牛不相及的两件事。

警察和范晓莹同时赶到。还是那个警长。

"你家又有人变头了？"警长问。

"这次大概是被盗。"孔若君没心思调侃。

"被盗？这么巧？会不会是同一个人干的？"警长感兴趣了。

范晓莹刚要进自己的卧室盘点财宝，就被警长拦住了："请您先留步，等我们勘查完现场，您再进去。"

范晓莹只得站在原地不动，她看着警察在她的卧室忙碌着，还有警察拿着照相机拍照。

大约三十分钟后，警长对范晓莹说："现在您进去清点都丢了什么吧！"

范晓莹进入自己的卧室找财宝，她一无所获。

孔若君发现酒柜上的骷髅保龄球也不翼而飞了，只剩下球座孤零零地傻待在原地。

"能告诉我失窃了什么吗？"警长问范晓莹。

范晓莹说:"五万元现金,一张信用卡,两根金项链,一张十万元的定期存折。"

有警察记录。

孔若君补充说:"还有一个保龄球,还有我的一盒电脑软盘。"

"保龄球也偷?"警长清晨来时见过骷髅保龄球,他看向酒柜上,"保龄球很重吧?"

"十五磅。"范晓莹说。

"这么重的东西,拿它干什么?"警长嘀咕。

"那是很珍贵的保龄球,价值数千元。"范晓莹说。

"电脑软盘也偷?"警长思索。

"大概是一个喜欢电脑和打保龄球的犯罪嫌疑人。"一个警员分析。

警长对范晓莹说:"据我们勘查,这是入室盗窃案。共有两个窃贼。一个是从一层的护窗爬上来的,他从窗户进来后,给另一个窃贼打开了大门。他们实施盗窃后,是从大门走的。我们再去您的邻居家寻找目击证人。您有什么新发现,请随时同我联系。"

警长掏出名片递给范晓莹。

"我顺便问一句,"警长说,"您女儿怎么样了?"

"正在医院接受检查。谢谢。"范晓莹说。

警长说:"越是家里有事时,越要提高警惕。你们出门时,一定要从外边反锁大门。对了,你们要安装护窗。还有,快去银行挂失定期存款。"

"刚才我们送女儿去医院时,太慌乱了,忘了反锁门。我们今天就联系安装护窗。什么时候能破案?"范晓莹问。

"实话说,这样的案子很难破,我们连杀人放火的大案还破不过来呢。一般来说,只有等这些浑蛋犯别的事被抓住时,才可能供出积案。不过也不一定，这要看你们的运气了。"警长说实话。

警察们去敲邻居家的门，挨门挨户问有没有人看见陌生人从范晓莹家出来。

孔若君从窗户里看见楼下有招揽安装护窗生意的人，他告诉妈妈。范晓莹马上下楼联系，在她身后，联系安装护窗的邻居排成长队。

承揽护窗生意的人跟着范晓莹进来测量窗户的尺寸，他自我介绍姓杨，还将自家的电话号码留给范晓莹，双方约定明天上午安装护窗。

范晓莹开始收拾房间，她一边收拾一边哭。

"妈，你应该给他打个电话。"孔若君提醒范晓莹给殷雪涛打电话通报家中失窃的情况。

"给谁打？"范晓莹脑子乱了。

"继父。"孔若君说。

"我打，我打。"范晓莹反应过来。

第七章　众志成城突围

孔若君走进自己的房间，他打开电脑，他要尽快将殷青的头换回来。孔若君这才想起，他使用数码相机拍摄的殷青的照片已经被他从电脑中删除了，万幸的是他备份了。

孔若君找那张备份有殷青照片的软盘，他发现那张软盘放在盒子里，被窃贼偷走了。

没有殷青的照片，就无法恢复她的头。孔若君想起殷青卧室的床头柜上有她的一幅照片。

孔若君见妈妈正在她的房间和殷雪涛通电话说骷髅保龄球失窃的事。他进入殷青的卧室，从床头柜上拿走殷青的照片，然后回到自己的房间。

孔若君将殷青的照片放进扫描仪扫描，趁扫描仪工作的时间，孔若君看了一眼网上新闻，首先映入孔若君眼帘的是这样一行字：

美少女变狗，震惊世界。

标题新闻的旁边是长着贾宝玉的头的殷青的照片。

孔若君赶紧打开桌上的电视机，电视屏幕上正在说殷青的事，所有频道几乎都是。电视台的记者是从医院拍摄到的新闻，记者说殷青是已经被电影学院录取的学生，不知为什么，她在今天凌晨突然变成了狗头，此事已引起专家的重视，现在殷青正在医院接受检查，目前原因尚不清楚。彭主任出现在屏幕上，她面对摄像机侃侃而谈，表情很是亢奋。

"妈，你快来看！"孔若君叫范晓莹。

"又发现丢什么了？"范晓莹过来。

孔若君指着电视屏幕让范晓莹看。

范晓莹傻眼了。

"是医院干的，那个什么彭主任很兴奋。"孔若君说。

"他们怎么能这样？"范晓莹气疯了，她清楚这对殷青意味着什么。

"你快去医院制止他们。"孔若君提醒妈妈。

范晓莹正准备走，她无意中看见了孔若君刚从扫描仪里取出的殷青的照片。

"殷青的照片怎么在你这儿？"范晓莹问儿子。

"我……"孔若君赶紧寻找理由，"我想看看她原来的样子。"

"我看出来，你和继父的关系在缓和，真是危难之中见真情，这是不幸中的万幸。"范晓莹自己安慰自己。

"你快去医院吧。"孔若君说。

妈妈走后，孔若君立刻在电脑中尝试恢复殷青的头。他使用"鬼斧神工"将殷青床头柜上的照片的头换下贾宝玉的头。孔若君按下了"确定"，他觉得此刻的鼠标有千斤重。

孔若君现在要做的事是立刻赶到医院去，看看殷青的头换回来没有。

孔若君关闭电脑，他跑步下楼，拦了一辆出租车，直奔医院。出租车上的收音机也在喋喋不休地说殷青的事。出租车司机一边开车一边说地球大概快走到终点站了。

医院大门口外停满了各种车辆,孔若君一看就知道是媒体的车,车四周都是拿照相机和摄像机的人。

孔若君好不容易进入殷青的病房,范晓莹正在和彭主任大吵。

殷青依然是贾宝玉的头,孔若君泄气了。

"殷青变头和我没关系。"孔若君在心里宽慰自己。

"你们没有权力叫记者来!"范晓莹痛斥彭主任。

"我真的不知道记者是怎么知道的!"彭主任为自己辩解。

院长在一边对范晓莹说:"记者的职业嗅觉是很灵敏的。这样的事,瞒得过今天,瞒不过明天。您别太激动,咱们还是想办法查清孩子变头的原因……"

"你们让所有记者离开我们!"殷雪涛冲彭主任怒吼。

彭主任看院长。

"让保安驱逐记者。"院长下令。

"小青!"一个中年女子冲进病房。她身后跟着一个中年男子。

"妈!"殷青一看是生母崔琳,立刻号啕大哭。

母女抱头痛哭,崔琳还不习惯抱着狗头哭,她偏着头。

"殷雪涛,你怎么把女儿弄成这样?"崔琳质问一旁的前夫。

殷雪涛说经过。

"现在不是互相埋怨的时候,应该共同想办法。"崔琳身后的男子说。

崔琳点头。

殷雪涛看出男子是前妻的现任丈夫。

"你是殷雪涛?我叫宋光辉。"宋光辉朝殷雪涛伸出手。

殷雪涛和前妻的丈夫握手。

"她叫范晓莹。"殷雪涛将后妻介绍给前妻和前妻夫。

"这是我儿子孔若君。"范晓莹说。

"我们是从电视上看到新闻后赶来的。这不是小事,咱们应该通力合作,把殷青的损失降到最小。"宋光辉说。

孔若君感到宋光辉很稳重,说话有条理。

"你说得对。"殷雪涛说。

"他在国家安全部工作。"崔琳向前夫介绍现夫的职业。

"对不起,你们能出去一会儿吗?我们商量点儿事。"宋光辉礼貌地对彭主任和院长说。

院长和彭主任没理由不出去。

"医院检查怎么说?"崔琳问殷雪涛。

崔琳的职业是律师,从激动中恢复平静后,她的思路很清楚和具有逻辑性。

"医生给小青做了很多检查,包括脑电图、心电图、拍X光片子、化验血液和大小便等等,没有发现任何异常。"殷雪涛说。

"这就是说,小青的异变不是病。"崔琳说。

"咱们中有没有认识医生的?"宋光辉问。

范晓莹迟疑了一下,说:"孔志方的妻子石玮是医生。"

"孔志方是谁?"宋光辉问。

"是我爸。"孔若君说。

"能让石医生来吗?"宋光辉问。

"干什么?"范晓莹问。

"咱们得有一个懂医的。"宋光辉看了一眼门外的彭主任,压低声音说,"我觉得出于利益驱动,他们在炒作殷青的异变。咱们不能让他们拿咱们孩子的事为他们赚取利益。如今这社会,出了任何打破常规的事,恨不得所有人都想从中谋取利益,结果往往是伤害当事人。咱们要保护殷青不受伤害。"

"现在就叫石玮来?"范晓莹问。

"越快越好。"崔琳说。

"她会来吗？"孔若君提醒母亲。孔若君见过范晓莹和石玮面对面吵架，场面极其宏伟壮观。

"我试试。"范晓莹给孔志方打电话。

电话通了。

"孔志方吗？我是范晓莹。"范晓莹说。

"什么事？"孔志方冷淡地问。

"我需要你的帮助。"

"……"

"殷雪涛的女儿殷青今天……"

"我从新闻中看到了，这和我有什么关系？"

"我知道石玮是医生，我们想请她来……"

"殷青不是已经在医院了吗？"

"这个医院在拿殷青做文章，我们需要有个懂医的自己人做判断，我们要保护孩子，请你帮我这个忙……"

"……我们马上去。"孔志方说。

范晓莹收起手机，对大家说："他们很快赶来。"

孔若君的眼眶湿润了，他怕别人看出来，就假装打了个哈欠。他打完哈欠才发现，屋子里的人都在假装打哈欠。

一位副院长赶来对走廊里的院长说："卫生局李副局长刚来的电话，他说各路专家马上到咱们医院会诊殷青，请你做好准备。"

答应过彭主任不让别人插手研究殷青的院长看着彭主任说："怎么办？"

"咱们能怎么办？"彭主任耸肩，表示无可奈何。

院长吩咐手下布置会议室。

孔志方和石玮赶来了，石玮给殷青简单做了体检后说："绝对不是疾病导致的。"

"你估计是什么导致的？"崔琳问。

石玮看着殷青说："确实不可思议，这肯定是全世界头一例。我估计，专家会蜂拥而至的。"

"小青不能给他们当研究对象，这会毁了她的一生。"殷雪涛说。

"应该在专家来之前，马上离开这医院。"孔志方说。

"快走！"宋光辉说。

已经晚了，院长带着数十名专家来到病房门口。

"你们不能进来！"宋光辉说。

"为什么？"彭主任问，"这里是医院的病房，你们都出去，现在不是探视时间。这些是来给殷青会诊的各路专家，有人类学家，有动物学家，有农业大学的教授。你们先出去吧。"

"我们带殷青走了。"范晓莹说。

"没办出院手续，不能走。"院长说，"叫保安！"

"办住院手续了吗？"殷雪涛反问院长。

"你们没交费。"彭主任说。

孔志方掏出一捆百元钞，问彭主任："够吗？"

"她没有病，你们就没权力将她留在医院，除非她是传染病。而她肯定没有传染病。"石玮说。

"你是谁？"彭主任问。

"我也是医生。"石玮掏出证件给彭主任看。

"你是她什么人？"院长问石玮。

"我是她妈妈。"石玮说。

"你不是她妈妈吗？"彭主任问范晓莹。

"我们三个都是她妈妈！"崔琳说。

"我们都是殷青的家长。"孔志方说,"你们没权力拿一个不满十八岁的孩子为自己谋利益。咱们走。"

"你们不能走!"一位专家说。

"为什么?"宋光辉问。

"她现在属于国家,我们有权力研究她。"专家说。

"每个人都属于国家,同时也属于自己。任何人办任何事都要依据法律。你们有强制留下她的法律依据吗?"崔琳质问那专家。

专家哑口无言。

宋光辉对院长说:"殷青已经很不幸了,你们如果有同情心,就不应该再给她增添痛苦,你们没有这个权力。我们有带走自己孩子的权利。如果你们阻拦,我们将控告你们。"

宋光辉掏出自己的工作证给院长看。

院长回头跟专家们商量。专家们已经亲眼看见了殷青,再加上彭主任说已经为殷青做了能做的所有检查,检查结果都在。专家们同意放人。

院长让保安们后退。

"还有贾宝玉。"孔若君对范晓莹说。

"狗不能带走。"院长反对。

"为什么?"崔琳问。

"我们要研究它。"院长说。

"它是我们的私有财产。宪法规定,公民的私有财产不受侵犯,您想做违法的事?"崔琳问院长。

院长无可奈何。

孔若君见到了贾宝玉。

院长小声吩咐副院长对记者解禁。

殷青在亲人的护送下离开医院时,被记者层层围住。孔志方脱下自己的 T 恤衫蒙在殷青头上，以阻挡摄像机和照相机在光天化日下对殷青无礼。

专家们在医院会议室开会分析殷青，先由彭主任介绍情况，再看幻灯片，再看检查结果。

有专家认为这是一种罕见的返祖现象。

有专家估计是环境日益恶化导致的畸形。

还有专家认为那只叫贾宝玉的狗有问题。

不管专家们分歧多大，但有一点是一致的：没人认为殷青的异变是人为造成的。

会后，专家们召开了新闻发布会。

第八章　倒霉的居委会主任

　　三个家庭联袂将殷青护送回孔若君家。在获悉孔若君家祸不单行被盗后，宋光辉和石玮当即决定各家分别赞助范晓莹家数万元。
　　大家又聚首商量了一番殷青的事。
　　"最近，记者少不了，一概不要见。"宋光辉对殷雪涛说。
　　"小青就这么着了？"殷雪涛发愁。
　　"我觉得，既然能变过去，也能变回来。"孔志方说。
　　"我每天来给殷青做体检，随时注意她的变化。"石玮对范晓莹说。
　　"谢谢你。"范晓莹说。
　　门铃声。
　　"可能是记者！"崔琳提醒要去开门的范晓莹。
　　范晓莹只打开防盗门上的小窗户。外边是一男一女。
　　"找谁？"范晓莹警惕地问。
　　"这里是殷青同学家吗？我们是电影学院招生办的。"男的掏出证件递到小窗口前打开给范晓莹检查。
　　范晓莹开门。
　　"是这样，"女的进门后说，"我们从媒体上获悉，已经被本校录取的殷青同学出了点事儿，我们想证实一下。"
　　"如果是真的呢？"殷雪涛问。

"我们见她本人后再决定。"男的说。

崔琳到殷青的房间叫女儿出来。

招生办的人见了殷青面面相觑。

"很遗憾,我们不能录取她了。"女的说。

"为什么?"殷雪涛明知故问。

"她这个样子,怎么到学校上学?"男的说。

"会影响其他同学的正常学习……"女的说。

殷青扭头回到自己的房间,她关上门。

"你们会后悔的。"崔琳对招生办的人说。

"你们走吧!"殷雪涛驱逐那男女。

孔若君走到窗前往楼下看,他看见招生办的人出楼门后,立即被众多守候在门口的记者围住,招生办的绘声绘色地回答记者们的提问。

孔若君突然看见金国强混在记者群里在认真听。孔若君觉得殷青现在最需要的人就是金国强。

孔若君打开家门要下楼,范晓莹问:"你出去?"

"我看见金国强在楼下,我叫他上来。"孔若君说。

范晓莹看殷雪涛,殷雪涛点头同意。

孔若君下楼找到金国强,对他说:"你上去吧,殷青在等你。"

"殷青真的变成狗头了?"金国强问孔若君。

孔若君点头。

"我走了。"金国强说。

"为什么?"孔若君问。

"麻烦你跟殷青说一声,我对不起她。可我也实在没办法。"金国强转身走了。

孔若君追上去:"你这算什么?"

"换了你，你怎么办？和一个狗头人身的怪物结婚？"金国强反问孔若君。

"如果是真爱，我会的。"

"假装崇高。"

"你起码也应该在这种时刻安慰她，然后再慢慢分手。"孔若君说。

"你很虚伪。"

"你是一个浑蛋。"

"随便你怎么说，我不在乎。"金国强走了。

孔若君怏怏地回家。

"我看错了，不是金国强。"孔若君一进家门就说。

殷青在她的房间大哭。刚才她听见孔若君说金国强在楼下，她就一直站在窗前看孔若君叫金国强上来，虽然她听不见他们说什么，但她看懂了。

"你们一定要看住她，她的身边要二十四小时有人，不要给她创造想不开的机会。"宋光辉对殷雪涛夫妇说。

"我晚上陪她睡。"范晓莹说。

"白天我陪她。"孔若君说。

"我们的儿子王海涛现在放假在家没事，我们可以让他来陪殷青。"石玮说。

"我们的儿子宋智明也可以来。"宋光辉说。

"智明会说笑话，殷青和他在一起不会闷。"崔琳说。

大家又商量了一会儿，决定这些天随时保持联系。殷雪涛和范晓莹心里踏实了一些。孔志方、石玮、崔琳和宋光辉告辞。

殷雪涛顾不上心疼他的骷髅保龄球，他到厨房做午饭。保龄球馆来电话，问殷教练怎么一上午没露面，学员都等急了。范晓莹供职的证券公司也来电话问她干吗不上班。

"我的照片呢?"殷青发现她床头柜上的照片不见了。

孔若君这才想起刚才他急着去医院看效果,忘了将殷青的照片放回原处。

"对不起,在我这儿。"孔若君将照片还给殷青。

"你拿我的照片干什么?"殷青头一次认真看着孔若君说话。

"我……"孔若君尴尬。

范晓莹进来给儿子解围:"若君觉得你还是原来的你,所以他……"

殷青拿着照片看,然后说:"我的眼睛长得好有什么用?看不准人。"

孔若君和范晓莹不明白殷青的话。

"我看错了金国强。"殷青叹气。

"小青,别灰心,你看,今天有这么多人来帮你。和这些人比,大学算什么?金国强算什么?你有三个妈妈,三个爸爸,谁能和你比?"范晓莹声泪俱下。

"妈妈,你说得对。其实,我今天觉得挺幸福的,如果没有这件事,我真的不知道他们会这么为我两肋插刀。有这样的真情亲情,人生足矣!"殷青直接从自己肺腑里往外掏话。

范晓莹抱住殷青。

"若君哥哥,过去是我不好,我自恃长得好,瞧不起你,我今天变了样才知道,长得好有什么用?相貌早晚会失去。"殷青对孔若君说,"今天我看到你忙前忙后,我心里才知道什么是好看,你别笑我说酸话。早晨我发脾气说贾宝玉是巫狗,我向你道歉。我心里清楚,我变头是我自己的事,和别人没关系,和贾宝玉更没关系,要不怎么世界上这么多人就我变?这肯定是上天在教育我。我看到你

061

对贾宝玉那么好，你面对警察的大钳子毫无惧色地保护贾宝玉，我真的很感动……"

孔若君傻站在那里，他看着殷青的头，觉得她比原来更美了。

不知什么时候，殷雪涛已经倚在门口听女儿说话。

"爸，妈，哥，你们不用担心我，我不会自杀。如果早十年，我肯定自杀。为什么？现在有网络呀！网络就是给我这种人准备的，长得好的人生活在网络时代是悲剧。"殷青对亲人说。

"非常精彩的话。"孔若君由衷地赞赏。

殷雪涛说："从小我就听说'坏事变好事'这句话，今天我才体会到。今天我真的觉得有很多变化，比如我和若君的关系，和宋光辉他们的关系，我活到今天才明白好多事……"

四个人抱在一起。贾宝玉从孔若君的床下出来，挨个儿在他们腿上假蹭。

下午，范晓莹和殷雪涛去上班，孔若君对殷雪涛说："爸爸，你放心去吧，我陪殷青。"

殷雪涛居然在女儿变狗头的当天眉开眼笑：孔若君终于管他叫爸爸了。

殷青过去对上网不感兴趣，就像大多数长得好的女孩儿都对上网这种戴着面罩的生活方式嗤之以鼻生怕浪费了自己的宝贵资源一样。

下午，孔若君指导殷青上网。

"你要先给自己起一个网名。"孔若君和殷青肩并肩坐在电脑前。

"你的网名是什么？"殷青问。

"牛肉干。"

"好玩儿。"殷青说，"我叫'狗头'怎么样？"

"酷!"孔若君批准。

殷青以"狗头"的名义开始网上生活。

在一个网站的聊天室里,网友们正在聊殷青变头的新闻,殷青和孔若君参加进去大发高论。

晚上,殷雪涛和范晓莹下班回家,他们看到孔若君和殷青在电脑前开心的样子,心里踏实了。

孔志方和石玮、崔琳和宋光辉前后脚来电话询问殷青的现状。当他们获悉殷青的变化时,难以置信。

孔若君注意到,殷青去卫生间时不用一次性纸坐垫了。

夜间熄灯后,孔若君躺在床上睡不着。昨天晚上他在电脑中给殷青换头与今天殷青变头真的只是巧合吗?怎么会这么巧?可这之间怎么可能有联系?

孔若君的眼睛在黑暗中突然一亮:拿数码相机和"鬼斧神工"再找人做一次试验!

"拿谁做试验呢?这是违法的事吧?"孔若君问自己。

"肯定不会成功,否则真是天下大乱了。"孔若君对自己说。

孔若君决定试试。

试验目标锁定在小区居委会主任身上。居委会主任对所有狗都深恶痛绝,她曾经多次和贾宝玉过不去。有一次贾宝玉想对她表示友好,没想到她吓得摔了一跤,起来后非说自己坚固如初的骨头折断了,还去医院拍了片子。她到派出所告贾宝玉的状,要求片警驱逐贾宝玉。后来孔志方托了人,才保住贾宝玉。

次日清晨,孔若君别有用心地早起床。他知道,每天早晨,居委会主任都会率领一帮年龄逾耳顺之年的人在类似于哀乐旋律的音乐伴奏下晨练。

孔若君拿着数码相机下楼,他居心叵测地占据了小区花园里距离晨练最近的一个石凳。参加晨练的人开始陆续到来，孔若君没有看到居委会主任。

先到的人随意地伸胳膊蹬腿。孔若君看见居委会主任拎着录音机出现了。

人们和居委会主任打着招呼，居委会主任将录音机放在地上，按下按钮。

准哀乐的旋律响起，人们整齐地操练起来，像是在预演彩排什么。

孔若君举起数码相机，对准全神贯注晨练的居委会主任，他按下快门。孔若君从数码相机的视窗中检验拍摄效果，他很满意。保险起见，孔若君又给居委会主任补拍了一张。

没人注意孔若君。

孔若君回家时，范晓莹已经起床了。

"你起这么早？干什么去了？"范晓莹惊奇爱睡懒觉的儿子今天起得如此早。

孔若君举起手中的数码相机，说："我去拍照。"

范晓莹这才想起孔若君拿到孔志方送的生日礼物后就遇到了殷青变头的事，儿子还没顾上玩数码相机。

"好吗？"范晓莹问儿子对数码相机的感觉。

"真不错。"孔若君一边说一边回自己的房间。

"你今天还要多陪殷青。"范晓莹叮嘱儿子，"上午王海涛和宋智明也来，你们一起玩。"

"没问题。"孔若君关门前说。

孔若君迫不及待地坐到电脑前，他用导线将数码相机和电脑连接在一起，数码相机里变成数字的居委会主任顺着导线进入孔若君的电脑，电脑屏幕上出现了居委会主任。

孔若君再从电脑里调出贾宝玉的图片，孔若君打开他的"鬼斧神工"软件，准备施行换头。

当孔若君将贾宝玉的头裁下移到居委会主任头上时，他突然停止了操作。

"万一成功了，居委会主任的头变成的又是贾宝玉的头，贾宝玉和两个人的异变有关系，它可真的就在劫难逃了。"孔若君想。

可孔若君家只有贾宝玉一只狗，不换它的换谁的？

楼下的一声犬吠提醒了孔若君：小区里有那么多宠物狗，拿数码相机随便去拍一只不就行了！

孔若君拿着数码相机再次下楼，他很顺利地拍摄到一只哈巴狗。狗的主人根本没发现。

"你这一趟一趟的是干吗哪？"范晓莹一边在厨房做早餐一边探头问孔若君。

"刚才我没拍好，又去补拍了一次。"孔若君匆忙进自己的房间。

孔若君屏住呼吸，他通过"鬼斧神工"将哈巴狗的头嫁接到居委会主任身上。

电脑问孔若君：确实要完成此次移花接木吗？

孔若君做了个深呼吸，他稍事犹豫后，毅然按下了"确定"键。

第九章　白客诞生

　　晨练的音乐结束后，居委会主任弯腰关录音机。当她拿着录音机回转身面对练友们时，人群发出了此起彼伏的尖叫声。居委会主任的头变成了一只哈巴狗的头！尽管本小区的居民已然经历过昨天殷青异变的磨炼，但他们还是结结实实地大惊大怪了一回。

　　"出什么事了？"居委会主任发现大家都在看她。

　　"你的头……"一个年龄相当于六个少女的练友指着居委会主任的头结结巴巴地说。

　　"我的头怎么了？就算变成狗也不值得你们这么大惊小怪呀！"居委会主任一直对昨天电视台不因殷青的事采访她耿耿于怀。

　　当居委会主任的手接触到自己的脸时，她的声带发出了压过所有人的声音。

　　"快报警！"有人说。

　　孔若君的房间窗户距离晨练的花园不远，他在按下"确定"键不到五秒钟后清清楚楚听到了居委会主任的号叫声。

　　孔若君不顾一切地冲出家往楼下跑。

　　目睹变成哈巴狗头的居委会主任，孔若君成为花园里的一尊石雕，他没有了思维，没有了呼吸，只剩下两只眼睛直直地盯着居委会主任的狗头。

　　这回，电视台的车是和警车一起赶到的。

还是那位警长，他见到居委会主任后说："又一个！"

警长和电视台的记者同时向居委会主任发问。摄像机疯狂攫取一切能攫取得到的镜头。

目击者争先恐后地向警察和记者描述事件的经过。

一位记者从摄像机里拿出录像带对同事说："你先把带子送回台里发消息，我们在这儿继续拍，你随时来拿！"

没人注意变成石雕的孔若君。

孔若君不知道自己是怎么回到家里的。

正准备出门上班的范晓莹和殷雪涛看出孔若君神色不对，殷雪涛问："若君，你不舒服？"

孔若君摇摇头，他的泪水顺着鼻子两侧流下来。

孔若君想说"是我害了殷青"，但他没有勇气说出来。

"你这是怎么了？"范晓莹见儿子这个样子，慌了。

电话铃响了。

殷雪涛接电话，是宋光辉打来的。

"你们看电视了吗？"宋光辉问。

"没有，怎么了？"殷雪涛问。

"快打开电视！"宋光辉说。

殷雪涛打开餐厅里的电视机，屏幕上是长着狗头的居委会主任。

"快去叫殷青！"殷雪涛对范晓莹说。他觉得这对殷青来说是好消息。

殷青还在睡觉。范晓莹叫她快起来。

"干什么？"殷青问。

"又有一个人的头变了，电视上正在报道，你快去看。"范晓莹说。

"真的？"殷青一跃而起。

全家人包括贾宝玉都看电视。电视台的记者说，就在昨天出现人体异变的那个住宅区，今晨又出现了一例人体异变。异变者也是变成了狗头，只是这回是哈巴狗。记者还特别说，该居委会主任从不养狗。电视台采访了有关专家，一位专家分析说，很可能该住宅区的建筑中使用了放射性建筑材料，导致人体异变。另一位专家反驳说，放射性物质只会导致白血病什么的，绝不会导致变头。还有一位专家甚至推测这是外星人的恶作剧。

孔志方也打来"报喜"电话。范晓莹说我们已经看到了。

范晓莹看了看表，对殷雪涛说："咱们该上班去了。"

殷雪涛问孔若君："你身体没事吧？"

孔若君说："刚才有点儿不舒服，已经好了。一会儿宋智明和王海涛来。您放心吧。"

范晓莹和殷雪涛走后，殷青对孔若君说："这世界上怪事越来越多。"

"是……"孔若君心不在焉。

"你怎么了？"殷青看出孔若君有心事。

"……我如果对你说……是我把你弄成这副模样的……你会原谅我吗？"孔若君对殷青说。

殷青哈哈大笑："别逗了，你要是真有这本事，你可就值了大钱了！"

"如果是真的呢？"

"我喜欢幽默！那居委会主任也是你弄的？这样吧，你再帮我弄一个人怎么样？我的小学数学老师，她对我特不好。"殷青笑着说。

孔若君叹了口气，没人会信他的话。

殷青和孔若君一起吃早餐。殷青吃完饭后竟然用舌头舔盘子。

门铃响了，孔若君从门镜往外看，是两个小伙子。

"你们找谁？"孔若君问。

"我是宋智明，他是王海涛。"外边说。

孔若君打开门，四个人都做了自我介绍，他们立刻就成了朋友。王海涛和宋智明没有对殷青的头表示任何惊讶，这使殷青感到欣慰。

"你俩先陪殷青玩，我和网友有点儿事。"孔若君对王海涛和宋智明说。

孔若君坐在自己的电脑前，他同时打开电脑旁的电视机，电视台正在直播在医院接受检查的居委会主任。

有两件事，孔若君需要进一步证实：一、既然头能换过去，为什么不能换回来？二、别人编程的图片切换软件也能做这事儿吗？

孔若君在电脑里将居委会主任的头换了回来，他一边注视着电视屏幕上的居委会主任一边按下了"确定"键。

正躺在医院的病床上接受专家检查的居委会主任的狗头突然不翼而飞，居委会主任的原装头完璧归赵。在场的人大惊。电视台记者急忙向观众报道事态的新进展。

孔若君兴奋之余又纳闷：居委会主任的头能换回来，殷青的头为什么不行呢？

孔若君决定趁居委会主任在电视上，先试试别的图片剪切软件能不能换头。孔若君使用市场上出售的图片剪切软件嫁接居委会主任的头，电视屏幕上的居委会主任无动于衷。

"只有我的'鬼斧神工'拥有这种功能。"孔若君终于明白了。

有人敲孔若君的门。

孔若君一边通过鼠标掩饰电脑屏幕一边说："请进。"

王海涛推门进来说:"殷青哭了,你快去看看。"

"为什么?"孔若君问。

"她从电视上看到那个居委会主任的头变回来了,就哭了。"王海涛说。

孔若君跟着王海涛来到殷青的房间,殷青正在抽泣。

"她刚变成狗头就变回来了,我怎么不行?"殷青问孔若君。

孔若君说:"你很快也能变回来。"

"我不信。"殷青还哭。

"你们劝劝她,我马上来。"孔若君要再次尝试将殷青变回来。

孔若君回到自己的电脑旁边,他再次将扫描后的殷青床头柜上的照片替换下殷青脖子上的贾宝玉的头。

按下"确定"键后,孔若君跑进殷青的房间:"变回来了吧?"

殷青依然是贾宝玉的头。

"人家这样,你还拿我寻开心!"殷青哭得更厉害了。

只有一种解释说得通:恢复头必须使用换头时使用的那张照片,别的照片不行。

孔若君顾不上说话,他急于证实自己刚才的这个判断,他跑回自己的房间。

孔若君清晨给居委会主任照了两张相,他要用另一张照片做试验。

孔若君又用"鬼斧神工"将那哈巴狗的头接到居委会主任的脖子上,电视屏幕上自然又是一番忙乱:居委会主任的头又变成狗了。孔若君再用另一张照片恢复居委会主任的头,没有作用!

此时此刻,孔若君彻底明白了:只有他编程的"鬼斧神工"软件具有换头功能;只有换头的那张照片才能恢复被换者的原貌。

孔若君面对的是残酷的现实:备份有殷青换头的那张照片的磁

盘被窃贼偷走了。如果找不到那张软盘，或者窃贼已将软盘中的殷青照片删除，殷青将使用贾宝玉的狗头生活终生。

孔若君清楚自己如果想恢复殷青的原貌，就必须找到那张软盘。孔若君想起大海捞针这句话。

隔壁传来殷青的笑声。

孔若君拖着沉重的步伐走进殷青的房间。王海涛告诉孔若君，当殷青看到电视上的居委会主任的头又变成狗头时，就开心地笑了，她还说与其来回变着玩还不如不变。

孔若君苦笑。其实昨天殷青已经接受了现实，今天居委会主任的异变先是给她以心理上的平衡，等居委会主任恢复后，殷青就不平衡。现在居委会主任又"复辟"了，殷青就又平衡了。

"既然如此，为了让殷青好受点儿，就让居委会主任陪着她吧。"孔若君想，"我看那居委会主任变头后见有这么多记者围着她，挺兴奋的。刚才我恢复她后，她好像很失落。"

孔若君毕竟阅历少，遇到这么大的事，他需要找人帮他拿主意。

孔若君给他在这个星球上最信任的人孔志方打电话。

"爸爸，我是孔若君。"孔若君在电话里听到爸爸的声音后说。

"你们看到那人的头来回变了吗？"孔志方问儿子。

"看到了。我有事找你。"

"什么时候？"

"就现在。"

"现在不行，我正代表公司和客户谈一笔大生意，晚上吧？"

"特别重要的事，我必须现在见你！"

"什么事？"

"我不想在电话里说。反正你怎么想这件事的重要性都不会过分。"

"王海涛还在你家？"

"他和宋智明都在。"

"你叮嘱他们，等你回去再离开，殷青身边不能没人。你现在来吧，我在公司等你。"

"谢谢你。"孔若君挂上电话。

孔若君向王海涛和宋智明交代后，拿上数码相机和"鬼斧神工"的备份磁盘去见孔志方。

"到底是什么事这么急？"孔志方在公司会客室问儿子，"我提前轰走客户，弄不好老板会炒我的鱿鱼。"

孔若君关上门，将殷青异变的来龙去脉告诉孔志方。

"逗我？"儿子说完后，孔志方说。

"爸！我会跑这么远来拿你开涮吗？"孔若君说。

"你刚才说的都是真的？"孔志方审视儿子。

"绝对是真的。"孔若君说，"我是你儿子，你还能不了解我？这是装有'鬼斧神工'的磁盘。"

孔志方接过磁盘看，然后看儿子。

"白客。"孔志方冒出这么一句话。

"什么白客？"孔若君不懂。

"如果你说的都是真的，计算机领域将多一个名词：白客。"孔志方若有所思地说。

"相对于黑客？"孔若君有悟性。

孔志方点点头。

第十章　屡试不爽

"你要我做什么？"孔志方问儿子。

"这还用问？帮助我。"孔若君说。

"眼见为实，我只有在确信无疑后才会给你出主意。"孔志方说。

"怎么试？"孔若君问。

"你就拿我试，我的办公室有电脑。"孔志方说。

"不行，万一恢复不了呢？你就完了。"孔若君绝对不会拿生父试。

"那拿谁试？"孔志方为难。

"你们公司有没有特讨厌的人？比如爱打小报告的，爱占公司便宜的，爱当着领导一个样背着领导又一个样的，爱嫉贤妒能的，爱嚼舌头的。我就拿这种人表演给你看，怎么样？"孔若君犯坏。

"你从哪儿学的？"孔志方不知是夸儿子还是训儿子。

"有吗？"孔若君问。

"会没有吗？"孔志方说。

孔志方在这家国有公司担任业务部经理，销售部孙经理总是跟孔志方过不去，经常在总经理那儿给孔志方使坏。销售部经理认定孔志方是他竞争副总经理职位的绊脚石。

"就拿销售部孙经理试吧。"孔志方压低了声音说。

"我怎么给孙经理照相?"孔若君问。

孔志方说:"难度比较大。你在这儿等着,我去看看他在干什么。"

孔志方离开会客室,他上楼去孙经理的办公室侦查,在楼梯上,他忽然觉得自己的行动很可笑,孔若君怎么可能给孙经理换头呢?

孔志方笑着摇了摇头,心说,就算陪儿子玩吧。

孙经理正在和下属开会研究什么,一屋子人。

孔志方先到自己的办公室,看到和他共用一间办公室的人出去了。孔志方再到会客室同儿子商量。

"他在开会,没办法给他照相。我的办公室没人了,咱们去那儿,比这儿方便。"孔志方说。

"有他的照片吗?我翻拍他的照片试试。"孔若君灵机一动。

"照片行吗?"孔志方问,"公司门口的橱窗里有。"

"我没把握,试试吧。"孔若君说。

孔志方带着儿子到公司门口的橱窗前,他指着孙经理的照片说:"就是这个人。"

孔若君掏出数码相机对准孙经理的照片翻拍。

看着儿子熟练使用他送的数码相机,孔志方很得意。

"糟糕,我没带狗的照片。"孔若君一拍脑袋。

"既然能换,就不一定非是换狗头,应该什么头都可以。"孔志方推理。

"这倒是。"孔若君听到麻雀叫,他抬头,看见旁边的树上有几只肥硕的麻雀在闲聊。

孔若君举起数码相机,将一只麻雀收入相机的存储卡中。

"万事俱备了?"孔志方问儿子。

"你的办公室有电脑？"孔若君问。

"有一台专归我使用的电脑。"孔志方说。

孔志方带儿子走进他的办公室，房间里有两张办公桌。

孔志方打开其中一张办公桌上的电脑。孔若君把装有"鬼斧神工"的磁盘插进电脑机箱，将"鬼斧神工"输入孔志方的电脑。

"该输照片了？"孔志方问。

孔若君点点头，他用专用导线将数码相机和电脑珠联璧合。孙经理和麻雀的照片先后进入孔志方的电脑。

孔若君熟练地使用"鬼斧神工"将麻雀的头换到孙经理脖子上。

看着电脑屏幕，孔志方被逗得哈哈大笑。

"我现在一按'确定'，孙经理的头就变成麻雀头了。"孔若君告诉生父。

"你肯定？"孔志方基本不信。

"除非翻拍照片不行。"孔若君说。

"如果真的变了，还能变回来吧？"孔志方并不想害孙经理。

"应该能。"孔若君说。

孔志方拍了一下桌子，说："试吧。"

孔若君用鼠标按下了"确定"键。

几乎是在同时，楼道里像炸了锅。

"出什么事了？"孔志方往门外看。

"还能有什么事？"孔若君指着电脑屏幕提醒生父。

孔志方呆了。

"不信你去看。"孔若君说。

孔志方跑到孙经理的办公室往里看，只见孙经理的身体顶着一个麻雀头在接受下属的惊声尖叫，销售部的李小姐拿来镜子让孙经理照。

075

闻讯赶来的总经理看了孙经理,他不知所措地问孔志方:"要报警吗?"

"对公司形象不利吧?"孔志方说。

"昨天和今天本市有变狗头的,现在咱们这儿又出了麻雀头,这是怎么了?"总经理明显发慌。

公司里乱作一团。

孙经理在房间里乱转,同事们和他保持距离。孔志方觉得长着麻雀头的人比长着狗头的人可怕多了,不是那么回事。

孔志方正准备回自己的办公室让儿子恢复孙经理的人头,同事们又爆发出另一波惊叫。

孔志方再看孙经理,麻雀头不见了,取而代之的是钱串子头。钱串子是一虫子。虫子头长在人身上,比麻雀更别扭和恐怖。

孔志方赶紧回自己的办公室,孔若君坐在电脑前。孔志方看屏幕,屏幕上的孙经理果然是钱串子头。

没等生父问,孔若君说:"刚才你的办公桌上爬着一只钱串子,我顺手就用数码相机给拍下了。多试几次,你就确信不疑了。怎么样?"

"快给他恢复了,已经影响我们公司的正常工作了。我彻底信了。"孔志方说。

孔若君又复原孙经理。

孔志方再去孙经理的办公室打探,恢复了人头的孙经理一头雾水地坐在椅子上发呆,下属们问寒问暖。

回到办公室后,孔志方对儿子说:"收拾你的东西,把我电脑里的'鬼斧神工'删除,咱们去外边谈。"

孔若君知道生父要和他共商对策了,他麻利地删除电脑里的"鬼斧神工"和孙经理的照片。

父子俩坐进路边的一个小酒吧。

孔志方要了一杯白兰地。

"你喝什么？"孔志方问儿子。

"矿泉水。"孔若君说。

服务员给孔志方父子两人端上酒水。

孔志方一口就喝光了杯中所有酒。

孔若君吓了一跳。

"这是一件很大的事。"孔志方说，"你很了不起，竟然能编出这样的软件。"

孔若君不说话，他听生父说。

"但是，'鬼斧神工'一旦流传到社会上，这个世界就完蛋了。"孔志方面有忧色。

"没错。"孔若君说。

"所以，咱们必须确保它不会外传。"

孔若君点头。

"第二，咱们一定要找回存有殷青照片的那张磁盘，恢复殷青的原貌。"孔志方说。

"很难找。"孔若君没信心。

"这个贼偷磁盘，说明他可能喜欢电脑。他偷保龄球，说明他可能喜欢打保龄球。咱们常去保龄球馆转转，看有没有使用骷髅保龄球的人。"孔志方说。

孔若君眼睛亮了，他很受启发。

"我分析，这不是个一般的小偷，是个有知识的小偷，很可能还上网。"孔志方一边思索一边说。

"我一定要找到他！一定！"不知为什么，孔若君突然间有了信心。

"有志者，事竟成。"孔志方鼓励儿子。

"我应该将真相告诉殷青吗？"孔若君征求生父的意见。

"一定要告诉她。"孔志方说。

"她如果因此怨恨我呢？"孔若君问。

"那也要告诉。"孔志方说，"欺骗生活在一个房顶下的人，绝对折寿。"

孔若君点头。

第十一章　出人意料的殷青

孔若君赶回家时，王海涛和宋智明正准备回家。

"她怎么样？"孔若君问两位继弟。

"殷青上网玩得很高兴。"王海涛说。

"谢谢你们。"孔若君说。

"一家人，千万别客气。"宋智明说。

殷青从卫生间出来，问孔若君："你去哪儿了？我发现上网太有意思了！"

"我们走了。"王海涛说。

"常来！"殷青说。

贾宝玉也依依不舍地送客。

王海涛和宋智明刚走，范晓莹和殷雪涛就前后脚下班到家了。

殷雪涛一进门就说："全市都在说异变的事。"

范晓莹说："何止全市，是全世界。"

"殷青挺好？"殷雪涛问孔若君。

"挺好。"孔若君说，"忙着上网呢。"

殷青出来和父母打招呼。

"有个股民对我说，有家公司的老总变成麻雀头了。可惜电视台得到信息晚了，没拍上。"范晓莹说。

"我听说是变成钱串子头了。"殷雪涛说。

好像别人变得越多,他们的心理压力就越小。

"晚饭后,我有话对你们说。"孔若君郑重地宣布。

"干吗弄得跟外国电影里百万富翁修改遗嘱似的?"殷青说。

"妈,你快做饭,要不吃简单点儿。"孔若君说。

"什么事?"范晓莹问。

"若君出去了一下午。"殷青说。

"出什么事了?"殷雪涛问继子。

"我想一起说。"孔若君说。

"殷青听没事吧?"殷雪涛担心是和殷青有关的事。

"不知道,但愿没事。反正要你们都在场。"孔若君说。

听孔若君这一说,范晓莹和殷雪涛都没心思做饭了。

"咱们吃方便面吧?"范晓莹问家人。

都没意见。

饭后,全家围坐在餐桌旁,孔若君把贾宝玉也叫来了。

大家看着孔若君。

"我说完后,你们打我,骂我,脱离关系,甚至将我绳之以法,都行。"孔若君一字一句地说。

大家面面相觑。

"你总不会说我变成贾宝玉的头是你弄的吧?"殷青笑,"这样的胡话你已经说过了,最好来点儿新鲜的。"

"你变成贾宝玉的头确实是我弄的。"孔若君极其严肃地对殷青说。

"孩子受刺激了吧?"殷雪涛对范晓莹说。

"我很正常。"孔若君说,"我希望你们能给我一口气说完的机会,不管你们多不信,也不要打断我的话。"

殷雪涛和范晓莹先对视,然后再和殷青对视,三个人都点头同意。

孔若君沉默了大约一分钟后，开始叙述。

他从范晓莹和孔志方离婚讲起，然后是殷雪涛和殷青进入他的生活，殷青对他的不屑一顾，导致他高考落榜……

范晓莹以为孔若君是要和家人算总账，她想阻止儿子继续说下去，殷雪涛示意她不要这么做。

孔若君冲继父投去感激的一瞥。

孔若君的叙述进入了关键的阶段，他的话开始结巴。孔志方送给他数码相机……他从楼上拍下殷青的照片……受2000年6月号《童话大王》杂志封面的启发……他恶作剧地要将贾宝玉的头安到殷青身上……认为美国公司编的图片软件不好……自己编了一个"鬼斧神工"……没想到殷青的头真的变了……居委会主任……孙经理……存有殷青照片的磁盘碰巧被盗……

"我说完了。你们审判我吧。"孔若君如释重负。

殷雪涛、范晓莹和殷青大眼对小眼，人首对狗头。

"编童话？"范晓莹问儿子。

"全是事实，不信现在你们可以给孔志方打电话。"孔若君说。

"我要给孔志方打电话。"殷雪涛说。

范晓莹拨电话。

孔志方告诉殷雪涛，孔若君说的都是实话。

殷雪涛放下电话，不吭声了。范晓莹和殷青都从殷雪涛脸上看出了答案。

"我的头真的是你换的？"殷青很激动，"你很了不起呀！和你比起来，比尔·盖茨算个屁！"

孔若君认定殷青是在挖苦他。

殷青真诚地对孔若君说："哥，我不怨你。要说我这也是自找的，我干吗蔑视你？从昨天起，我看出你是货真价实的好人，比金国强强一万倍。你不要觉得对不起我，不是找到那张磁盘还能把我变回来吗！多一种经历也是财富。"

孔若君泪流满面。

殷雪涛对孔若君说："若君，尽管你爸爸证实了，可我还是不信。"

"我表演给你们看。"孔若君站起来。

"怎么表演？"范晓莹担心。

"我把我的头变成贾宝玉的头。"孔若君说。

"这不行！"殷雪涛说，"已经有一个了，再弄一个，我们怎么能承受？"

"马上就能变回来。"孔若君说。

"我想看。"殷青说。

"你有把握恢复原状吗？"范晓莹问儿子。

"绝对有把握。"孔若君说，"退一万步，就算我变不回来了，我心甘情愿和殷青做伴。"

殷青说："算了算了，别表演了，真要是像我似的恢复不了了，我不愿意。"

"我要表演，请你们成全我。"孔若君坚持。

"就让他试试吧。"范晓莹说。

孔若君拿出数码相机，让殷青给他照一张相。

"我不会用。"殷青不想照。

"我已经弄好了，你按快门就行了。"孔若君说。

殷青只得使用数码相机给孔若君拍照。

"贾宝玉的照片我的电脑里有，不用照了。"孔若君接过数码照相机，"你们去我的房间，我表演给你们看。"

家人跟在孔若君身后走进他的房间。

孔若君坐在电脑前,他将数码相机里他的照片输入电脑,屏幕上出现他的照片。

"这就是我编的'鬼斧神工'软件,"孔若君一边操作一边给他们解说,"现在我开始把贾宝玉的头换到我的身体上。"

"不可思议。"看到电脑屏幕上贾宝玉的头到了儿子身上,范晓莹感叹。

"现在如果我按下'确定'键,现实中的我的头将变成贾宝玉的头。"孔若君通过鼠标将光标移到"确定"键上待命。

"算了吧,我们信了。"殷雪涛说。

孔若君义无反顾地按下了"确定"键。

孔若君的头变得和殷青一模一样。

尽管有思想准备,范晓莹和殷雪涛还是目瞪口呆。

殷青像找到了知音,她情不自禁地抱着孔若君的头狂亲。

贾宝玉吓得钻进床下。

孔若君摸自己的头,还照镜子。

"快变回来吧!"范晓莹说。

孔若君通过电脑恢复了自己的模样。

范晓莹和殷雪涛都松了口气。

"恢复殷青的关键就是找到那张磁盘?"殷雪涛问。

"对。"孔若君说。

"如果找不到呢?"殷雪涛觉得实在不容易。

"一定会找到的!"孔若君说,"万一找不到,我就变狗头陪着殷青,和她做伴。"

"千万别这么想,我相信能找到。"殷青说。

"这个贼除了偷钱,还顺手拿走了磁盘和保龄球,说明他喜欢这两样东西。从明天起,我天天去保龄球馆转悠,看有没有人用骷髅保龄球。"

"我也注意。"殷雪涛说。

"小青,谢谢你对若君的宽宏大量。"范晓莹说。

"谢谢你。"孔若君也说。

"我还没说完呢,我有个条件。"殷青对孔若君说。

"你的条件我都满足。"孔若君说。

"你帮我把一个人的头换了。"殷青说。

"谁的?"孔若君、范晓莹和殷雪涛异口同声问。

"辛薇。"殷青说。

孔若君吓了一跳,辛薇是当今家喻户晓的女影星。

"为什么?"孔若君问。

殷青说:"辛薇和我是高中同班同学。上高二时,大导演汪梁到我们学校挑演员,我和辛薇进入了最终的候选人阶段,汪梁要从我们两个中挑一个。辛薇和我是好朋友,她对我说,咱俩要凭真本事公平竞争,不靠别的。我答应了。没想到,辛薇背着我使用别的手段获选了。"

孔若君明白了:"所以你一直嫉恨她?"

"是的。"殷青承认,"她不光明正大。"

"你这个要求……我不能答应……"孔若君说。

"我也觉得不好……"殷雪涛说。

殷青哭着说:"我的要求一点儿也不过分,如果当初被导演挑走的是我,我已经是明星了,有了自己的豪宅,我根本不可能跟我爸来你们家。我不来,怎么会被你变狗?可以说,是辛薇把我害成这样。我并不是让你永远把她变成动物头,什么时候我恢复了,什么时候你就恢复她,完全同步。"

"……"孔若君看范晓莹和殷雪涛。

"如果你们不同意,那你们就马上把我变回去。否则,我今晚就自杀。"殷青威胁说。

"我答应你……"孔若君赶紧说。

"咱们必须尽快找到那张磁盘!"殷雪涛说。

"爸爸是怕我哪天再要求哥哥帮我变别的人。"殷青说,"不会了,那我成什么人了?不过像辛薇这样的人确实需要咱们教教她怎么做人。"

"护窗安好了?"范晓莹打岔,她想转移殷青的注意力,没准儿一会儿殷青就改变主意了。范晓莹对殷青让孔若君换辛薇的头很不安,她觉得这是犯法。此外,辛薇是范晓莹喜欢的影星。

"上午来安装的,挺结实。"孔若君说,"这楼上的住家今天几乎都安了。"

"早安装就好了。"殷雪涛明白后妻的用意,"我看看安得怎么样。"

"哥,咱们什么时候给辛薇换头?"殷青锲而不舍地问孔若君。

殷雪涛中止去察看护窗,静观事态的发展。

"你说什么时候就什么时候。"孔若君怕殷青自杀。他发现殷青多变,一会儿一个主意,想到了就要做。

"现在。"殷青说。

"咱们现在怎么去给辛薇拍照?"孔若君找借口拖延。

"就是,今天这么晚了。辛薇又是大腕儿,找她肯定不容易,不定要过多少关呢。明天再想办法吧。"范晓莹说。

"不用找她就能给她拍照。"殷青说。

"怎么拍?"孔若君问。

殷青打开电视机,说:"过不了十分钟,就会有她,你去拿数码相机，拍电视屏幕上的她。"

家人这才想起，辛薇最近给一家制药厂生产的补钙营养品做广告，她天天在电视屏幕上鼓动如簧之舌并配以姿色苦口婆心不遗余力地诓消费者去买那营养品。

果然，辛薇出现在电视屏幕上，她不辞辛劳地实践"谎言重复一千遍就是真理"的谬论。

"从电视屏幕上拍照行吗？"孔若君能拖就拖。

"你翻拍橱窗里的照片都能给孙经理换头，电视屏幕怎么不行？"殷青说，"我拍。这也是创举。将来影星都不敢上电视了。"

殷青拿起数码相机。

"广告完了。"范晓莹提醒殷青，她为辛薇庆幸。

"您放心，她闲不住。"殷青更换频道。

辛薇风尘仆仆转眼飞到几千公里外的电视台继续为那营养品涂脂抹粉。

殷青手中的数码相机的闪光灯亮了。

孔若君迫不及待凑过去看效果。

殷青洞悉了孔若君的意图，她对他说："你如果说这张照片不清楚，你就堕落成为和辛薇一样的信口雌黄的人了。"

孔若君忙改口："清楚……真清楚……"

"咱们开始吧？"殷青句句话扣题。

孔若君、范晓莹和殷雪涛面面相觑。

"我现在就去死，你们谁也不能拦我。割腕。"殷青往自己的房间走。

贾宝玉叫。

"没人说不换呀！给辛薇也换贾宝玉的头？"孔若君拦住殷青。

"我没那么傻，换贾宝玉的头，她会怀疑到咱们。你等等。"殷青到她的房间拿出一本画册。

"就换它。"殷青指着画册里的一张兔子的照片,说。

孔若君明白自己倘若再不举起数码相机翻拍这只眼睛血红的兔子,殷青随时可能切腕自绝于人民。这丫头的倔劲儿上来,谁也拦不住。

孔若君翻拍完兔子后,大家站在原地不动。

"特沉重是不是?"殷青说,"实话说,我也有激烈的思想斗争,但最后正义占了上风,我要替天行道。我很感谢哥哥创造了白客。我刚才想了,即使哥哥没有把我变成狗头,我现在也会心甘情愿地以我变狗头为代价换取让辛薇变兔子头。她对我的伤害太大了,你们永远也理解不了。我进这家门后只是对哥哥冷淡些,哥哥就高考落榜了。而我原来和辛薇是平起平坐的人哪!如今她是什么,天王巨星!我又是什么?无名鼠辈一个!"

殷青声泪俱下。

"小青,"殷雪涛说,"除了世界首富和世界首穷,所有人都是比上不足比下有余。幸福和痛苦的秘诀在于,幸福的人比下,痛苦的人比上。"

"都往下比,人类历史还能前进?"殷青反驳。

殷雪涛张口结舌。

"咱们走。"孔若君拿着数码相机率先往自己的房间走去。

范晓莹和殷雪涛步履沉重地跟在后边。

不知为什么,殷青的泪水洒了一路。贾宝玉跟在后边舔地上的泪水,它边舔边哭,越舔越多。

孔若君坐在电脑前,他什么也不说,将数码相机里辛薇和兔子的照片"偷渡"进电脑。范晓莹注意到,儿子的手在微微发抖。

孔若君操纵鼠标用"鬼斧神工"将兔子的头安插到辛薇的身

上。殷青、范晓莹和殷雪涛站在孔若君身后看。

屏幕上出现了"确实要完成此次移花接木吗？"的询问。

孔若君将光标放到"确定"键上。他感觉那不是光标，是铡刀。

"慢！"殷雪涛大声说。

"慢"字传进孔若君和范晓莹的耳膜，变成了绿林好汉劫法场时喊的"刀下留人"。

三个人都看殷雪涛。

"我有个条件。"殷雪涛看着殷青说。

不等殷雪涛说，殷青就说："我保证，辛薇是我要求换头的最后一个人。"

殷雪涛说："说话要算数。"

殷青像美国总统宣誓就职那样举起手，说："我发誓。"

"我还有一个条件。"殷雪涛说。

殷青皱眉头。贾宝玉喜欢这个表情，它偷偷模仿。这两天，贾宝玉从殷青脸上学到不少过去它无法正确掌握的面部表情。

"咱们要为白客保密，谁也不能泄露出去。"殷雪涛忧心忡忡地说，"'鬼斧神工'流传出去，这世界就完蛋了，你们仔细想想！谁没有仇人？嫉妒比自己强的人有多少？"

"绝对不能传出去。"范晓莹说。

"现在知道这件事的只有五个人，不能再扩大了。"孔若君说。

"找到那张磁盘，恢复殷青后，立即彻底销毁'鬼斧神工'。"范晓莹说。

"其实拿'鬼斧神工'收拾坏人不是很好吗？"殷青说。

"最终肯定是坏人拿它收拾好人。"殷雪涛说。

"爸爸骂我？"殷青噘嘴。

贾宝玉苦练这个表情。作为宠物，撒娇和嗔怪是贾宝玉喜欢的表情，但它和祖先一直没找着到位的向主人表达的方式。

"都答应不外传'鬼斧神工'？"殷雪涛特别看女儿。

"我答应。"孔若君、范晓莹和殷青都说。

殷雪涛冲孔若君点点头，示意他可以"确定"了。

"来人！给我拉出去斩了！"殷青说。

殷雪涛瞪殷青。

孔若君做深呼吸，他依然下不去手，他想起从电影上看过刽子手在行刑前都喝酒。

"我要喝酒！"孔若君说。

"胆小鬼。"殷青拿开孔若君的手，她按下了"确定"键。

第十二章　亿万观众目睹异变

辛薇的成功，连她自己都始料未及。刚过十八岁生日的她，如今已是红得发紫的影星。辛薇拥有自己的别墅和豪华房车，还有专用经纪人、保镖和律师围着她团团转。各种片约和广告令她应接不暇，钞票以特大洪水的方式向她劈头盖脸滚滚涌来，就算她和家人发扬抗洪精神都阻挡不住。单是辛薇花一个小时为西部制药九厂生产的补钙产品"钙王"拍摄的电视广告，就为她带来了数百万元的巨额收入。而仅仅在一年前，辛薇还是个普普通通的高中生。

半夜醒来时，躺在别墅特制的超大席梦思床上的辛薇经常不敢相信这一切。一年前，巨导汪梁准备拍一部能在国外拿大奖的电影《奴性教条》，鉴于国内知名影星成名后普遍自生或被传染得矫揉造作，汪梁决定出奇制胜，在《奴性教条》中全部起用从来没拍过电影的影盲当演员，包括举足轻重的女主角。汪梁最喜欢做的事就是到学校挑女演员，他居高临下俯视如云的美女，让她们的声带发出各种声音，让她们的肢体做各种动作，让她们穿着欲盖弥彰的泳装翻过来倒过去地走，而他汪梁则是她们的上帝，他说谁行谁就行，他说谁不行谁就不行。当最后只剩下殷青和辛薇时，汪梁确实为难了，这两个女孩子出类拔萃的程度在他眼里完全一样，他去掉哪个都舍不得，可他的《奴性教条》只需要一名十八岁的女主角。辛薇洞悉了汪导的意图，她在麻痹殷青后，对汪导下手了。于是，汪梁选择了辛薇。果然,《奴性教条》在国外一个影响仅次于奥斯卡奖的电影节上一炮打响,辛薇亦顺理成章地坐上了最佳女主角的宝座。几乎是一夜之间,辛薇一步登天从一贫如洗的中学生变成名利双收的国际影星。

辛薇清楚殷青恨她,特别是当她知道剧组的场记不知为什么在离开学校时将辛薇获选的真相透露给殷青后。但辛薇不后悔,她觉得人生的竞争本身就是残酷无情,好位置像太阳和月亮一样就那么屈指可数的几个,而实力相当的人却多如繁星。谁能抓住机会,谁就能成为光彩夺目的太阳。谁丧失机会,谁就只能当黯然无光的星星。

辛薇成名后,她体会最深的真理是"一人得道,鸡犬升天"。

如今,辛薇的父母和亲戚统统都跟着她发财。辛薇的父亲现在是"辛薇服饰箱包有限公司"总经理。辛薇的母亲是女儿的总经纪人,总经纪人领导着两名副经纪人,一位副经纪人负责安排辛薇的片约和走穴演出事宜,另一位则专事代理辛薇接拍广告。辛薇的律师和保镖也由表哥和堂兄出任。辛家众亲戚的感觉是家中冷不丁冒出一棵参天摇钱树,血亲们大树底下接钱忙。

某卫视台一档收视率登峰造极的娱乐节目诚邀辛薇作为嘉宾参加现场直播,在获悉对方肯付给辛薇八十五万元出场费并保证事先向辛薇泄露主持人在现场将向辛薇提的所有问题的标准答案后,经纪人和电视台签了约。

这天晚上,辛薇在亲友的前呼后拥下,驱车来到电视台的直播现场,已提前到达多时的身着统一服装的现场观众见了辛薇都激动不已,掌声雷鸣,令另外几位先到一步名声也不软的明星无地自容。

辛薇拿出谦虚状和明星先驱们一一握手,谦虚里透着矜持和不屑一顾。

有关辛薇将作为嘉宾参加本次节目的广告早以连载形式见诸电视节目报。据卫视调查预测，本次节目将因此创下娱乐节目诞生以来的收视率之最。

　　辛薇和其他资深明星并排坐在一起确实光彩夺目，她年轻，她天生丽质，她一举手一投足都显得自信和银行账号膨胀。

　　很快，观众被辛薇渊博的知识震撼了，原来这个美人不光脸蛋和身材漂亮，大脑竟然也和外表同步漂亮。面对主持人提的各种刁钻问题，辛薇对答如流并配以让人看不出的事先背好的幽默语言，她出足了风头。而旁边的明星则由于驴唇不对马嘴的回答丢人现眼使得电视机前的亿万观众不得不生出原来该星大脑竟如此丑陋的感慨。

　　辛薇成名后，汪导曾告诫她：明星作为公众人物，在观众面前应该是全方位透明的。明星身上只有一个地方不应该让观众看到，那个地方叫大脑。大脑是贮藏知识和品质的地方。追星族一旦窥视到明星的大脑，对于明星来说，结局十有八九是银行账号迅速萎缩。

　　辛薇牢记领路人汪导的肺腑之言，她绝不随意接受媒体采访，接受媒体采访都要求记者提前三天将问话提交给她，再由她的笔杆子撰写精彩绝伦无懈可击幽默诙谐的答词，再由辛薇背台词，再面对记者。如果记者在采访时突然发坏向辛薇提出事先没有通报的问题，辛薇则微笑不语。

　　汪导反复提醒辛薇的是：随着时代的变迁，随着人类嫉妒和幸灾乐祸心理的进步，媒体已顺应潮流，由用捧星的方式招徕读者扩大发行量转变为用骂星的方式吸引读者增加印数。作为明星，必须正视这个现实，小心翼翼，如履薄冰。只有如此，才能尽可能延长星命。

　　汪导的这两点忠告，被辛薇铭刻在大脑深处。

如果电视台不事先向她透露答案，辛薇是绝对不会参加直播娱乐节目的。她怕观众看到她的大脑。对于有的明星来说，大脑才是真正的羞处。露哪儿都行，就是不能露大脑。

随着节目的深入，主持人开始将现场的气氛往高潮推。导演通过耳机告诉主持人，据调查，本次节目收视率已达历史极限，导演希望主持人再加一把力，向极限挑战，让今晚此时此刻电视机前的所有观众都锁定本频道，封杀其他频道。

挑战极限本身就是在制造新的极限。

主持人请出一位著名的笛子演奏家，先请他为观众吹了一支名曲，然后由该演奏家向嘉宾提了一个有关笛子诞生在何年的古怪问题。

辛薇力挽狂澜后，主持人话锋一转，请各位嘉宾轮流尝试当众表演吹笛子。

节目导演原本是请一位钢琴演奏家先演奏钢琴，再提钢琴的问题，再由嘉宾轮流尝试钢琴。后来辛薇要求将钢琴改为笛子，导演在弄清楚这是请动辛薇的条件之一后，除了同意别无选择。

辛薇上小学时，父母送她到少年宫学过一年吹笛子。

坐在辛薇左边的明星先站起来尝试吹笛子，主演过不下二十部电视连续剧的她吹笛子时发出的声音很是滑稽，其嘴型也不能不让人联想到鸡身上某个偏后的部位，特别是她的嘴唇涂满了有起皱效果的唇膏。

轮到辛薇尝试吹笛子时，观众吓了一跳，辛薇吹出的乐曲虽然和演奏家相比还有明显的差距，但作为一名电影演员，她的笛声确实非同凡响。现场和电视机前的观众对辛薇的多才多艺报以掌声和赞叹。

主持人走到辛薇身边，他说："真没想到，咱们的马瓜瓜的笛子吹得这么好！"

马瓜瓜是辛薇在《奴性教条》中扮演的角色的名字。

辛薇志得意满地对着主持人伸到她嘴前的话筒说："我喜欢笛子的悠扬和余音缭绕。我觉得在急功近利的今天，听笛音能陶冶性情。"

掌声。

跟着掌声的是尖叫声。

辛薇发现现场观众看她的眼神不对，数百双眼睛突然由小变大，像数百盏探照灯聚焦在她的头部。

当主持人看见辛薇的头变成了兔子头时，他傻眼了。尽管近日媒体在大肆报道人头变狗头的新闻，但有识之士大都认为这是哗众取宠的人为炒作，类似于无中生有的尼斯湖怪兽。

主持人显然没有心理准备，他张大了嘴，面对镜头袒露自己的扁桃腺。

幕后工作人员请示导演是否关闭画面切换应急广告或名山大河配世界名曲，导演急中生智，说："继续转播，这是千载难逢的好机会！"

导演通过耳机命令主持人："你慌什么？你难道不知道这是上天赐给咱们的绝好机会？让这么多观众目睹明星的头变成兔子头，这镜头这场面值多少钱？前些日子一家电视台瞎猫撞上死耗子拍到汽车撞死人的镜头，就令同行羡慕得要死，咱这镜头还不气死同行？你还不赶紧抓住这让你名扬世界的机会？这个场面会在全球所有电视台反复播出，谁不播谁就死定了！辛薇是国际影星呀！"

导演迫击炮般的训话将主持人从惊恐中唤醒，只见他冲现场的观众做手势，要求他们控制自己的声带不要再发出异响。

"镇静，我是说镇静，不是震惊，请大家镇静。"主持人说，"如今我们的生活越来越富于戏剧性,不变是暂时的,变化则是永恒的,包括人体。近日我们已经从媒体看到有关人头异变的新闻,但我们将信将疑。今天,此时此刻,我们终于有幸目睹了人的头变成兔子的头,这使我们震惊。现在,我将采访辛薇小姐,询问她此时此刻的感受。"

辛薇不明白主持人在说什么,她的经纪人事先没有告诉她节目中有这样的内容。

"请问辛薇小姐,您现在还能听懂我的话吗?"主持人将话筒伸到辛薇嘴边。

"问得好!"导演夸主持人。

辛薇有过几次记者在采访她时抛弃事先约定的采访提纲半路杀出程咬金的经验,她明白此时必须沉默是金并佐以越灿烂越好的微笑。

辛薇一边在心里骂经纪人麻痹大意一边临危不乱处变不惊地三缄其口展露笑容。

辛薇不知道自己的头已经由人头变成了兔子头,而笑容一旦出现在兔子的脸上,将必然诱导目击此笑容的人类声带发出兔子笑一般的异常声响。

"太棒了!再提问!"导演激动得大口吞噬速效救心丸。

"请问辛薇小姐,您当时有疼痛感吗?"主持人问辛薇变头时的感受。

辛薇以为主持人是在挖苦她在成功路上的某个足迹,她不知所措了,她断定该电视台是设了圈套让她钻,她中计了。

"您当时一点儿不疼吗?我怎么没看见血?您还能说人话吗?"主持人一边观察辛薇的脖子一边问。

辛薇明白自己如果再不反击,今后就无法再在演艺界混了,谁都可以侮辱她了。

当主持人再次靠近辛薇准备提问时，辛薇抡圆了手臂打了主持人一记嘹亮的耳光。

"好！争取再让她打！"导演很兴奋。

挨打后本准备勃然大怒的主持人在导演的提醒下转怒为喜，他嬉皮笑脸地将另半张脸凑过去："真没想到我会挨辛薇小姐的耳光，这是一种荣幸。"

这时，辛薇的亲友终于从呆若木鸡中醒悟过来了，他们冲到辛薇身边，其中辛薇的表哥脱下自己的上衣，用其挡住摄像机。

导演赶紧指挥："二号机三号机启动！四号机俯拍！五号机仰拍！"

辛薇不知所措地看亲友。

"你的头变了！"母亲哭着告诉女儿。

辛薇伸手摸自己的脸，她的声带发出了现场最恐怖最尖厉的惊叫。

"妈，我这是怎么了？"辛薇大喊。

主持人说："各位观众，变成兔子头的辛薇小姐依旧会说人话！"

导演吩咐手下："辛薇要走！快准备转播车，全程跟拍！不准新闻部的人插手，这是咱们文艺部的独家报道！不管辛薇去哪儿，包括医院，咱们都要寸步不离！"

有下属问导演："如果别的媒体介入怎么办？"

导演说："今天晚上的辛薇已经被本节目出钱买断了，谁插手谁侵权，让他们等着吃官司吧！"

一位幕僚过来告诉导演："据调查，咱们的收视率已经登峰造极了，已经超过了世界拳王争霸战！全球都在通过卫星转播收看咱们的节目！"

导演心潮澎湃："快请示台长，我要直升机航拍！"

下属提醒导演："现在是夜间，能见度差。"

导演说："我要装备探照灯的直升机！"

副导演小声对导演说："您别受好莱坞电影里外国电视台动不动就航拍新闻的影响，您得现实点儿。"

导演还是兴奋得难以自持。

"快派至少三名佩戴隐形摄像机眼镜的人跟着辛薇，我估计她会先去医院。"副导演建议。

导演同意。

辛薇在亲友的护送下离开电视台的演播室，沿途全是摄像机伺候。

辛薇上了自己的汽车，她和亲友这才发现，她的汽车前方是电视台的敞篷拍摄车，她的汽车后边是头上长着各种天线的转播车。

辛薇的律师跑过去警告电视台的人。电视台的人则拿出电视台和辛薇签订的今晚合作节目的合同书复印件提醒律师合约的时间未到，现在乙方是在行使合同赋予的权利。

由电视台和辛薇及其亲友的车辆组成的车队浩浩荡荡驶离电视台，亿万观众在家中夹道护送。

财大气粗的商家要求插播广告，电视台狮子大开口要价每零点零一秒一千万。仍有和银行关系铁的商家面不改色心不跳地挺身而出。

在辛薇的汽车里，家人正在为何去何从激烈地争论。

"看来今天咱们是甩不掉电视台了。"律师说。

"这到底是怎么回事？"母亲一边哭泣一边问天。

"好在咱们不是第一个变头的。"父亲给家人宽心。

"也不是最后一个。"辛薇哭时觉得眼睛很别扭，兔子的泪腺不发达。

"回家还是去医院？"兼任司机的保镖问。

"应该去医院，现在她只是头变了，万一发展了，全身都变了就麻烦了。去医院能控制住。"母亲说。

"我看过前两个变头的人在医院里接受体检的电视新闻，我觉得去医院没用。"父亲反对。

"你能设法甩掉电视台吗？"律师问司机。

"舒马赫来了也甩不掉。"保镖断言，"这不叫拍电视，叫武装押运。"

"你说去哪儿？"父亲征求辛薇的意见。

"我哪儿都不去！"辛薇在家人面前不忌讳暴露自己的羞处——大脑。

"还是回家为妙。"律师说，"法律规定公民的住宅不受侵犯，电视台不能强行进入咱们的住宅拍摄。可如果是在医院这种公共场所，咱们想阻止他们就无能为力了。再说，前两个变狗头的人都没有继续变下身。"

父亲说："咱们回家！"

母亲依然哭："乐极生悲呀！我早说过，咱们应该悠着点儿，有钱大家赚。本来应该十个明星挣的钱，都让咱们一家挣了去，能不出事吗？"

父亲说："你胡说八道什么？我没看见哪个当红明星放着到手的钱不拿的。你不要散布迷信。依我看，这世界上的人早晚都得变动物，每天光是穿透咱们身体的射线有多少？电视台的，广播电台的，手机的，微波炉的，人还能活得好吗？这是万箭穿心呀！最后一个被射线遗忘的角落——地铁最近也被移动通信公司给覆盖了。

还有咱们吃的那些粮食、蔬菜和水果，哪样不是在剧毒农药里泡大的？说得好听是吃食物，说得不好听是吃毒药！还有肮脏的空气，如今哪个人的肺不是悬浮颗粒过滤器？还有表面清澈骨子里全是大肠杆菌的水，还有从小吃掺有激素的饲料茁壮成长一日千里的牛、猪、鸡……"

母亲说："你说点儿有用的话！孩子都这样了，你还说挨不着边儿的话！世界上那么多人被射线穿透着，那么多人间接服用农药，那么多人天天吃激素牛肉鸡肉猪肉，那么多人拿自己仅有的两片肺甘当悬浮颗粒过滤器，人家怎么就还一如既往地顶着人头？"

汽车驶进别墅区，停在家门外。电视台的摄像机围在辛薇的车门外严阵以待，等候她下车。

第十三章　转移视线

律师表哥说："我先下车警告电视台的记者，你们护送辛薇，她的头上要蒙衣服。"

律师下车，他高声对记者们说："这里是私人住宅，你们的权限到门口为止，再前进一步，就会触犯刑律！"

保镖下车打开后座的车门，头上蒙着衣服的辛薇在父母的保护中下车，摄像机咬住辛薇不放。

辛薇在家人的协助下终于摆脱了摄像机的非礼，走完十米的路程，保姆高姨打开家门迎进主人。

律师将记者连同他们的摄像机关在门外，律师通过可视对讲系统往外看，电视台已然摆出安营扎寨的架势。

辛薇摘掉蒙在头上的衣服后，高姨吓了一跳："这……这是……怎么了……"

"慌什么？没见过兔子？"辛薇的母亲瞪保姆，"还不快给她做消夜！"

高姨心说兔子我怎么没见过，但这样的兔子却是头一回见。高姨小心翼翼地问："她还是吃牛肉面？"

"你说应该吃什么？"辛薇的母亲问保姆。

"我去做。"高姨说。她怕辛薇改吃萝卜和白菜。

律师打开客厅里的电视机，他说："咱们必须知道他们怎么说辛薇。"

　　电视屏幕上是辛薇家的外景,记者们随时向观众报道事态的进展。画面上不时出现各路专家对此事的信口雌黄。

　　"我要照镜子。"辛薇说。

　　"能让她照镜子吗?"父母想起过去从媒体上看到过被毁容的女子身边的所有镜子都被家人藏匿的报道。

　　"让她照吧,摸着比照着更恐怖。"律师说。

　　母亲拿来镜子。

　　"你要有心理准备。"父亲给女儿打预防针。

　　辛薇从母亲手中接过镜子,她缓慢地将镜子一点儿一点儿往上举,尽管有准备,辛薇还是将手中的镜子掉在地上摔得粉身碎骨。

　　"你要坚强。"父亲对女儿说。

　　辛薇突然想起了什么,她说:"我还要照镜子!"

　　"不要照了。"律师说。

　　"不,我要照!我见过这只兔子!"辛薇喊。

　　家人大眼瞪小眼,他们都做出了如下判断:辛薇精神失常了。

　　"快去给我拿镜子!快!"辛薇急不可待。

　　"你小声点儿,别让外边的记者听到。"父亲制止女儿高声喊叫。

　　"去给她拿吧。"律师说。

　　母亲又给女儿拿来一面镜子。

　　辛薇接过镜子。

　　家人破碎的心做好了接受这面镜子也破碎的准备。

　　奇怪的是辛薇这次拿镜子的手像是和镜子焊在了一起,她反复端详镜子中的兔头。

　　家人的眼中充满了恐惧和惶惑。

"这是殷青画册里的那只兔子！"辛薇终于想起来在哪儿见过这只兔子了。

当年殷青和辛薇都住校，她俩住同一间宿舍，辛薇睡南边的床，殷青睡北边的床。殷青喜欢的这本画册辛薇也经常翻看，其中殷青最宠爱这只兔子。

辛薇知道几天前本市有人变头，家人清楚辛薇有愧于殷青，所以他们向她封锁了变头的人是殷青的信息，以防加重辛薇的负疚心理。

"你确认这只兔头是殷青画册里的兔子？"父亲问女儿，"天下的兔子不都一样吗？"

"绝对是，我太认识它了。"辛薇说。

"殷青的头也变了。"父亲认为现在告诉女儿殷青的头也变了能起到宽慰女儿的作用。

"什么时候？我怎么不知道？"辛薇惊讶。

"第一个变头的就是殷青，我们没告诉你是她，怕你伤心。"母亲说。

"那个变狗头的姑娘是殷青？"辛薇问。

大家都点头。

"两个同窗好友先后变头，这说明什么？"辛薇的父亲问律师。

律师摇头："我也不知道，好像说明不了什么。变头不可能和校籍有关系。"

"我和殷青的头都变了，这不可能是巧合，其中肯定有关联。"辛薇说。

"我可以开展调查。"律师应付辛薇，他在心里认定殷青和辛薇陆续变头是巧合。

"你查不出来。"辛薇说。她猛然想起了同班同学金国强，金国强是殷青的男友,这在班上是公开的秘密。

当年,金国强先追辛薇,在遭到辛薇的拒绝后,金国强才挥师北上转战殷青。辛薇坚定地认为,只有正宗的傻瓜才会在读高中时谈恋爱。

以辛薇如今的名气和财力,辛薇估计自己收买金国强当线民刺探殷青是易如反掌的事。直觉告诉辛薇,自己的变头和殷青变头之间有因果关系。既然人头都能变狗头兔子头,还有什么不可能的事?

拿定主意后的辛薇笑了,她越笑,家人越害怕。据说地球上最恐怖的景象就是满面笑容的兔子。

辛薇的父亲对律师说:"你要想办法!不能让全世界的注意力都在辛薇的头上。"

如此吸引全球的注意力,辛薇的父亲一亿个不愿意。他在给亲戚律师施加压力,言外之意是,如果你不行,我就要重金聘名律师保护女儿了。

律师有危机感,他想了想,说:"唯一的办法是转移视线,将焦点从辛薇头上转移到别人身上。"

"怎么转移?"母亲问。

"我正在想办法。"律师一边说一边看电视屏幕上一位专家接受记者采访。

记者问专家辛薇为什么会变头。

专家说:"据我分析,辛薇很可能是过量服用'钙王'导致变头。"

记者问:"过量补钙会导致人体异变?"

专家说:"众所周知,过量补钙能造成人体骨质增生,严重的骨质增生的结果是什么?很可能是人体异变!辛薇在电视广告中信誓旦旦地说她每天都吃'钙王',我估计辛薇不会也不敢当着芸芸众生撒谎，如此看来，辛薇大概是补钙过量导致骨质增生进而促使头部异变。如果她继续天天吃'钙王'，我估计她的身体的其他部位也会陆续演变。"

律师兴高采烈地说："我有办法了，咱们起诉西部制药九厂，以辛薇长期服用'钙王'导致头部异变为由，状告该厂人身侵害！如此一来，公众的注意力就转移到西部制药九厂身上了。作为受害者，辛薇还会获得公众的同情，使她从被公众落井下石幸灾乐祸的目标转变成为公众同情弱者的靶子。如今的公众最爱干什么事？只有两件，一是目睹名人身败名裂而幸灾乐祸，二是通过怜悯弱者公开贩卖兜售自己的同情心。"

父亲说："你的办法好是好，只是辛薇从来没吃过一片'钙王'呀。"

"这就是天知地知你知我知的事了，咱们就一口咬定辛薇天天吃'钙王'，他们能举证说辛薇没吃过？何况刚才那位教授说得对，辛薇在电视上面对公众说她天天靠吃'钙王'补钙，她敢拿着自己的良心这么撒谎吗？"律师越说越兴奋，他突然意识到这是使自己名扬四海的机会。

母亲说："也只有这么办了。"

大家看辛薇。

"告吧，我恨西部制药九厂！"辛薇咬牙切齿地说，"没他们这么干的，花几百万元，一天恨不得在地球上所有电视频道播一万遍，把电视台都播烂了，弄得我到哪儿都有人说，瞧，'钙王'来了。有一个大导演本来准备请我上戏，后来影片投资方死活不同意，人家觉得我如今主演任何电影都等于免费给西部制药九厂做'钙王'广告，傻子导演才这么干。我现在被制药九厂弄成什么了？你们都是笨蛋，签合同时为什么不增加每天限制播几次的条款？光是写明期限两年就万事大吉了？一天播一万次和一天播一次我怎么能拿一样的钱呢？两年和两年不一样呀！你们是真傻还是假傻？你们真的傻到认为两年就是两个三百六十五天吗？！对于请名人代言的商人来说，一年有三百六十五亿天呀！"

家人心甘情愿地接受辛薇的狗血淋头，他们早就对制药九厂以四百万元的价格任意糟蹋辛薇的做法耿耿于怀了，他们也为自己的弱智见钱眼开鼠目寸光悔恨不已。

律师说："我现在就去向新闻界宣布咱们将状告制药九厂，省得记者盯着咱们不放。我估计我说完后超不过十分钟，就会有电视台到制药九厂门口架摄像机。"

"我以后怎么办？"辛薇问律师。

"我们当然要想办法把你的头变回来。在没变回来之前，你只能在家待着了，千万不能外出。"律师说。

"我会寂寞死的。"辛薇说。她已经习惯了过抛头露面的生活。

律师一字一句地说："老虎都是一只一只的，豺狼才是一群一群的。"

"谢谢你的话。律师毕竟是律师。"辛薇说。

律师打开大门，他出现在摄像机面前。聚光灯亮了。

律师说："我宣布，根据我们目前掌握的证据，辛薇的变头和她长期口服'钙王'有直接的关系。作为辛薇的律师，我已经获得她的授权，我将代理辛薇状告西部制药九厂。"

记者们将话筒伸到律师嘴边，他们提各种各样的问题。那电视台早已无法阻止都不是省油的灯的同行进入他们的"领地"，蜂拥赶来采访的各色媒体已达一百多家。

律师满面春风地应答如流，出尽了风头。他现在最怕辛薇的头再变回去。

第十四章　崔琳披挂上阵

西部制药九厂无论如何没有想到该厂的拳头产品"钙王"的形象代表辛薇美丽的人头会变成兔子头。王厂长是在宴会桌旁获得这个信息的，当时他正陪一个重要的客户吃饭。

酒未足饭没饱时，王厂长的手机响了。

已有几分醉意的王厂长一边掏手机一边说："手机把它的主人变成随叫随到的犯人。手机其实是手铐。"

客户伸出大拇指："精辟！我也有这种感觉，不管你跑到天涯海角，不管你在干什么，谁都可以轻而易举找到你。有一次我正在陪领导洗桑拿，洗桑拿，啊，哈哈，结果老婆的电话打过来了，你说多扫兴……"

王厂长听着听着手机，脸色变了。

"你胡说什么？辛薇的头变成什么了？兔子？你吃错药了吧？"王厂长训斥给他打电话的秘书。

"您现在打开电视机看看就知道了。"秘书说。

王厂长冲身边的服务员小姐说："给我把电视打开。"

小姐抱歉地说："单间里的电视只能唱卡拉 OK，不能收看电视节目。"

"岂有此理，我到哪儿能看电视？"王厂长问。

小姐说："如果您要看，我带您去经理办公室。"

"你带我去。"王厂长侧头对客户说，"失陪一会儿，我马上回来。"

王厂长从电视上看到了长着兔子头的辛薇，他预感到不妙。王厂长立刻和秘书联系。

"马上召集所有副厂长开会！"王厂长下令。

"在厂里？"秘书问。

"对。"王厂长挂断电话。

回到餐桌旁，王厂长抱拳向客人致歉，他说厂里遇到点儿急事，他要赶回去处理，请客人继续吃，餐费他已经结清了。客人忙说王总您尽管去办事，都是搞企业的，谁没有烦心的事？您快去办，下次补罚您的酒。

王厂长赶回厂里时，副手们已在会议室等他了。

会议室里的电视机屏幕正在播放辛薇从电视台回家的实况。

"这事对咱们不利吧？"王厂长还没坐下就说。

"肯定不利。"马副厂长说，"国外的商家最忌讳广告形象代表死亡或得不治之症，当年约翰逊得了艾滋病后，多少商家赶紧和他划清界限争先恐后毁约。"

"如果是生产电器什么的还好说，咱们这种进嘴的东西，最怕形象代表生病死亡。辛薇虽然没死，但比死还糟糕。"郭副厂长说。

"有这么严重吗？"王厂长问。

蒋副厂长说："确实严重！您想想，现在国内任何人看见辛薇，都会联想到咱们厂的'钙王'，咱们的广告太铺天盖地太深入人心了。辛薇变成了兔子头，很多人会下意识地想到咱们。"

王厂长皱眉头："会导致'钙王'的销量骤减？"

副厂长们看着厂长不表态。

当电视屏幕上出现那个把补钙和骨质增生以及人体异变联系在

一起的专家时，王厂长的腿开始颤抖。

郭副厂长怒斥那专家："他这是混淆黑白！现在怎么干企业？干好了没人夸你，稍微出点儿事就捕风捉影灭你。不打广告说你没有现代商业意识，打广告说你欺骗消费者。广告打少了说你财力捉襟见肘打肿脸充胖子。广告打多了遭嫉，不光同行嫉妒连消费者也嫉妒：他们哪儿来那么多钱？还不是消费者埋单？"

蒋副厂长说："咱们应该马上和辛薇的经纪人取得联系，咱们一定要和她共渡难关。"

王厂长点头："很有必要。"

马副厂长说："还要立刻通知全国各电视台立即停播辛薇为咱们做的广告。"

郭副厂长说："同时马上物色新的形象代表，这次一定要慎重，要给他或她做体检，如果能搞到他们的基因图就好了。"

这时，辛薇的律师在电视屏幕上宣布辛薇将状告西部制药九厂。

王厂长们不相信自己的眼睛和耳朵，他们竟然气得说不出话来。

王厂长率先恢复语言功能："辛薇是一个无赖！当初咱们真是瞎了眼。她变兔子头，和咱们的'钙王'有什么关系？这不是嫁祸于人吗？"

"全国那么多人吃咱们的'钙王'，怎么人家都没事？"蒋副厂长说。

马副厂长说："从这件事上，就能看出她品质不好。如此品质的人，不变兔子头才怪。"

大家这才意识到，企业找明星代言，相当于找定时炸弹代言，一旦明星出事，产品立即滞销。

秘书进来对王厂长耳语，王厂长脸色变了。

王厂长告诉副手们，经销商开始洪水般地退货，厂部的电话和传真机都被打爆了。

本来凭借辛薇的广告已经成功打开全国补钙产品市场并占据半壁江山的制药九厂的首领们被这一闷棍打蒙了，他们这才切身体会到，和成功企业捆绑在一起的，不是巨额利润，而是意外事件。成功企业最应该设立的部门是"意外事件处理部"，该部门的职责是确保企业每次遇到突发事件时都能逢凶化吉转危为安化险为夷。

王厂长毕竟是在商界摸爬滚打数十年的老姜，他的头脑已经稳定下来。

"老马，明天一早，你就去律师事务所聘请律师接招儿。咱们要请最好的律师！刚才媒体上说这是一场世纪诉讼，说不定，这正是提高咱们厂知名度的好机会。"王厂长开始分工。

马副厂长说："明白。据我所知，辛薇的律师是她的亲戚，水平不是特别高。打官司找代理人最忌讳任人唯亲。咱们肯定能打赢这场官司。"

"蒋副厂长，你马上起草一份给所有经销商的信，语言要真诚恳切，稳住他们。"王厂长说。

蒋副厂长说："请厂长放心，我认识一个写言情小说的作家，咱们出钱请她起草这封信，保准经销商看了就掉眼泪，今生今世只卖'钙王'。"

蒋副厂长的幽默缓解了会议室里的紧张空气。

王厂长对郭副厂长说："老郭，你稳定本厂职工，决不能因为情绪受影响而在生产线上出纰漏。另外，我估计银行也会墙倒众人推来催要贷款，你兵来将挡和他们周旋，能拖一天就拖一天。"

郭副厂长说："银行的信贷科长已经被咱们喂熟了，估计他不会做出太无情的事。不过，如今银行对管贷款的人实行收不回贷款就蹲监狱的政策，批贷款得由八人委员会投票决定，信贷科长压力不小，他也许会做做样子来要债，我会把他摆平的。那人有弱点，贪。"

"今天晚上就都甭睡了，养兵千日，用兵一时。大家分头行动吧。"王厂长说。

次日上午，马副厂长到最负盛名的华缕律师事务所联系聘请律师事宜。

律师事务所所长一听是制药九厂来聘律师迎战辛薇，他心花怒放地亲自接待马副厂长。对于律师事务所来说，这是一箭双雕的买卖：既能赚大钱，又能名扬四海。

马副厂长开门见山："我们的要求是只许成功，不许失败。钱好说，只要赢了官司，随你们开价。"

所长亦不拖泥带水："我已经为贵厂物色了本所最出类拔萃的律师崔琳。崔律师特别擅长代理普通人和名人之间的官司，她的成功率是百分之八十五。更为有利的是，崔律师的女儿的头也异变了，这对你们很有利。"

马副厂长问："这话怎么讲？"

所长开导马副厂长："如果崔律师的女儿从来没吃过'钙王'，这不是现身说法吗？"

马副厂长说："如果她碰巧也吃过呢？"

所长说："女儿会违背母亲的意志？打赢了官司，律师母亲能挣多少钱！女儿会不愿意？"

马副厂长问："我瞎问一句话，如果辛薇来请你们代理她告我们，你们会赢吗？"

所长说："我也瞎说一句话，肯定赢。律师不是为真理辩护，而是为金钱辩护。"

"咱们签约。"马副厂长说。

崔琳正在自己的办公室和一位当事人谈话,所长进来对她说:"这个案子交给李航办,你另有任务。"

等在门外的李律师领走了那当事人。

崔琳清楚又有涉及名人的官司了。

"这回属于天上往下掉馅饼。"所长坐下说。

"作为律师事务所,哪次官司不是天上往下掉馅饼?"崔琳已经得了职业病,在生活中总是把交谈的对方假设为原告或被告的律师。

"由你全权代理西部制药九厂应诉辛薇。"所长说话向来言简意赅,鲜有废话。

崔琳已经从电视屏幕上知道了辛薇变头的事。崔琳内心深处甚至有点儿幸灾乐祸。辛薇作为殷青的同学和好友,崔琳早就熟悉她。当初崔琳从女儿口中得知辛薇采用不正当竞争手段击败女儿而被导演选中后,崔琳看不起辛薇。随着辛薇的名利双收如日中天,崔琳心中难免隐隐作痛,本来这一切很可能是属于殷青的。

"你有多少把握?"所长问崔琳。

"百分之百。"崔琳说。

"假如辛薇先来聘你呢?"所长说。

"我百分之百拒绝。"崔琳不想失去已经不生活在一起的女儿。

所长放心了。他清楚,律师的自身利益搅在官司里,就像爱好和职业统一一样,事半功倍。

"进入角色吧。"所长站起来。

崔琳嘴角浮出一丝笑容。

第十五章　取证

当崔琳按响女儿家的门铃时，给她开门的是殷青。

"就你自己在家？"崔琳问女儿。

"我爸我妈都上班去了。"殷青对生母说。

"孔若君呢？"崔琳进屋后关上门。

"他出去转转……"殷青没有告诉生母孔若君到各个保龄球馆找骷髅保龄球的事。

"你在家干什么？"崔琳问。

"上网，特有意思。我已经认识好多网友了。"殷青说。

"知道辛薇的事了吗？"

"知道了，这是报应。恶有恶报。"

"不要这么说……"

"我怎么想就怎么说。我不像你们律师，嘴上说的不一定是心里想的。"

"小青！"

"您不是专程来教育我不要对辛薇幸灾乐祸的吧？"

"知道辛薇状告西部制药九厂吗？"

"你是辛薇的代理人？"殷青很警惕。

"我是制药九厂的代理人。"

殷青冲上去抱住崔琳："妈妈，我爱你！"

崔琳不习惯和贾宝玉贴面。

"妈妈,我相信你会赢!"殷青打开冰箱殷勤地给崔琳拿饮料。

"如果我是辛薇的代理人呢?"崔琳问女儿。

"我妈会做那种傻事?绝对不可能。"殷青说。

"你吃过'钙王'吗?"崔琳问殷青。

"我从来不补钙。别说'钙王',我没吃过任何食物之外的钙。"殷青说。

"假如我需要你出庭作证,你去吗?"崔琳清楚女儿不愿以这副面孔抛头露面。

"责无旁贷,我当然去!捍卫真理,人人有责。"殷青摆出仁人志士英勇就义的样子。

"当然,我会尽量不让你出庭。由于我和你的母女关系,我可以代你作证。"崔琳说。

这时,孔若君回来了。

殷青看孔若君,孔若君摇摇头,意思是没发现骷髅保龄球的线索。

"阿姨好。"孔若君对崔琳说。

"我是辛薇状告西部制药九厂被告方的代理人,我来向小青取证。"崔琳对孔若君说。

崔琳注意到孔若君的眼神里闪过一线歉疚的微光。

孔若君眼中的歉疚微光尽管是转瞬即逝,还是触动了敏感的崔琳大脑中分管不安的神经。

"小青,辛薇变头和你有关系吗?"崔琳突然问女儿。

殷青一愣。本来殷青的这个表情足以引起崔琳的进一步怀疑,遗憾的是崔琳尚不习惯捕捉狗的面部表情。

殷青装傻:"妈妈,您可真逗,辛薇变头能和我有什么关系?我有能让她变头的本事?如果我有,我干吗不把自己变回去?"

113

崔琳看孔若君，她的特长是观察人的表情。

"若君，辛薇变头和小青没关系吧？"崔琳不眨眼地盯着孔若君问。

"绝对没有。"孔若君想说和他有关系，但他控制住自己没说。

殷青显然对孔若君的表现很满意。

"妈，你也不仔细想想，你的女儿能变别人的头，那不成巫师了？你给我这种遗传了吗？"殷青对崔琳说。

"我只是随便问问，担任辩护人，就要做好各种准备。谁让我的女儿碰巧也和原告一样变头了呢。"崔琳说。

"什么时候开庭？"殷青问。

"我来之前获悉，法院已受理辛薇的诉状，不日即开庭。"崔琳说。

"举世瞩目呀！"殷青说，"肯定现场直播庭辩！妈，这对您是个机会，您仔细化妆，英姿飒爽地出现在法庭上，然后再唇枪舌剑把原告杀他个屁滚尿流。"

崔琳问孔若君："你没见小青吃过'钙王'吧？"

孔若君这回说得很坦然："从来没有。再说了，如今的中学生都知道补钙是中老年人的事，我们这个岁数的人补钙是折寿。"

崔琳放心了。

"我走了，接手这个案子，一点儿疏忽都不能有。如果很快开庭，我现在必须把一分钟掰成一百二十秒用。"崔琳告辞。

"妈，您一定要运筹帷幄纵横捭阖，想被告所想，急被告所急……"殷青叮嘱生母。

"行了行了，别贫了，我看你当律师没准儿行。"崔琳说。

孔若君突然问崔琳："辛薇的律师有名吗？"

"原告的律师是她的表哥，也是律师科班出身。辛薇成名后，他就出任辛薇的律师。怎么，你希望谁赢？"崔琳歪头看孔若君，她觉得孔若君似乎希望辛薇胜诉。

"我当然希望您赢……"孔若君忙遮掩。

"妈，您快走吧！"殷青往门外推生母，"您要知道，辛薇的律师正在马不停蹄地取证呢，当然您来我这儿这步棋走得特漂亮，我都能想象得出，几天后您站在法庭上说：我的女儿头也变了，她就从来没补过任何钙。绝了！不过您没有必要在我这儿耽误时间。"

崔琳来找殷青前，已经为自己制定了时间表。离开殷青家后，她前往制药九厂。她已经和该厂负责同辛薇接洽广告事宜的人员约好见面。

制药九厂广告部许主任在办公室恭候崔琳。王厂长也在。已经在律师事务所和崔琳见过面的马副厂长将崔琳介绍给王厂长。

王厂长哭丧着脸对崔琳说："崔律师，我们厂全靠您了。今天'钙王'的退货率已达百分之八十，真是兵败如山倒，我们的损失太大了。"

崔琳说："我会尽力的。现在我要向贵厂过去直接同辛薇联系广告业务的人取证。"

"这是敝厂广告部许主任，他都清楚。"王厂长指着许主任说。

"我要单独和许主任谈。"崔琳对王厂长和马副厂长下逐客令。

根据崔琳的经验，企业的广告部或销售部的人员很可能瞒着企业做一些事，而在律师取证时，如果企业的负责人在场，业务人员很可能不敢说实话，这对律师来说将是致命的。律师不怕当事人有违法的事，律师就怕当事人向律师只说合法的事隐瞒违法的事。

见王厂长等离开后，崔琳掏出笔记本，她问许主任："我向你提问，你必须如实回答，我会为你保密，我保证绝不会向你的领导透露咱们谈话的任何内容。你的话关系到你们厂的存亡，你清楚，如果败诉，贵厂就必死无疑了，如今的补钙产品市场竞争有多激烈你比我明白。如果你们厂完了，你将失业。"

"我保证说实话。"许主任说，"而且我顺便告诉您，我是正直的人，没有干过任何有损本厂利益的事。"

崔琳点头，她开始提问："你们厂付辛薇多少广告费？"

"四百万元。"

"广告合同期限？"

"两年。"

"一会儿给我一份合同复印件。"

"没问题。"

"你们送过辛薇'钙王'吗？"

"送过五十箱。"

"什么时间送的？送到哪儿？"

"拍广告前一周送到她家。"

"你们有人亲眼见过她喝'钙王'吗？"

"没有。"

"有记录表明她在市场或你们厂直接买过'钙王'吗？"

"没有。"

"五十箱'钙王'能喝多长时间？"

"一箱二十盒，一盒喝两天，五十箱一共能喝两千天。"

"辛薇对你们说过她喝'钙王'的感觉吗？"

"没有。对了，我想起来了，辛薇拍广告时手拿一支'钙王'，拍完了她顺手就扔了。她妈妈说太浪费了，辛薇说她才不喝这种东西。"

"当时有谁在场？"

"我们王厂长，还有广告片的导演、摄像，还有就是辛薇家的人了。"

"你仔细回忆一下，辛薇说这话时，摄像机关闭了吗？一般广告导演给明星特别是大明星拍广告片时，都会尽可能多拍摄明星的生活镜头。"

"我想不起来了。"

"一会儿你把广告片导演的电话给我。"

"好的。"

"我要辛薇家的地址。还有，和辛薇住在一起的都是些什么人，你知道吗？"

"我去过两次。有她的父母，别的人我没见到。"

"她家有保姆吗？"

"有一个，四十多岁，她给我端过茶。"

"是辛薇的亲戚吗？"

"我不清楚。"

"我再问一个比较关键的问题，据你所知，'钙王'里有钙吗？还是糖水？我的意思是，倘若'钙王'里根本不含钙，骨质增生的说法就不攻自破了。"

"我只管本厂的广告业务，至于'钙王'里有没有钙，你得问王厂长。"许主任说。

崔琳拿了合同复印件和广告片导演的联系电话后，去见王厂长。

"请问王厂长，'钙王'里含钙吗？请对我说实话。"崔琳问王厂长。

"崔律师是什么意思？"王厂长不明白。

"有专家说补钙过量导致骨质增生。如果'钙王'里没有钙，骨质增生的说法就站不住脚了。"崔琳解释。

"很遗憾，我们的'钙王'里含钙。"王厂长说。

"你们有没有某人一天吃两盒以上的'钙王'而且吃了很长时间的例子？"崔琳问。

"有！有一位女教授，她是我们的老顾客，她服用'钙王'已有一年时间，每天两盒，后来我特批给她优惠价。她常来信。"王厂长说。

"我要那女教授的电话。"崔琳说。

王厂长叫秘书将那女教授的电话给崔律师。

"你们收到法院的传票马上告诉我。此外，我需要办案经费，有的证人必须有经济保证才会说实话。这是我的名片，上面有我的手机号码，我要随时同您保持联系。"崔琳说。

"我觉得我们能胜诉。"王厂长已经感受到崔律师的厉害了，"这张银行卡归您使用，里边有足够的钱。事后您无须给我们开账单，我绝对信任您。"

崔琳接过银行卡和王厂长的名片。

崔琳离开制药九厂时，已是中午。她习惯在快餐厅一边用餐一边整理思路。崔琳进入一家快餐厅，她买了一个汉堡包，一杯咖啡，一份沙拉。崔琳坐在落地玻璃窗前，看着马路上的车流边吃边想。

崔琳认为自己先要找三个人：辛薇家的保姆、广告片导演和乐此不疲吃"钙王"的女教授。而在这三个人中，最重要难度也最大的是辛薇家的保姆。如果她能够出面作证说辛薇从未吃过"钙王"，这场官司崔琳就赢了一大半。

崔琳掏出手机给律师事务所所长打电话。

"我现在需要一部汽车和一架望远镜。"崔琳对所长说。

"送到哪儿？"所长问。

"华东路银狮快餐厅。"

"十分钟后送到。"所长挂机。

崔琳拿出记事本，她在上边用笔写只有她能看懂的文字。

"崔琳，我把车停在门外了，牌照号码是CD4783。这是车钥匙。望远镜在后座上。我走了。"同所的孟律师对崔琳说。

"谢谢。"崔琳从同事手中接过汽车钥匙。

离开快餐厅后，崔琳先使用王厂长给她的银行卡在自动柜员机上取了六千元钱。她找到CD4783汽车，驾车前往辛薇居住的别墅区。

根据制药厂许主任提供的地址，崔琳将汽车停在离辛薇家较远的地方。崔琳通过望远镜看到，辛薇家门口架着不少摄像机，还有显然做长期打算的记者。

时间在流逝，崔琳耐心地等待辛薇家的保姆出现，她不信保姆会不出来买菜。

终于，在三个小时后，一个保姆模样的人从辛薇家走出来进入崔琳的望远镜，有记者上去向她提问，被她推开了。她朝崔琳这边走来。

崔琳仔细观察那人，在确认她是保姆后，崔琳摇下车窗，她往地上扔了一张百元钞。

高姨经过崔琳的汽车时，发现了地上的百元大钞，她前后左右观望，见没人看她，她以极其敏捷的动作捡起纸币，塞进自己的衣兜里。

这一切，都被汽车里的崔琳看得一清二楚。崔琳心里对高姨有底了。

崔琳下车，她跟着高姨。沿途有别家的保姆和高姨打招呼，崔琳获悉了"高姨"这个称呼。

崔琳见四周没人，她紧走两步，跟上高姨，说："高姨，这是您掉的钱吗？"

高姨回头，见一个陌生女子手里拿着两张百元钞问她。

高姨装作翻自己的兜,说:"你看我,脑子出毛病了,这几天老丢钱,你是?"

高姨一边接钱一边问。

"我看得出您是个实在人,您在辛薇家干多长时间了?"崔琳把钱塞到高姨手中。

"干了都快一年了。"高姨将钱塞进衣兜。

"您是辛薇家的亲戚?"

"不是。我是她家从家政公司聘用的。"高姨说,"如今像您这样拾金不昧物归原主的人不多见了,世道变了呀。"

"我有个事想请您帮忙。"崔琳说。

"你是谁?"高姨警觉起来。出门前,主人反复叮嘱她不能理记者。

崔琳拿出五千元钱,她说:"实不相瞒,我是西部制药九厂的律师,我看出您是一个正直的人,您不会说假话。我要向您证实一件事,只要您说真话,这五千元钱就是您的了。"

高姨显然被五千元这个数目征服了,她问:"不管我说的话对你有利没利,只要是实话,你就给我这些钱?"

"对。"崔琳说。

"你问吧。"

"辛薇吃过'钙王'吗?"

"没有。"

"是你没见过她吃还是她从来没吃过?"

"她从来没吃过。"高姨看着崔琳说。

"制药厂送给她的五十箱'钙王'在哪儿?"

"被辛薇的父亲送给一位老朋友了。"

"什么时间送的?老朋友叫什么名字?五十箱不是小数,用什么车拉走的？"

高姨一一回答。

"你是希望我说辛薇没吃过'钙王'吧？"高姨说完问崔琳。

"我希望你说实话，吃了就是吃了，没吃就是没吃。不管你怎么说，这钱都是你的了。改口吗？"

"不改了，我说的是实话。"高姨一边说一边斜眼看崔琳手中的人民币。

崔琳将钱放进高姨手中。高姨难以置信。

"如果你能出庭作证辛薇从没吃过'钙王'，事后我将付给你五万元劳务费。需要说明的是，你不能作伪证。"崔琳说。

五万元显然把高姨彻底俘虏了，对她来说，这是一个能够促使她背叛亲人的价格，何况辛薇是和她八竿子打不着的人，何况辛薇确实没吃过"钙王"，她并没有为了五万元卖了良心；恰恰相反，她是拿五万元证明了自己有良心。

"我干。"高姨宣布。

"这件事，你千万不要对辛薇家的人说，你一说，五万元就没了。我会和你联系。"崔琳说。

"咱们不用签个合同？"高姨担心还有别人能证明辛薇没吃"钙王"，断了她的财路。

"不用了，我说话算数。"崔琳说。

辞别高姨后，崔琳连晚饭也顾不上吃，驱车前往广告片导演家。

辛薇的律师也在见缝插针地取证。他驾驶的汽车多次和崔琳的汽车擦肩而过。两人毫无察觉，但都听到了对方的霍霍磨刀声。

法庭辩论实质上是拳击赛。

第十六章　世纪诉讼

开庭这天，电视台向全球直播。为使地球正常运转不至于瘫痪，拳击的日期选择在周末。据估计，电视观众将突破三十亿。法庭上共设置了十八台摄像机，比足球世界杯决赛还多。根据电视台的要求，审判长和双方律师都在衣领上佩戴了微型无线麦克风。

双方陈述后，审判长宣布法庭辩论开始。

原告律师先出拳："众所周知，我的当事人辛薇小姐的头部在十五天前突然发生异变，由人头变成了兔子头。根据我们的调查取证，这是辛薇服用西部制药九厂生产的'钙王'导致的。过量补钙导致人体骨质增生，骨质多处增生的结果必然使人体变形。现在我请求审判长同意我的第一位证人出庭作证，他是南川医科大学骨科系钙专业博士生导师吴明和教授。"

审判长说："同意原告证人出庭作证。"

吴教授坐在证人席上。

审判长警告吴教授作伪证要负法律责任，吴教授山盟海誓说实话。

吴教授说："辛薇变头后，我用目前世界上最先进的 JZM 测钙仪检测了辛薇体内的钙含量，其结果表明，她体内的钙含量明显超标。这是检测报告单。我又从市场上购买了'钙王'，经过测定，我发现每支'钙王'中的钙含量严重过量。这是测定结果。我又将辛薇异变前的头部 X 光片和她异变后的头部 X 光片做了比较，可以看出，这是明显的服钙过量导致的骨质增生现象。由此可以断定，辛薇的变头和她长期服用'钙王'有直接的关系。"

审判长说："请双方律师向证人提问。"

原告律师问证人："您从事骨科研究多少年？"

证人："四十五年。"

"您在世界性的医学组织担任什么职务？"

"我是世界骨钙协会副主席。"

"您有过医疗事故的记录吗？"

"没有。"

原告律师对审判长说："我没有问题了。"

被告律师崔琳向原告证人发问："请问您是从哪里搞到辛薇异变前的头部 X 光片子的？据我所知，十八岁的辛薇从未患过头部疾病。请问，谁会在十八岁前没事去医院给自己的头部拍 X 光片子？如果辛薇小姐真的这样做了，只能让我们怀疑她的思维功能出了问题。"

法庭上出现了笑声。

审判长说："法庭禁止鼓掌和笑声，违者将被法警驱逐出法庭。"

崔琳逼问吴教授："请证人回答我的问题，您是从哪儿弄到辛薇异变前的 X 光片的？"

吴教授支支吾吾地指着原告律师说："……是他们……给我的……"

崔琳再出拳："我还要问您一个问题，世界骨钙协会有多少位副主席？"

原告律师对审判长说："反对！被告律师所提问题与本案无关！"

123

崔琳说:"非常有关。刚才原告特别向证人询问了他的专业职位,以此间接证明证人证词的可靠性。"

审判长说:"反对无效。请证人回答被告律师的问题。"

吴教授说:"世界骨钙协会有一千四百五十九名副主席……"

全场哗然。

审判长说:"肃静!"

崔琳说:"据我所知,上了《牛津世界名人录》的全球在世的骨科专家目前一共是九百八十九人。我还听说,只要出够了五百美元,任何人包括儿童都可以获得一张世界骨钙协会副主席的证书。我的问题问完了。谢谢审判长。"

"请证人退庭。"审判长说。

原告律师再出狠拳:"'钙王'含钙量超标是铁的事实,请审判长同意我的第二位证人出庭作证。"

一个右手缠着纱布的中年男子坐在证人席上。

"你的职业和姓名?"原告律师明知故问。

"我叫孙钊秋,是东海电脑网络公司的企划部业务主管。"证人回答。

原告律师说:"孙先生最近一个月的经历能够证明'钙王'含钙量严重超标,请你告诉大家。"

孙钊秋明显是一个表现欲强的人,他对于自己现在能被亿万观众瞩目很兴奋,他说:"一个月前的一天上午,我驾驶汽车外出。当我的汽车行至南三环西路时,我前边的汽车突然急刹车,我也立即急刹车。遗憾的是,由于日前我刚刚更换了汽车底部的一根拉杆,修理厂的工人没有拧紧螺丝,导致刹车不灵并跑偏,我的汽车撞上了前车的尾部。"

"反对!"崔琳对审判长说,"我认为原告证人的叙述与本案无关。"

原告律师赶紧说:"我的证人的详细叙述对于本案至关重要,不如此不足以说明'钙王'超标。"

"反对无效。请证人继续作证。"审判长随时做判决。

孙钊秋得意地看了崔琳一眼,他舔了舔嘴唇,说:"我从我的切诺基上下来,被追尾的车主也下来,那是一个和我年龄相仿的女子。我们分别查看各自汽车的毁损,她的汽车的后备箱被撞变了形,我的车头也有不同程度的损坏。我说谁报警,她说你报吧。我就打122报警。大约二十分钟后,交警来了,他要过我和她的驾驶执照并行车执照,他问我们,私了还是公了?我说都行。对方说她要公了。于是交警给我们开具了事故单,开单时,我知道了她的姓名是张霄。交警让我们驾车去交通大队事故科接受处理,我问他驾驶执照不给我们?他说你们去事故科拿。张霄开着她那烂了屁股的汽车走在前边,我驾驶我的中风眼歪嘴斜的汽车跟在后边。我们到了交通大队事故科,没想到事故科的走廊里坐满了等着处理事故的肇事司机。在等待的时候,我和张霄聊了起来,我们互相通报了工作单位,我说我的汽车上了第三者险。张霄说这她知道,因为本市是强制给机动车上保险,第三者险属于非上不可的,不上不给年检验车。"

崔琳看审判长,审判长竟然听得津津有味。

孙钊秋继续说:"好不容易轮到我们了,一位交警看了我们递上的事故单,他对我说,是你的百分之百责任,你有异议吗?我说没有。交警说,你们去定损吧。我问什么叫定损,他说定损就是由我们指定的汽车修理厂的专家判断你们的事故车的损失情况,确切说,就是得花多少钱才能修复。他告诉我们出了事故科往北开三十分钟就到了。我们找到修理厂后,一个风韵犹存的中年妇女拿着表格给我们的两辆车分别定损,我的车是两千二百二十三元,张霄的车是五千八百九十七元,我看了这个数字还挺高兴,心说这回保险公司要出血了。风韵犹存定完损让我去交费，我问交什么费，她说定损手续费，按定损额的百分之五交。我交完费，正准备再和张霄开车回事故科，风韵犹存说车你们不能开走，我们要给你们修车。我说我干吗要在你这儿修？她说这是规矩，事故车定损后必须修复才能上路行驶，以确保交通安全。我和张霄不知怎么办好，我们都是第一次出交通事故。还是张霄脑子灵，她建议我给保险公司打个电话。我从我的汽车里翻出保险卡，照着上面的报案电话拨号，我告诉保险公司我的车追了别人的尾了，现在怎么办？保险公司的人说你和那辆车都开到我们公司来，由我们定损。我说我们的车现在都在交通大队的指定修理厂定了损，人家不让我们开走。他说你怎么这么傻，交通大队的指定修理厂都是他们的七大姑八大姨开办的，他们肯定给你的车往高了定损，然后他们先按比例宰你一笔手续费，交通大队还要从手续费中提成。然后再高价给你修车。告诉你，出钱的是我们，我们根本不承认他们定的损，我们定的能比他们定的便宜一半。你们的车在那儿修，我们不能出钱。你们快把车开来吧。我说车钥匙都被收走了，驾照什么的也扣在事故科，我有天大的本事也不敢在警察的地界上耍横。他说那你自己看着办吧。我说我过去好像听说没有交通大队的事故裁决书你们保险公司是不给理赔的呀，他说是这么规定的，但是由于交通大队受利益驱动定损太高，导致客户对我们的低定损不满，所以我们现在灵活掌握，没有交通大队的裁决书有时也可以理赔。你们听听他说的，有时也可以理赔！我敢说，假设我们直接去了保险公司，我估计他准跟我们要交通大队的事故裁决书。"

"反对！"崔琳佯装忍无可忍地向审判长提抗议，"原告证人的证词与本案无关！法庭不是评书表演场。"

审判长对孙钊秋说："请原告证人尽可能使用简洁的语言陈述！"

孙钊秋的出庭作证，是崔琳事先没有预料到的，她到目前为止还不知道原告律师打出这张牌葫芦里卖的是什么药。崔琳直觉到孙钊秋右手的纱布和证词有关，但她还没有由此做出说得过去的推理。其实崔琳希望孙钊秋越啰嗦越好，这可以给她准备的时间，律师最怕对方在法庭上打出出其不意的一拳。崔琳之所以假装请求审判长中止孙钊秋陈述，完全是一种战术，目的是打乱孙钊秋陈述的连贯性。崔琳不得不承认，孙钊秋有引人入胜的叙述本领，崔琳不能让审判长和旁听者误入歧途钻进原告律师设的圈套。

孙钊秋继续绘声绘色地说："我对张霄说，看来咱们只好想办法去求事故科的警察，请他网开一面，让修理厂的风韵犹存放行咱们的汽车，咱们再开着双方的车去保险公司理赔。张霄同意了。那修理厂恨不得位于一个荒无人烟的地方，没有出租车。我和张霄只得步行回事故科。开汽车走三十分钟的路我们步行了两个小时。为了缓解疲劳，我们就聊天，由中国汽车价格高得离谱说到买车开占地证明都是弄虚作假，钱没有流入国家账号，倒进了个人腰包，中国靠汽车发财的不是汽车生产厂家和国家，而是手中有权的个人以及和他们勾结起来的倒爷。我们还聊上网，聊网络公司上市圈钱。我发现我和张霄挺有共同语言。我还发现她这个人挺善良，从我追她的尾到现在已经过去近五个小时了，她一句埋怨我的话都没说。当我俩赶回交通大队事故科时，人家已经下班了。我说只好明天上午再来了。我还说是我耽误了你这么长时间，真对不起，已经这么晚了，我请你吃饭吧。张霄也好像还没说尽兴，就同意了。你们知道，如今人们交谈囿于利益关系，说的十句话有八句是假话，像我和张霄这样没有利害关系的交谈真是难得的轻松。那天的饭，我们一直吃到晚上十点还意犹未尽。我回家后，妻子说你处理交通事故怎么会处理到夜间？我说现在的警察警风特正，加班加点为肇事司机排忧解难。次日上午,张霄按约定的时间在事故科门口等我,我们去同警察交涉提车。警察答复我们说你们的车撞得不是没脸就是没屁股,这样上路既危险又影响市容,万一碰上国宾车队,让外国记者摄了去,没准申办奥运就没戏了。我们的指定修理厂专修事故车,特有经验,你们为什么舍近求远呢?我说我同保险公司联系过了,人家要求我们把事故车开到保险公司去验车定损,否则不给我们理赔。警察说,你打电话让他们到我们的修理厂验车,他们光知道收钱,客户出了事故,他们就应该马上驱车赶到事故地点,哪有让事故车拖着残疾身子去保险公司送货上门的?照这么说,买人寿保险的投保人寿终正寝或死于意外后,家属还得扛着尸体到保险公司去验尸才能获赔?都快加入世贸组织了,保险公司还没有危机感,他们每次给事故车定损都恨不得往负数定恨不得让投保人倒贴钱给他们,而且他们还猪八戒倒打一耙,说我们定得高,我们定得高也是为了维护肇事车主的利益,你们已经出了事,够倒霉的了,我们能给你们减轻经济负担就要给你们减轻,保险公司敛那么多钱干什么,敛钱时是孙子,赔钱时是爷爷,这么做生意,等加入世贸,客户还不都被外国保险公司拉走了?警察说完看着我们,我和张霄感动得不得了。我俩从事故科出来,才想起问题仍未解决,我们的车还被拘在交通大队的指定修理厂,保险公司还不肯理赔。"

全场鸦雀无声,审判长已经听入了迷。连崔琳也急于想知道孙先生和张女士的结局。全球观众都屏住呼吸死盯着电视机屏幕。原告律师嘴角露出笑容。

孙钊秋竟然向法警要水润喉。法警竟然给了他一瓶矿泉水。

孙钊秋接着说:"我和张霄在事故科楼下又给保险公司打电话,我把警察举的人寿保险和死尸的例子转述给他,他说如果你的车和对方的车被撞死了开不了了,我们会赶到现场给你们验尸的,但现在你的车还能开,你为什么不开来?再说了,我们的指定修理厂就在本公司附近,我们的修理厂的女厂长何止风韵犹存,我们的是风华正茂,是我们公司总经理的亲小姨子。她会给自己的亲姐夫脸上抹黑能不给你好好修车?我这么跟你说吧,我们的规定是投保人出了险必须在二十四小时内向我们报案,过了二十四小时,就算您放弃理赔了。我如果没记错,孙先生您是昨天这个时候追的尾,您如果再不来,我们就按放弃处理了。我一听急了,赶紧上楼再去找那警察。警察问我是什么时候第一次给保险公司打的电话,我说昨天中午。警察说,那就算报案了,孙先生你绝对是在二十四小时之内报的案。报案时间以第一次电话为准,怎么会以亲临保险公司为准?照这么说,人民群众遇到歹徒,打110报案不算数,非得将歹徒拉到公安局报案才算数?那还要警察干什么?说到报案这个词,我们最有解释权,他们保险公司凭什么也用这个词开展业务?我们没告他们侵权就算便宜他们了。我和张霄都听傻了。我们下楼再给保险公司打电话,人家已经烦了,干脆明白告诉我,不把车开来,绝对不理赔。我对张霄说,算了吧,就由我出钱给你修车吧,不就五千多块钱嘛。张霄不同意,她说不能便宜保险公司,一定要让他们出钱。张霄说,她想起她有个高中同学的父亲在市交通管理局工作,她可以尝试通过这个关系从交通大队要出我们的汽车。我一听觉得有戏,交通大队是市交通管理局的下属,上面说的话,下边敢不听?我问张霄她的高中同学的爸爸在市交通管理局担任什么职务,是局长还是副局长?张霄说职务倒不高,但谁都认识,她的同学的父亲是市交通管理局食堂的炊事员。我一听心凉了一半。张霄说他不是一般的食堂炊事员,而是小灶炊事员。小灶你懂吗?如今反对公款吃喝,不少单位的领导干脆把饭馆搬到自己的单位来,他们高薪聘请特级厨师美其名曰食堂炊事员,在单位设立小灶,迎来送往，敞开了吃。以至于官场上都知道水利局是川菜房管局是鲁菜教育局是粤菜，饭前官员们会问客人爱吃什么菜系，吃湘菜咱们就去劳动局，吃淮扬菜咱们去电信局。张霄说你懂了吧，我的高中同学的爸爸是这种炊事员，交通管理局所有级别的官他都喂过，要辆车还不手拿把掐易如反掌？我催张霄快给同学打电话。张霄打同学的手机，同学说真没想到是你，张霄说我有事求你爸，同学说你开车撞死人了？张霄说没么严重，同学说我现在新马泰旅游呢导游黑到家了算了回去再说吧，你直接去找我爸，我也给他打电话。我和张霄乘坐出租车赶到位于城市另一端的交通管理局，正是午餐时间，传达室说特级厨师正在为上级首长做饭，你们到下午四点再来吧。张霄说吃午饭能吃到四点？传达室说还有一次吃到晚上九点的纪录呢。我和张霄只好在位于交通管理局门口东侧的一家小饭馆用餐，我们又聊个没完，大发相见恨晚的感慨。经过三天的奔波事情终于有了眉目，鉴于张霄的同学的爸爸尽管职位重要但毕竟不是局长，交通大队同意释放张霄的汽车，我的车还得由风韵犹存修理。我想我投的是第三者险，也就是说保险公司只理赔被我撞坏的车的修理费，至于我的车，在哪儿修都得我自己出血，我就同意只拿走张霄的车。话说回来，我不同意又能怎么着？我和张霄开着她的车赶到位于郊区的那家保险公司，负责理赔的先生问我，你的车呢？我说在交通大队的修理厂呢。理赔先生说，你不把投保车开来，我们怎么能确定是投保车撞的呢？万一是您姐姐的车撞的呢？我们怎么能为竞争对手兄弟保险公司垫付理赔款呢？我和张霄傻眼了，我们只得开着被我撞烂了屁股的车返回城里，此时已是华灯初上。饥肠辘辘的我们找了一家比较堂皇的饭馆用餐，饭后我们还联袂二重唱了卡拉OK，歌名是《明明白白我的心》。次日，我和张霄再度联手出击要我的车，这回我们运气不错，张霄同学的父亲正在伺候市里来检查工作的领导吃饭，领导听了特级炊事员的要求，说这属于行业垄断是不正之风，必须还给人家汽车，人家爱去哪儿修就去哪儿修。领导当即指示局长放我的车，局长立刻给那家交通大队队长打电话。我和张霄赶往定点修理厂，从风韵犹存手中拿到我的汽车钥匙。我看到我的汽车见了张霄的汽车时悲喜交加，真的。我和张霄分别驾驶我们的汽车前往保险公司，我们在行车过程中不停地违章用手机聊天，警察看不见，我们的手机有耳机装置。张霄在前边开，我跟在后边。我通过手机对张霄说我真想再追你的尾，张霄说我希望你追我的尾你来呀。听了她的话我的心怦怦直跳。到了保险公司，理赔先生验我的车，他说孙先生您不能改变投保车辆的外观，保险条款上有这样的规定，车主擅自改变投保车辆的外观，保险公司有权拒绝赔偿。我说我怎么改观了？他说您在您的车前边安装了保险杠。我说你出去到路边看看如今有几辆切诺基车主不在车头前安装保险杠的？我问他，难道我追尾是由于我的车前安装了保险杠导致的？他说由于您安装了高强度保险杠，这就给对方的车造成了比不安保险杠大得多的损失，而损失大修车费就高。我说如果我不安装保险杠，我的车的损失就会大，由于我安装了保险杠，我的车的损失小了，修车费也就低了。理赔先生说，您的修车费低了是建筑在我们的修车费高了上的，而我们只赔被撞的车不赔您的车，您只上了第三者险，对吧？我无言以对。张霄说，照这么说，你们不赔了？理赔先生说，减半赔。理赔先生给张霄的车定的损是八百元，减半后为四百元。我说你们定的损和交通大队定的损之间的差距也太大了，他们定损五千八百九十七元，你们只定损八百元，到底有标准没有？理赔先生说当然以我们定的为准，因为是我们出钱。我看着张霄的面目全非的车屁股说八百元够修车吗？理赔先生说不是八百元是四百元，你们也可以把车开走去别的修理厂修，但我们只赔四百元，修车多出的部分只能您自己掏腰包了。我说四百元就四百元吧，办手续。理赔先生向我要保单，我从驾驶执照里抽出保险卡给他，他说保险卡不行，办理理赔得要正式投保单。我赶紧给在家的妻子打电话，让她找保单。两个小时后，妻子来电话说找不着。我问理赔先生如果保单丢了怎么办，他说那他就爱莫能助了。我说我投保的记录你们公司的电脑里肯定有记载，投保人丢了保单，你们绝对能从电脑里查清楚他到底投保了没有，既然人家确实投保了，即使保单遗失，你们也应该照赔。他说像保单这么重要的东西，根本不应该丢。我说像库尔斯克核潜艇那么重要的东西还能丢呢，保单怎么就不能丢？他说如果您这么说，咱们就没法谈了。张霄劝我别激动，她说你再回家好好找找，没准在抽屉后边待着呢。最终我也没找到保单。后来，我们自己出钱修好了两辆车，她的车花了三千一百元，我的车花了九百元。她坚持要由她出钱修她的车，我绝对不同意。我觉得，在保险公司服务不完善的时候强制机动车上保险，等于抢劫。追尾事故全部处理完毕后，已经过去了半个月。在这十五天中，我和张霄天天在一起，我们同吃同说同经历。在第十六天，我开着我的整容后的切诺基突然感到无比空虚，我情不自禁地将车开到事故科楼下，就在这时，我看见了张霄的汽车也停在那儿！我们下车后疯狂地拥抱在一起，此刻我们明白谁也离不开对方了。张霄对我说，我要你追尾！我说，这次等我办妥了保单并收藏好再追尾。她明白我现在说的保单是指离婚证。我要和我的妻子离婚，和张霄结婚。遗憾的是我的妻子不同意和我离婚，不管我怎么做她的工作，她就是不同意。在这个时候，我从电视上看到了关于辛薇服用'钙王'导致变头的消息，于是我生出了不好的念头，我计划偷偷往我妻子的食物中投放'钙王'，使她变成兔子，然后我以此为理由和她离婚，谁会和兔子同床异梦呢？我到商店买'钙王'

时，服务员很惊奇，他说自从辛薇变头后，还没人来买过'钙王'。我买了五盒，我出商店时，看到一个小学生来买'钙王'，我就在门外等他。他出来时，我问他你买'钙王'想变谁的头，他一愣。我说你不用害怕，我买'钙王'也是做这个用。他说他要变班主任的头。回家以后，我开始往妻子的食物和水里投放'钙王'。四天后，我和妻子发生了一次冲突，我打她，没想到她的骨头特别硬，我的手腕当即骨折。"

原告律师问证人："请问证人，你原来也打过你妻子吗？"

崔琳恍然大悟原告找这个证人的用意了。她赶紧做还击的准备。

孙钊秋说："经常打。"

原告律师问："你打她时骨折过吗？"

"从来没有。"

"这么说，是您妻子在吃了'钙王'的第四天后导致您骨折的？"

"正是。"

"审判长，证人的妻子的骨头在其服用了四天'钙王'后就变得坚硬无比，由此可见'钙王'的含钙量之高之超标。我们可以推论，如果证人的妻子继续服用'钙王'，她迟早会骨质增生并最终异变。"原告律师说。

审判长看崔琳，他的眼神是说该你回击了。

崔琳问孙钊秋："请问原告证人，您知道打人犯法吗？"

孙钊秋说："知道。"

"丈夫打妻子也犯法，您知道吗？"

"知道……"

崔琳出拳了："既然孙先生明知打妻子是触犯法律的行为，可

133

他依然要做,这说明什么?这只能说明他是一个无视法律存在的人。由此推论,尽管孙先生明知作伪证是触犯法律的行为,但他仍会像打妻子那样铤而走险!"

掌声。

"法庭禁止鼓掌!"审判长鼓掌后制止别人。

崔琳再度出拳:"您怎么能证明您的手是您打妻子时骨折的?除了您的妻子的骨头,这世界上还有不计其数的没有服用钙王的东西能导致您骨折,比如楼房,比如汽车,比如飞机。还有一样没有服用过'钙王'的东西能使您的良心骨折,那就是法律的尊严。我还要对孙先生驾车追尾后的曲折遭遇表示同情,前些日子我驾车也出了交通事故,不管是交警还是保险公司,都让我见到了上乘表现。我只能说孙先生运气太差了,不管是出车祸还是当证人。"

"我反对!"原告律师说,"我反对被告使用舞台语言侮辱我的证人的人格。"

"……反对……有效……"审判长说得比较勉强。

"我的问题问完了。"崔琳见好就收。

原告律师说:"我请求审判长同意我的第三位证人出庭作证。"

"传原告第三位证人出庭。"审判长宣布。

一位女士坐到证人席上。

"你做什么工作?"原告律师问那女士。

"我在洪国商场保健品柜台当售货员。"小姐回答。

"你认识辛薇吗?"

"我认识她,她不认识我。"

"你怎么认识她的?"

"先是从电影上,后来是在现实中。辛薇经常来我的柜台买'钙王'吃。"

"辛薇一共从你手中买走了多少盒'钙王'？"

"一十八盒。"

"我的问题问完了。"原告律师说，"由此可以证明，我的当事人一直坚持服用'钙王'。正是长期服用，导致了她的头部异变，这是铁的事实。我不希望看到更多的人遭受不幸。"

崔琳问原告证人："你母亲的生日是哪一年？"

证人发愣，她不明白被告律师想干什么。

"反对！"原告律师大声对审判长说。

"证人必须回答，此问题与证人的证词的真实度有直接关系！"崔琳用更大的声音对审判长说。

"反对无效！请证人回答律师的问题。"审判长说。

证人尴尬："我记不清了……好像是……1945年，不，是1946年？"

"审判长，证人连自己的母亲的岁数都记不清楚，她怎么可能记清一位顾客前前后后一共在她这儿买了多少盒'钙王'？！"崔琳说。

"辛薇是名人！她不是一般的顾客，她给售货员留下的印象肯定深刻。"原告律师反驳。

"辛薇再是名人，给这位证人留下的印象也不会比她的亲生母亲深刻！"崔琳说，"据我所知，辛薇成名后去过一次华茂商场，结果引起众多影迷围观，商场甚至打110请求警方出面维持秩序，相关报道见今年五月二十三日的《消费者之声》报第三版。从那以后，辛薇就不敢再贸然出现在公共场所。请问原告证人，辛薇会为了买'钙王'去你的商场十八次？你的商场都是外星人没人认识辛薇这位大影星？"

掌声。

"肃静！"审判长一边说一边在桌子下边偷偷鼓掌。

崔琳出重拳了："我的当事人西部制药九厂在半年前送给原告五十箱'钙王'。按一箱二十盒计算，一共是一千盒。'钙王'的正常服用量是两天一盒。依此计算，五十箱是两千天的服用量。就算辛薇对'钙王'情有独钟，到了一天喝一盒的疯狂程度，五十箱'钙王'也够她喝一千天的。一千天是几年就不用我算给大家了，而我的当事人送给原告五十箱'钙王'距今天只有一百三十二天半！放着厂家送的正宗'钙王'不喝，原告倒冒着被影迷围观的风险跑到商场去买可能是假冒伪劣产品的'钙王'？"

掌声。这回审判长索性不管了。

崔琳说："据我所知，原告根本没服用过'钙王'！请审判长同意我的第一位证人出庭作证。"

"请被告证人出庭作证。"审判长说。

一名留着大胡子的男子坐到证人席上。

"请问您的职业？"崔琳问。

"广告片导演。"大胡子说。

"如今电视台上播放的原告为被告做的'钙王'广告片是您拍摄的？"

"是的。"

"知道作伪证的后果吗？"

"知道。我曾是《公民法律天天读》电视片的导演。"

"原告在广告拍摄现场喝'钙王'了吗？"

"广告片上有辛薇喝'钙王'的镜头，但她是拿在手里做要喝的动作，没有真喝。"

"拍片结束后，辛薇如何处置她手中已经开盖的'钙王'？"

"她给扔了。"

"你胡说,我当时在现场,明明是她喝了!"原告律师急了。

"请原告律师肃静,让被告律师说完!"审判长制止原告律师。

"我带来了那部广告片的毛片,上边有记录。"大胡子从包里拿出录像带。

法警接过录像带,插入录像机,大屏幕上出现了辛薇扔"钙王"的镜头,她还对母亲说"我不会喝这种东西"。

"我的问题完了。"崔琳说。

"原告律师有问题吗?"审判长问。

原告律师问大胡子:"对于拍电影或广告片来说,什么最重要?"

"反对!我反对原告向我的证人提与本案无关的问题,这里是法庭,不是电影研讨会。"崔琳说。

"反对无效。请证人回答原告律师的问题。"审判长说。

"导演最重要。"证人说。

笑声。

原告律师说:"我认为剪辑最重要,这是您在拍摄现场告诉我的,我得感谢您给我扫了盲。您还告诉我,您最早是搞剪辑出道的,您剪辑的水平在国内数一数二,是这样吗?"

"是的。"

"那么,我们怎么能相信刚才我们看到的毛片不是您的剪辑大作呢?我的问题完了,谢谢审判长。"

掌声。

崔琳说:"请审判长同意我的第二位证人出庭作证。"

高姨一露面,原告律师差点儿摔倒。

高姨坐稳后,崔琳问她:"您在哪儿工作?"

"我在辛薇家当保姆。"高姨说。

全场哗然。

"现在还在她家？"崔琳问。

"还在。"

"您是什么时间去她家当保姆的？"

"十一个月前。"

"您知道辛薇给'钙王'做电视广告的事吗？"

"知道，我经常从电视机上看见。她去拍广告时我也知道。"

"您见过辛薇喝'钙王'吗？"

"从来没见过。"

"您见过制药九厂送给辛薇的五十箱'钙王'吗？"

"见过，还是我帮着搬的。"

"这五十箱'钙王'现在在哪里？"

"被辛薇的父亲送给朋友了。"

"那朋友叫什么名字？"

"谢文。"

崔琳对审判长说："我的问题完了。"

"原告律师有要问的吗？"审判长问。

原告律师看着高姨，眼中射出愤怒的光。

高姨先说话了："你别吓唬我，我一会儿就回家政公司了，我炒了你的当事人了。"

原告律师问："你在辛薇家当保姆，你是二十四小时和我的当事人在一起吗？"

"不是。"

"我的当事人是在清晨和入睡前喝'钙王'，这个时间的她，你见得到吗？"

"……见不到……"

"你识字吗？"

"不识字。"

"我很同情被告不得不找文盲当证人的处境。证人是文盲，她无法看懂钙王的说明书，'钙王'的说明书上清清楚楚地写着：建议清晨和入睡前饮用。很遗憾，在这段时间，您只能埋头打扫房间！"

"我抗议！反对原告使用侮辱性语言对待我的证人。"崔琳对审判长说。

"反对有效！"审判长说。

原告律师出拳："我的当事人确实如她在广告上说的，天天服用钙王。作为厂家，你们如果不确信钙王的形象代表天天喝'钙王'，你们怎么能将这样的广告送到全国那么多家电视台地毯式轰炸播放呢？被告难道不知道《广告法》有商家要对广告的真实性负法律责任的条款？如果真像被告律师所言，被告对我的当事人从未服用过'钙王'了如指掌，被告竟然还昧着良心将辛薇说自己天天喝'钙王'的广告拿到媒体上去连篇累牍地播放，这不是欺诈消费者是什么？"

掌声。

崔琳反击："不错，广告法是有商家要对产品广告的真实性负责的条款，但是广告法没有商家必须对广告代言的明星的品质的真实性负责的条款！'钙王'的质量是一流的，正如刚才原告的那位证人孙先生所言，其妻才吃了四天'钙王'，就在挨打时使得犯罪嫌疑人骨折，由此可见'钙王'的出类拔萃。我可以预见，在今天的庭审结束后，'钙王'必将脱销！至于原告要求明星在广告中必须说实话，真要是如此，我们的明星不都成了病入膏肓的患者？让我们放眼朝电视屏幕看去，我们的明星真是从头烂到脚：头皮屑铺天盖地的，皮肤瘙痒不止的，肾虚阳痿的，缺钙的，酗酒的，嗓子龟裂急需润喉的，弱智需补脑黄金的……依我说，在这个世界上，最难证实的，就是明星的话的真实性！原告律师天天和明星打交道，对这一点的认识，不会比我滞后吧？"

审判长带头破坏法庭纪律鼓掌。

崔琳出手最重的一拳："很不幸，我的女儿殷青也在前些天异变了头部，这是她异变后的录像。"

法警从崔琳手中接过录像带播放。

崔琳看着大屏幕泪如雨下："作为母亲，我很难过。我能体谅原告现在的心情和处境，我对她表示同情！但是，作为一个正直的人，要面对现实，不能从此一蹶不振，更不能嫁祸于人！我的女儿也变了头，但她从来没吃过一次'钙王'！"

原告律师还击："大家都看到了，被告律师的女儿变的是狗头，而我的当事人变的是兔子头。众所周知，兔子和狗有天壤之别！喝'钙王'可能变兔子，使用手机可能变狗，谁又能否认这些假设呢？倘若被告律师的女儿也变的是兔子头，那么她从未吃过'钙王'还可以作为证据反驳我，遗憾的是被告律师的女儿变的是狗头，这就好比使用船票乘坐飞机，行得通吗？"

掌声。

崔琳说："审判长，我要求我的第三位证人出庭。"

审判长同意。

一位精神矍铄的老妇人出现在证人席上。

崔琳问："请问您的职业？"

"金华大学教授。"

"您知道'钙王'吗？"

"我每天吃一盒'钙王'。"

"吃了多长时间了？"

"一年零一个月。"

"感觉怎么样？"

"非常好！"

"服用'钙王'后有过骨质增生吗？"

"绝对没有。"

"变过头或身体的其他部位吗？"

"绝对没有。"

崔琳说："这位教授喝'钙王'的时间比辛薇长，如果辛薇真的喝过的话。教授为什么没有异变？据我所知，'钙王'在全国共销售出十八亿盒，怎么迄今为止除了辛薇没有第二例服用'钙王'异变的现象？这只能说明，原告的变头和'钙王'没有任何关系！已经先后有四个人变头这是事实，我相信，变头的真相终将大白于天下，原因可能有很多种，但有一件东西肯定和变头没有关系，它的名字是'钙王'。我没有话了。谢谢审判长。"

掌声。

原告律师做最后陈述："我的当事人在其十八年的生涯中，没有长期服用过任何药或保健品，她因此作为正常人幸福地生活着。在她服用半年'钙王'后，她的头变成了兔子头。而补钙过量确实能导致骨质增生，这就是说，补钙过量能使人的骨头发生变化。正是这种变化奠定了人体异变的基础。大家都知道，我的当事人是国际影星，她的事业才刚刚开始，她本来可能为我们的国家争得更多的荣誉，可是现在，她却连家门都不能出了。变头给我的当事人带来的痛苦是毋庸置疑的。我要说的是，我的当事人已经功成名就，假如正站在人生起跑线上的青少年变了头，那才叫残酷和令人痛心疾首。人和人的体质不一样，这位教授吃'钙王'不变头，不等于别人吃也不会变头。为了千百万青少年的安全和前程，我请审判长明察。不吃'钙王'无碍健康，吃了可能发生异变。何去何从，相信大家会有正确的判断。最后我要忠告大家——补钙，不该！谢谢审判长。"

掌声。

审判长宣布："休庭十分钟。大家不要离开，马上宣判。"

电视台事先请求法院休庭十分钟再宣判，以插播广告。条件是由电视台拿出部分广告费给法院买二十辆超级防弹囚车。

全球电视观众从电视屏幕上欣赏各路明星粉墨登场为各种商品做广告。

十分钟后，审判长宣布被告胜诉。

辛薇在电视机前哭得死去活来，家人谁劝都没用。

"让她哭吧。"父亲说。

"家贼难防。"母亲还在恨高姨。

辛薇哭够了，她决定找金国强。辛薇给金国强打电话。金国强接到辛薇的电话挺意外，已经是大学生的他对于殷青和辛薇先后变头很是吃惊。

"你找我什么事？"金国强在电话里问。

"你能来我家吗？我有事求你。有高额劳务费，够你花半辈子的。"辛薇清楚现在除了钱，她没有别的东西能驱动金国强来见她。

"我这就去，告诉我地址。"金国强说。

辛薇放下电话，她告诉父母，她的高中同学马上来，她要单独和他谈事。她还让父亲给她准备五万元现金。

金国强尽管已经从电视上见过变头后的辛薇，进了辛薇家还是和辛薇保持着距离。辛薇让金国强到她的房间密谈。

辛薇问金国强："我的这颗头你看着不觉得面熟吗？"

金国强说："你是什么意思？"

辛薇说:"你见过殷青的一本画册吗?有好多动物的。我的头像不像里边的一只兔子?"

金国强想起来了:"没错,我说怎么看着有点儿眼熟。"

辛薇说:"殷青先变头,紧跟着是我,我变的头又是殷青画册里的一只兔子,你不觉得这里边有问题吗?"

金国强说:"能有什么问题?殷青能有给别人换头的本事?"

"我想不通。但直觉告诉我,其中必有隐情。"

"你要我做什么?"

"到殷青那边刺探真实情况。"

"我已经和殷青分手了。"

"因为她变头?"

金国强有点儿不自在:"放谁也会这么做……"

"那当然。"辛薇说,"如果你答应我的要求,我先给你五万元劳务费。等你帮我打听清楚了,我再付你五十万元。"

金国强吓了一跳,他没见过这么多钱。

"这是五万元,只要你点头,它就归你了。"辛薇将五万元推到金国强面前。

"我去。"金国强说。

"殷青还会理你吗?"

"我了解她的弱点,我能驾驭她。"金国强有把握地说。

"你会成功的。"辛薇用红色的兔眼看着金国强说,"我和这五十万元等你的消息。"

第十七章　网恋

审判长宣布原告败诉后,电视机前的殷青伸出双臂高呼生母万岁。孔若君神色黯然,他可怜辛薇。孔若君觉得自己对不起辛薇。

孔若君几乎是央求殷青:"辛薇已经够倒霉的了,我把她的头复原了吧?"

"不行!咱们不是说定了吗?我的头什么时候复原,她的头就什么时候复原。"殷青没商量。

孔若君只得抓紧寻找那张软盘,可谈何容易。这些天,孔若君几乎天天往保龄球馆跑。他从网上查出本市所有保龄球馆的地址,他挨个儿去查看。每到一座保龄球馆,孔若君就问服务员有没有见过骷髅保龄球。殷雪涛也通过保龄球界的同人打听有没有人见过骷髅保龄球。遗憾的是,孔若君和殷雪涛的努力都没有结果。

孔若君上网时只要碰见新网友就问人家爱不爱打保龄球,孔若君认定那贼能偷电脑磁盘他就肯定上网。孔若君还为自己制作了一个保龄球主页,他佯称自己酷爱打保龄球,还说自己收藏各种保龄球,愿以高价收购名贵保龄球。

"还没人上钩吗?"殷青看着孔若君电脑屏幕上的保龄球主页问他。

孔若君叹了口气,说:"这叫守株待兔。"

殷青鼓励孔若君:"狐狸再狡猾,也斗不过好猎手。"

孔若君问:"谁是猎手?"

殷青说:"这还用问,当然是你。"

孔若君说:"我觉得他是猎手。"

殷青说:"不过,要想在这么大一座城市里找到一张小小的电脑磁盘,确实不易。"

"我对不起你。"孔若君说,"真要是找不到,我是死有余辜。"

"你别这么说,我还得感谢你。"殷青真心地说,"如果没有你这个白客,辛薇会变兔子头?你不知道我看见辛薇的下场有多开心。"

孔若君不安地说:"我觉得你其实不必把成名看得那么重,用这样的方法报复辛薇,有点儿那个。"

殷青说:"我这么做,没有任何良心上的不安。你不知道辛薇对我的伤害程度。距离成功只有一步之遥而功亏一篑和距离成功还有十万八千里最终没有成功的感觉绝对不一样。"

"我一定要找到那张磁盘。"孔若君发狠。

"你给我的头复原那天,我一定督促你给辛薇复原头。你不同意都不行。"殷青说。

孔若君望着窗外的护栏发呆。

"说实话,从另一个角度说,我也感谢你异变了我的头。"殷青说,"没变成狗头,我就会去上大学,不会像现在这么全心全意上网。上网太有意思了。对了,我还忘了告诉你,我网恋了。"

"我早对你说过,网恋往往靠不住,你根本弄不清对方的真实年龄和性别。"孔若君提醒殷青。

"就我这狗头,我才不要求对方的性别和年龄呢。"殷青有自知之明,"对方如果知道我长着贾宝玉的狗头,那才叫吃惊后悔呢。"

"我在网上认识的人多,他的网名是什么?我帮你参谋参谋。"

145

孔若君说。

"他叫蒙面人。"殷青显然已经对蒙面人一往情深,她说这个网名时声音同平时不一样。

"我知道他。"孔若君说,"是男性,可能二十多岁。我和他在网上打过牌。"

"这说明我的眼力还不错,没有狗眼看人低。"殷青说。自从辛薇变头后,殷青老拿自己的狗头调侃,好像还充满了自豪感。

隔壁殷青的房间里传来ICQ的敲击声。

"有网友呼你。"孔若君对殷青说。

"是他。"殷青跑出孔若君的房间。

"谁?"孔若君追问。

"蒙面人呀。"殷青一边敲击键盘一边大声告诉隔壁的孔若君。

孔若君笑着摇摇头,他觉得假如没有互联网,变头后的殷青必死无疑。而网恋又是最适合殷青现状的一种和异性交往的方式。网恋无疑能给殷青带来愉悦,只不过肯定是没有结果的虚拟恋情。长着贾宝玉头的殷青最终不可能和对方见面。

孔若君忽然想到了辛薇,如果辛薇也上网,她会和殷青一样,能够摆脱不能出门的寂寞。孔若君眼前一亮,他想尝试帮助辛薇上网,以缓解变头给她造成的痛苦。孔若君的潜意识里实际上是想以此获得心理上的平衡。把辛薇的头变成兔子头后,孔若君有强烈的挥之不去的负罪感。

产生了这个赎罪的想法后,孔若君就坐不住了,他开始策划实施方案。

找到辛薇的家如今对任何人来说都是易如反掌的事,电视台已将辛薇的住所公之于众,关键是如何才能进去。孔若君决定去试试。由于有亲历殷青变头前后其亲属心态的经验,孔若君对说服辛薇的家人劝说辛薇上网有一定的把握。

孔若君关上电脑,他到殷青的房间对她说:"我出去一会儿。"

正和蒙面人在网上恋得如火如荼的殷青头也不抬地说:"去找骷髅?"

"是的。"孔若君撒谎。他清楚,如果殷青知道他是去帮助辛薇从变头的压力中解脱,她非用自杀威胁他不可。

孔若君赶到辛薇家门口,他看见不少记者坐在架设起来的摄像机和照相机下边聊天,有的还用手机打电话。

辛薇家的大门紧闭。

孔若君判断如果自己上前敲门,摄像机肯定会将他拍摄下来,弄不好他还会出现在电视屏幕上,一旦让殷青看见,麻烦就大了。孔若君绕到别墅后边,他看见了一个小门。

孔若君敲小门。

辛薇的父亲从门镜往外看,见是一个十八九岁的大男孩儿。

"你找谁?"辛父问。

"我是辛薇的影迷,我崇拜她。我有办法让辛薇从变头的痛苦中解脱出来。我想帮助她。"孔若君说。

"你是记者吧?"辛父问。

"有我这么小岁数的记者吗?"孔若君说。

"你怎么帮辛薇?"辛父不敢轻易开门,怕是圈套。

"你家有电脑吗?"孔若君问。

"有。"

"辛薇上网吗?"

"不上。"

"她应该上网。上网不用露面就可以和别人交流,绝对能够起到缓解辛薇的寂寞感的作用。"

小门打开了，辛父显然被孔若君的主意吸引了。

"我是网迷，我可以教辛薇上网，十分钟就能教会。"孔若君进屋后说。

辛父将孔若君引到客厅坐下，他对孔若君说："你等会儿，我去和她商量商量。"

辛薇的母亲小声问孔若君是谁，他来干什么。辛父告诉她。辛母半信半疑地点头。

父亲敲辛薇卧室的门，没有应答。父亲推开门，见女儿用被子蒙着头躺在床上。

父亲站在床边对女儿说："有个小伙子，是你的影迷。他说他有办法帮你。"

辛薇坐起来："他想趁火打劫吧？"

"别把人都想得那么坏。"父亲说。

"这世界上还有好人吗？高姨，广告片导演，还有殷青她妈，一个比一个坏！"辛薇说。

辛父不说话了。

"他在哪儿？"辛薇问。

"在客厅。"父亲说。

"你让他进来了？"辛薇吃惊。

"我看他是真心实意的。"

"你看人如果能看准，就不会从家政公司挑中高姨了。"

父亲哑口无言，他担心女儿的脾气从此一落千丈天天和家人过不去。

辛薇突然从床上下来，说："我去见他，有什么了不起的！姑奶奶世面见大了。"

辛薇快步朝客厅走去，辛父跟在女儿后边一路摇头捎带擦眼泪。

孔若君见辛薇走过来,他再熟悉这颗兔头不过了,这是他的"杰作"。孔若君在心里称自己为凶手。

孔若君站起来对辛薇说:"辛薇你好,我是你的一位追星族,我喜欢你的电影。我觉得你不必为暂时的挫折烦恼,头肯定会变回去的。如今的科技已经发展到能让所有人都开心的阶段,不管你的形态如何。"

辛薇被孔若君与众不同的语言打动了,她说:"你接着说下去。"

辛薇成名后,包围她的都是些表面看声名显赫实则俗不可耐的人,这些腕除了名气和金钱,肚子里并没有真货,他们的言语贫乏没有新意没有思想,他们说话除了发音什么也没有。孔若君的话令辛薇感到耳目一新。辛薇头一次听到"如今的科技已经发展到能让所有人都开心的阶段"这样的话。

"科技能让我这样的头怎么开心?"没等孔若君说,辛薇先问。

"上网。"孔若君说,"辛薇小姐可能听说过一句网络名言,对不起,这句名言是:在网络上,没人知道你是一只狗。"

"你动员我上网?"辛薇说。

"上网后,你会忘记自己长着什么头。"孔若君说,"我可以这样说,互联网就是为长着异样头的人发明的。长着正常人头的人上网是亵渎互联网,他们应该去大街上结交朋友,而不是躲在电脑屏幕后边。"

辛薇说:"这么说,如今在这个世界上,只有我、殷青和那个什么居委会主任最有资格上网,我们上网才是物有所值?"

"你的理解很对。"孔若君说。

"你会上网?"

"会。"

"你多长时间能教会我？"

"十分钟。"

"免费教学？"

"你如果硬要给劳务费，我也不会反对。"

"你跟我来。"辛薇转身就走。

孔若君跟着辛薇走进她的书房，桌子上有一台电脑。

辛父和辛母喜极而泣。

孔若君将电话机上的线拔下来插进电脑的内置调制解调器上。

"你这台电脑很不错，不上网真可惜。"孔若君一边敲键盘一边说。

"我过去没有时间。"辛薇说。

"现在坏事变好事，你有时间上网了。"孔若君说，"咱们去电影网站看看。"

辛薇从电影网站上看到了她主演的《奴性教条》，还有她的简介，还有她在国外领奖的照片。

"很有意思。"辛薇说。

"你应该起个网名。"孔若君说。

"叫阿里巴巴。"辛薇说。

"这名字好。"孔若君说。

孔若君开始教辛薇上网。辛薇不笨，很快学会了。

孔若君告辞。辛薇给他一千元钱，孔若君坚决不要。辛薇要孔若君的姓名和电话，孔若君摇头说他不想留姓名和电话。辛薇的父母送孔若君出门时连连致谢。

离开辛薇家，孔若君立刻赶往一个他还没去过的保龄球馆。在辛薇家时，看到辛薇书房墙上挂的辛薇的照片，再看看身边长着兔子头的辛薇，孔若君恨不得马上就恢复辛薇的头。他清楚，只有找到那张磁盘，殷青才会批准他复原辛薇的头。于是，孔若君连家都没回，直接去了保龄球馆。

　　由于不是周末，这家保龄球馆的客人不多。十条球道有八条闲着。孔若君看那两条球道上滚动的都是看不透的保龄球，没有透明的。孔若君已经有经验了，自己带球来的人，身边会有一个装保龄球的包。孔若君进了保龄球馆一般是先找包，后找球。

　　"先生打球？"一位小姐过来问孔若君。

　　"不打，我找人。"孔若君每次都这么说。

　　小姐站在孔若君身边。

　　"小姐见过有人用一个透明的骷髅保龄球吗？"孔若君装作漫不经心地问。

　　"没见过。我听说本市只有两个骷髅保龄球。一个在一位保龄球教练手中，另一个在一位作家手里。"小姐说，"这几天有好几个人来问骷髅保龄球了。"

　　孔若君估计那都是殷雪涛的朋友。

　　孔若君又去另一家保龄球馆，这个保龄球馆里打球的人比较多，孔若君一眼就看出是公款消费，打球的人动作七扭八歪，沟球特多，张处长李科长满屋子叫。

　　孔若君在球馆里转了一会儿，没发现他感兴趣的东西。他又同工作人员聊了聊骷髅保龄球，就回家了。

　　一进家门，孔若君直奔自己的房间开电脑，他急于和辛薇在网上聊天，他估计此刻辛薇还在网上。贾宝玉趴在孔若君脚下。

　　"进门怎么也不打个招呼？"殷青从她的房间过来问孔若君，"找不着灰心了？"

　　"我不会灰心。"孔若君注视着电脑屏幕说。

"这么急着上网，有什么新发现？"殷青问。

"你还不接着去和蒙面人聊？"孔若君说。

"他上厕所去了。"殷青说。

孔若君在网上看见了辛薇，他和她打招呼。

孔若君打字：你好，聊聊吗？我叫牛肉干。

辛薇不知道牛肉干就是刚才来教她上网的"影迷"。她正在网上兴致勃勃地转悠，谁和她打招呼她都理。

辛薇打字：你好。聊聊吧，我叫阿里巴巴。

注视着电脑屏幕的殷青问孔若君："阿里巴巴？刚认识的？男的女的？"

"能起这样的名字，估计是女的。"孔若君一边给辛薇打字一边对殷青说，"越是女性越爱起鲁的网名。"

"你说蒙面人会不会是女的？"殷青觉得蒙面人这个名字更鲁。

"蒙面人是男的。"孔若君特肯定地说。

"他从厕所回来了！"殷青听到蒙面人使用ICQ叫她。

"快去吧。"孔若君说。

殷青走到门口回头说："你现在好像很想单独上网。"

"没错。"孔若君证实。

"网恋了？"殷青问。

"不是，属于救死扶伤。"孔若君说。

"绝症？白血病？你发动网友捐钱时别忘了告诉我。"殷青回自己的房间和蒙面人花前月下去了。

辛薇打字问牛肉干：你喜欢什么？

孔若君回答阿里巴巴：我喜欢电影。

阿里巴巴：你喜欢看哪个国家的电影？

牛肉干：好的都喜欢。比较偏爱美国电影。

阿里巴巴：美国电影里坏人太多，吓人。

牛肉干：电影里坏人多，电影外边坏人准少。相反，电影里好人多，电影外边好人准少。

阿里巴巴：……

辛薇立刻就被这位叫牛肉干的网友俘虏了，他的话太精辟了。

孔若君要使出浑身解数让刚上网的辛薇对网络感兴趣。孔若君清楚，网上的糟粕比精华多多了。骗子、谎言和陷阱也举目皆是。

牛肉干：你还在吗？

阿里巴巴：在……你说话挺有意思。

牛肉干：网上藏龙卧虎，就像假面舞会，谁也不知道对方的真实面目，没准你是一个大名人呢。

阿里巴巴：这我信。没准你是奥斯卡奖得主呢！

辛薇已经会在网上侃了。

牛肉干：没准我是通缉犯。

阿里巴巴：那才刺激。你看中国电影吗？

牛肉干：看。最爱看《奴性教条》。

阿里巴巴：你最喜欢的中国影星是谁？

牛肉干：好像没什么，对了，我喜欢辛薇。

阿里巴巴：上网太有意思了！

牛肉干：哪儿跟哪儿呀！你刚上网？

阿里巴巴：是。

牛肉干：谁教你上网的？

阿里巴巴：一个好朋友，好人。

牛肉干：他的网名是什么？

阿里巴巴：我忘了问。

牛肉干：你是男的还是女的？

阿里巴巴：男的。你呢？

牛肉干：我也是男的。

阿里巴巴：认识你很高兴，我能和你交朋友吗？

牛肉干：当然。你做什么工作？

阿里巴巴：……我在养兔场工作。

牛肉干：我最喜欢兔子，文静，善良。

阿里巴巴：你做什么工作？

牛肉干：清洁工。

阿里巴巴：你没说实话。

牛肉干：你也没说。包括性别。

阿里巴巴：你怎么看出我是女的？

牛肉干：你看看我的ICQ号码是六位数你就知道我的网龄有多长了。准确判断网友的性别，这点儿经验我还是有的。

阿里巴巴：对不起，我说谎了。

牛肉干：你喜欢什么体育活动？

阿里巴巴：偶尔打打台球。你打吗？

牛肉干：我喜欢打篮球，也喜欢打台球。

阿里巴巴：打台球有什么体会？

牛肉干：再好打的球，不认真打也可能打不进去。

阿里巴巴：真是这么回事。喜欢旅游吗？

牛肉干：我只喜欢两种出行方式——乘坐地球在宇宙中旅行和搭乘生命之舟经历人生。

阿里巴巴：你很独特。不过还是应该到处看看。我喜欢出国旅行。

牛肉干：不管你远走高飞到哪儿，你都依然和我乘坐同一个地球周而复始地围着太阳转圈而无法越雷池一步。

阿里巴巴：我喜欢你！

牛肉干：不要轻信语言。孔子说，听其言，观其行。

阿里巴巴：你是大学教授？

牛肉干：你是在骂我。大学教授能有我十分之一水平就好了。

阿里巴巴：你是作家？

牛肉干：作家算个屁。

阿里巴巴：你如果是作家，得诺贝尔文学奖是迟早的事。

牛肉干：对作家的最高奖赏不是诺贝尔文学奖。

阿里巴巴：是什么？

牛肉干：盗版。

阿里巴巴：你太有意思了。看过《圣经》吗？《圣经》真的是上帝写的吗？

牛肉干：所有好作品都是上帝写的。

阿里巴巴：我怎么今天才上网！我甚至庆幸自己……

孔若君知道辛薇是想说庆幸自己变了头，他感到欣慰。

牛肉干：我有事要下去。咱们交换 ICQ，这样就可以随时联系了。

阿里巴巴：你不能再多待会儿？

牛肉干：我一会儿就回来。再见。

阿里巴巴：我等着你。

孔若君舒了一口气。贾宝玉看出孔若君很高兴，它使劲摇尾巴祝贺主人终于获得了好心情。

在另一个房间，殷青正和蒙面人聊得热火朝天。

蒙面人：你真的是女的？不会蒙我吧？

狗头：绝对是货真价实的女性。

蒙面人：也只有女性会给自己起"狗头"这种网名。

狗头：你真的是男的吧？

蒙面人：咱们每天都要这么担心对方的性别。

狗头：主要是害怕白付出感情。

蒙面人：我每次看时钟上的秒针，都有看时间瀑布的感觉。我害怕时间瀑布断流。

狗头：对于一个人来说，时间瀑布断流就是死亡。

蒙面人：这星球上有五十亿座时间瀑布。

狗头：壮观。这才是风景。

蒙面人：不能再多了，再多就没水喝了。

狗头：瀑布越多越没水喝，逗。

蒙面人：今天美国股市大跌，听说比尔·盖茨的财产在一个小时内缩水十五亿美元。

狗头：数字时代造就了数字亿万富翁。

蒙面人：你这句话太精彩了，数字亿万富翁！

狗头：数字亿万富翁的钱都是股市上的数字。

蒙面人：我看你能当网络作家，试试怎么样？不用和出版社打交道，怎么写就怎么发到网上让成千上万的人看，很开心的事。

狗头：写作太累。

蒙面人：你能当那种名垂千古的作家，说出"数字时代造就了数字亿万富翁"这种话的人，写作准能行。

狗头：作家靠作品名垂千古。

蒙面人：文学作品的寿命有三种——一、和作家同步死亡；二、先于作家死亡；三、迟于作家死亡。

狗头：李白的作品就是迟于作家死亡。

蒙面人：如今的作家的作品先于作家死亡的多，同步死亡的也多。

狗头：我看你能写。你先写。

蒙面人：我的经历比较丰富，写出来肯定叫座。但是我不能写。

狗头：为什么？

蒙面人：无可奉告。

狗头：有时我觉得你挺神秘。

蒙面人：我有时也觉得你神秘，你长什么样？能传给我一张照片吗？

狗头：我没有数码相机。

蒙面人：扫描原始照片。

狗头：我没有扫描仪。你能传给我照片吗？

蒙面人：我也没有数码相机和扫描仪。

狗头：都是无产阶级。

蒙面人：我只有水泥和砖头。

狗头：你是开砖窑的？

蒙面人：还真差不多。

狗头：水泥和砖头比数码相机和扫描仪重要。没有水泥和砖头，人们的身体将堆砌在一起，没有隐私，一切都是赤裸裸的。

蒙面人：这话怎么讲？

狗头：没有水泥和砖头就没有楼房，只有楼房才能使地少人多的城市人摞着居住。没有了楼房，人就直接摞着住了。

蒙面人：你应该写作，不写太可惜。

狗头：我家楼下特吵，没有写作环境。

蒙面人：写迟于作家死亡的作品时，是不怕噪音干扰的。噪音是老天爷阻挠先于作家死亡的作品诞生的手段。

狗头：你现在看什么书？

蒙面人：《少年维特的烦恼》。

狗头：你不像是烧砖的呀？

蒙面人：还有专门给烧砖的写的书？

狗头：《少年维特的烦恼》好像是少儿不宜读物吧？

蒙面人：你别充大。再说这书什么人都能看。想当年有道学家抨击歌德的《少年维特的烦恼》"少儿不宜"时，歌德在1830年3月17日说："生活本身每天出现的极丑恶的场面太多了，要是看不见，也可以听见，就连对儿童，人们也无须过分担心一部书或剧本对儿童的影响。日常生活比一部最有影响的书所起的作用更大。儿童的嗅觉和狗一样灵敏，什么东西都闻得出来，特别是坏东西。书本的影响不可能比实际生活的影响更坏。"

狗头：你到底是干什么的？很博学呀。不过我还是觉得给中学生以下的人看的书应该纯洁些。

蒙面人：知道最近国家教育部给全国的中学生指定了一批必读书吗？

狗头：好像听说过。

蒙面人：你六十多岁了？

狗头：咱俩成黄昏恋了。

蒙面人：教育部指定中学生必读书中有鲁迅的一本《朝花夕拾》。老鲁在该书中的《狗·猫·鼠》一文中形容人类的迎娶仪式也就是如今的结婚迎亲车队为"性交的广告"。这可是国家规定的中学生必读书中的内容。

狗头：鲁迅万岁。国家万岁。

蒙面人：读过鲁迅吗？

狗头：不多，也就是课本里那点儿。

蒙面人：对鲁迅感觉如何？

狗头：能将结婚车队比喻为"性交广告"的人，绝对是伟大作家。能将有这样的文字内容的书指定给中学生必读的国家，绝对是伟大的国家。

蒙面人：老鲁得付我广告费。

狗头：我觉得你写作不会比鲁迅差。人应该有一技之长。你总不能让我跟一个烧砖的过一辈子吧？

蒙面人：一技之长是一把双刃剑，它在助你安身立命的同时，很可能要你的命。

狗头：我把咱俩的网恋对话记下来，就是一部精彩的小说。

蒙面人：你写吧。你如果真想当作家，我给你一个忠告——作品先要有高度，也就是说起点要高。然后是宽度，宽度是作品的数量。但是如果太宽了，就显不出高了。

狗头：你最低是大学毕业。

蒙面人：你有一个误区，有知识的人都在大学里或城市里。告诉你，农村的砖窑里地头上能人多了。开国元勋尽是农民。

狗头：你真的是农民？

蒙面人：正宗的农业户口。

狗头：咱俩的恋情为消除城乡差别做贡献了。

蒙面人：我娶你相当于中国男人娶美国女人。

狗头：照你这么说，美国和中国是城乡差别了。你这是瞎比喻，比鲁迅的比喻功夫差远了。

蒙面人：刚才你还说我比鲁迅强。

殷青和蒙面人就这么天天在网上天南海北地聊，一天不见双方都魂不守舍。

孔若君和辛薇也在网上恋得相见恨晚。辛薇是绝处逢生。孔若君是将功补过。

第十八章　逼上梁山

家人都发现范晓莹今天下班回家后神色不对。

"出什么事了？"殷雪涛问现任妻子。

"郝彬让我在账目上搞鬼。"范晓莹说。

郝彬是范晓莹供职的证券公司的老总，范晓莹是财务部经理。

"怎么搞？"殷雪涛问。

"挪用股民的股票储备金。"范晓莹说，"他说事成之后给我六万元。"

"这是犯法的事呀！"殷雪涛吃惊，"给六千万也不能干。"

"我如果不干，肯定被炒鱿鱼。"范晓莹说。

"炒鱿鱼也不能干。"孔若君说。

"就是。此处不留爷，自有留爷处。"殷青说。

"我这年龄，跳槽就意味着失业。如今招聘广告的上限年龄已经下降到三十五岁了。"范晓莹愁眉苦脸。

"你辞职，我养活你！不就是多开几个保龄球教学班嘛。"殷雪涛说，"犯法的事咱不能干，失业比蹲监狱强。"

"咱家已经有两个没工作的了，再加一个，你怎么受得了？你现在已经累得脸都绿了。"范晓莹心疼继夫。

孔若君和殷青对视。

孔若君和殷青异口同声："我们要去挣钱。"

"你这个样子怎么出门?"殷雪涛对女儿说。

"小青不用出门就能挣钱,她已经是网络高手了。"孔若君说。

"我和哥哥可以给别人编主页。"殷青说,"足不出户就把钱挣了。"

"我们三个挣的钱还养活不了你?"孔若君对妈妈说。

范晓莹热泪盈眶。

"我上班不光为了挣钱,我需要接触人。如果一天到晚在家待着,我会闷死。"范晓莹说。

"妈,我教你上网。"殷青说。

"已经安了两部电话上网了,再给我安一部?再说我对上网也没有兴趣。"范晓莹说。

"又不能辞职,又不能助纣为虐,怎么办?"孔若君替娘犯愁。

"我有办法了。"殷青说。

"快说。"孔若君说。

殷青欲言又止:"……你们会骂我……"

"怎么会骂你?"范晓莹说。

殷雪涛和孔若君对殷青说:"你说吧。"

殷青说:"我说了你们绝对不骂我?"

"绝对不骂。"三个人说。

殷青说:"让哥哥换郝彬的头。"

家人都愣了。

殷青说:"说好了不许骂,包括在心里骂。"

"换了郝总的头,他的阴谋就破产了?"范晓莹不知问谁。

殷青看出继母有给她的动议开绿灯的倾向,她说:"你们想想,变头是大事,咱们有体会。我变头后,连录取我的大学都反悔了,何况证券公司肯定有觊觎郝总位置的副手,人家肯定会以此为理由逼郝总下课回家待着去。郝总回家了，挪款的阴谋就破产了。就算郝总承受能力强，赖着不走，我估计他也会被换头搞得心慌意乱，顾不上干坏事了。"

"我觉得小青的话有道理。"范晓莹表态。

"给郝总这样的人换头，也不算干坏事。"殷雪涛说。

大家都看不作声的孔若君。他是关键，他不同意，谁同意也没用。

孔若君不说话。

殷青对孔若君说："到了考验你是否孝顺咱妈的时候了。"

孔若君说："'鬼斧神工'一天不删除，世界就一天不得安宁。"

殷青说："哥，其实你不必内疚，如果说我强迫你变辛薇的头还算那个的话，这回你变郝总的头可真是替天行道为民除害了。你不可怜散户股民的血汗钱？如果郝总挪用股民的钱一旦还不上，事发之后肯定有股民跳楼。哥，你这是救人一命胜造七级浮屠呀！"

孔若君说："昨天电视上说，最近连续出现人头异变的事件，已经引起了国内和国外专家的重视，研究这一现象的专家很多。我担心咱们再弄，终会引火烧身。你们想想看，总会有专家发现，所有变头的人都和咱们家有这样那样的关系，要么是女儿，要么是邻居，要么是中学同学，要么是老板。"

殷青说："哥哥的担忧有道理。不过我估计，这世界上能想通是白客造成换头的专家还没生出来。白客有悖常理，不合逻辑。"

殷雪涛说："小青的话有道理。专家的特点就是考虑问题符合逻辑。"

殷青说："这是一个本身没有逻辑的世界，人类却非要拿逻辑束缚自己。人类的每一次前进，都是打破原有逻辑的纪录。这不是我说的，是蒙面人说的。"

范晓莹和殷雪涛都知道蒙面人是女儿的网上恋友。

殷青说:"哥,我和你打赌,就算你将白客的事公之于众,在这个世界上,除了郑渊洁和他的读者,没人会相信你的话,特别是科学家。"

"看来我是别无选择了。"孔若君神情恍惚地说,"但愿这是最后一次。"

"给郝总换什么头?"殷青迫不及待兴奋异常。

"得给郝彬换一颗见不得人的头,最好能让他永远不再来证券公司上班。"范晓莹说出心狠手辣的话。

一家人连饭都顾不上吃,讨论给郝总换什么头。

"蟒头怎么样?"殷青先出创意。

"我看蟑螂头不错。"殷雪涛说。

"也别太恐怖了。"孔若君说。

"最好是小青的动物画册里有的,省得若君拍了。"范晓莹说。

"我去拿。"殷青去她的房间拿画册。

一家人聚首画册探讨。

"老虎怎么样?"殷青指着画册上一只斑斓猛虎的头问家人。

"不行,那样郝总就成国家一级保护动物了,他更该肆无忌惮了。"范晓莹说。

"我看这只蜥蜴不错,变色龙。"殷雪涛说,"郝总原来不这样。"

"就给郝彬换变色龙的头吧。"范晓莹看孔若君。

孔若君点头。

"不太生猛。"殷青表示遗憾。

"少数服从多数吧。"殷雪涛对女儿说。

"妈,你有郝彬的照片?"孔若君问范晓莹。

"我有一张我们公司的合影,其中有他,行吗?"范晓莹问。

"拿来看看，只要清楚就行。"孔若君说。

范晓莹找出照片，孔若君看完说："没问题。"

"白客太伟大了，足不出户，就能换别人的头。"殷青感慨。

殷雪涛说："这本事要是让坏人拿了去，地球就乱套了。"

"好人可以拿它拯救地球。"殷青说，"咱们现在干的就是这种事。"

孔若君使用数码相机翻拍蜥蜴和郝彬，然后将照片输入他的电脑，再用"鬼斧神工"切换郝彬和蜥蜴的头。

"现在就换？"手握生杀予夺大权的孔若君问范晓莹。

"当然。"殷青越俎代庖。

"等等。"范晓莹说。

孔若君抬头看妈妈，他希望她反悔。

范晓莹说："郝彬说，明天上午让我挪款。在挪款前，我打电话通知你，你再换不迟。"

"这是干吗？"殷青不解。

范晓莹说："不管怎么说，郝总是有恩于我的人，当初是他调我来证券公司的。现在是晚上，郝彬在家里，他变头，还不吓死他的家人？还是在办公室变比较好。"

殷雪涛点头。

殷青说："当初给我变头可没人这么周到地考虑。"

孔若君尴尬。

"小青！"殷雪涛说。

"明天就明天。"殷青说，"但愿郝太太再最后享受一晚为人妻的美好。明晚她就是蜥蜴太太了。郝总这是自找。"

殷雪涛一家吃完晚饭时，已经是深夜一点了。

次日，范晓莹出门上班前，和孔若君约好，只要她给孔若君打电话说"确定"两个字，孔若君就换郝彬的头。

范晓莹到证券公司后，她像往常那样坐在自己的办公桌前，但她心乱如麻。她清楚，郝彬变头后，公司将大乱，业务会中止。范晓莹喜欢自己的工作。

果然，郝彬走进范晓莹的办公室。

范晓莹站起来，她的腿在发抖。

"你怎么了？"郝总看出范晓莹异常。

"没什么……早晨有点儿……不舒服……"范晓莹掩盖。

"昨天我跟你说的挪款的事，算了。"郝彬说。

"为什么？"范晓莹不相信自己的耳朵。

郝总说："这么大的事，我不能自己做主，我是有家小的人。我昨晚回去和太太商量了，我问她你想不想要二百万元，她问怎么要，我说通过挪用股民储备金获利。她坚决不让我做，还给我跪下求我别干傻事。她说我们现在钱不少了，再说她宁愿没钱也不愿在监狱外边等我，更不愿意到法院的刑场给我收尸。她还说贪污犯罪的人都没有想象力，下手时想象不到日后自己戴着脚镣被押赴刑场的场面。她还说手中掌有权力的人最需要的就是想象力。我觉得她说得对，我不挪款了。"

范晓莹的眼泪呈喷薄状射到郝总脸上。她觉得郝总的太太是真正爱自己的先生和孩子的人。正是她的爱，挽救了郝总和一个家庭。

"真是千钧一发呀。"范晓莹说。

"可以这么说。"郝彬说，"如果我让你挪了款，就追悔莫及了。"

郝彬的想象力不足以想到白客。

"您还有事吗？我要打个电话。"范晓莹怕孔若君在殷青的鼓动下擅自给郝彬换蜥蜴头。在孔若君的电脑中，蜥蜴头已经长在郝总的头上，一触即发。

165

"你怎么了？打什么电话？"郝总奇怪范晓莹的举动。

"您快出去，我要打一个重要的电话。"范晓莹往门外推郝总。

"你已经举报我了？"郝总问。

"我是那种人吗？我如果不干，只会辞职。"范晓莹将郝总推出门外，她锁上自己办公室的门。

郝总站在范晓莹的门外发愣。

范晓莹拨打家里的电话。

孔若君一听是妈妈，就问："确定？"

范晓莹急忙说："不是确定！是不确定！听清楚了吗？你先把右手从鼠标上拿开！"

孔若君问："不确定是什么意思？"

范晓莹生怕儿子理解有误，她说："行动取消。明白吗？不换了！"

"为什么？"孔若君问。

"郝总决定不挪款了。"

"太好了！"孔若君如释重负，他为郝彬高兴，"你说服他了？"

"他太太说服他了。"

"男人就要找这样的妻子。有了这样的妻子，穷光蛋也是亿万富翁。"孔若君仰天长叹。

殷青在一边看出有变。孔若君放下电话三下五除二删除了电脑中的长着蜥蜴头的郝彬。

"你干吗？"殷青问。

孔若君解释。

殷青在失望之余不得不感慨："郝总的妻子做梦也想不到她做了什么样的事。否则，今天晚上她就会和蜥蜴同床共枕了。"

孔若君看着窗外说："真正力挽狂澜的事，都是女人做的。力挽狂澜这个词同男人没任何关系。"

殷青说:"女人每次生孩子都是力挽狂澜。"

阿里巴巴在网上呼叫牛肉干。几乎是同时,蒙面人呼叫狗头。

殷青一边往自己的房间走一边说:"郝总没变头,损失最大的是媒体。"

第十九章　杨倪浮出水面

杨倪出生在一个贫困的村庄，在他十岁之前，他没离开过村庄一步。

杨倪十岁时，哥哥杨照带他进了一趟县城，那个国家级贫困县的县城在杨倪眼中无比豪华，他惊叹摞在一起的房子，惊叹全包的拖拉机。杨照告诉杨倪，那不是拖拉机，是小轿车。杨倪还从哥哥口中得知，摞在一起的房子叫楼房。杨倪在对县城目瞪口呆的同时，还对哥哥的见多识广目瞪口呆。那次，哥哥给杨倪买了一根冰糕，杨倪从那根冰糕的甜中吃出了自己生活的苦。他当时就想，自己如果能经常吃冰糕、住楼房和坐小轿车多好。

杨照当年读完小学后，家中无力供他继续上中学，他就开始帮父母种地。弟弟杨倪八岁时，杨照对父亲说，应该让杨倪上小学。父亲说钱呢？杨照说起码得让杨倪认字。父亲说一有闲钱就送杨倪上学。两年过去了，家中没有出现闲钱。

从县城回来后，杨倪老发傻。一天，王志柱和杨倪躺在小土坡上。王志柱比杨倪大一岁，是杨倪的玩伴。

"你咋啦？"王志柱问杨倪。

"都是人，城里人咋就能老吃冰糕？"杨倪说。

"我妈说，想过好日子就得上学。"王志柱说，"不认字的人进城等于瞎子。"

回家后，杨倪对父亲说他要上学。

"有钱了我就送你上学。"父亲说。

杨倪说："哥哥八岁就上学了。"

父亲说："就是因为他上学，你姐姐生病没钱治，死了。"

一边的杨照对杨倪说："哥挣钱供你上学。"

父亲撇嘴。

晚上，杨照将杨倪拉到外边，说："你想上学，咱家没钱，咱们得自己想办法。"

"咋办？"杨倪问。

"满天说，城里的井盖能卖钱。"杨照说。

满天是杨照的朋友，比杨照大三岁，也住在本村。满天进城当过民工，是正宗的见多识广。

"城里也有井？"杨倪问。

"城里的井不是喝水用的，城里的井是装粪尿的。"

"城里人喝粪尿？"

"人家喝矿泉水，才不喝粪尿。他们住楼房，拉的屎尿从管子里下到污水井里，井口有盖，是生铁做的，能卖钱。"

"井盖随便拿？"

"咋会随便拿。不能让人看见。"

"偷？"杨倪吓了一跳。

"城里人有的是钱，他们才不在乎破井盖。满天说，弄十个井盖就能卖不少钱，你就可以上学了。"

"算了……"杨倪虽然才十岁，但他知道不能偷。

"不上学，你这辈子想经常吃冰糕是不可能了。"杨照叹气。

"拿井盖被抓住会坐牢吧？"杨倪犹豫了，他想经常吃冰糕。

"抓不住，满天干过好几次了，他家的收音机就是卖井盖买的。"杨照说,"满天说了,他去搞马车,你去给望风,我和他拿井盖。"

第二天夜里,杨倪和杨照坐着满天"驾驶"的马车到县城里偷井盖,杨倪担负望风的任务,有人来了他就吹口哨。

他们偷了八个井盖。

杨倪上了村里的小学。

上学的第一天,杨倪就向老师提问:"农村人怎么才能像城里人一样过好日子?"

老师用手指擦自己眼角的眼屎,然后说:"只有上大学一条出路。上了大学,你就是城市户口了。"

杨倪惊讶:"城里人的户口和咱不一样?"

老师说:"咱是农业户口,人家城里人是非农业户口。还有一个办法,就是你娶城里人当老婆,咱国家的政策是,生了娃随母亲的户口。母亲是非农业户口,生了娃就是天生的城市户口。母亲是农业户口,生了娃只能是农业户口只能当农民。"

杨倪觉得用娶城里女子的方法使自己的后代拥有城市户口的方法不现实,他只能上大学。

杨倪从此发奋学习。他发现学习好并不难,只要死记硬背就行。杨倪开始暗中和城里娃竞赛记忆力,杨倪的大脑虽然没有脑黄金什么的支援,但他有新鲜的空气和有机肥料养育出的食物。

城里的井盖供杨倪读完了小学和初中。杨倪以全县第一名的成绩考上该县重点高中。

随着井盖的急剧减少和竞争偷井盖者的增多,随着高中学费的猛涨,杨倪靠井盖上学已经开始捉襟见肘。

杨照对杨倪说:"三年后你上大学,咱手中没有十万块钱,你是读不完的。咱得想办法。"

当时城里的一层住户开始往窗户上安装护栏，杨倪家所在的村子有很多人家给城里人制作和安装护窗，以此谋利过活。

"哥，我估计城里人装护窗的会越来越多，人有了钱，最怕别人偷。咱也做这生意吧？"杨倪建议。

"得买一辆机动三轮车。"杨照说。

这回是害怕学费跟不上的杨倪启发哥哥了："叫上满天和王志柱，去搞一辆不就妥了？"

王志柱早已加盟满杨盗盖团伙。

果然，四天后，满天、杨照和王志柱"搞"到了一辆蹦蹦三轮车。

杨照分工进城揽活，满天和王志柱在村里制作护窗。杨照每天半夜驾驶三轮车进城，天亮后他在车前竖个"承做各种防护窗"的牌子。揽到生意后，他返回村里将尺寸告诉满天。制作好护窗后，三个人一同进城给人家安装。

杨倪清楚学费来之不易，他玩儿命死记硬背，回回考试全年级第一。

到高二快结束时，杨照愁眉苦脸地告诉弟弟，由于竞争激烈，由于市场趋于饱和（城里的一层住户基本安装完毕），护窗生意越来越难做了。

杨倪问哥哥已经为他上大学存了多少钱，哥哥说还只有两万。

那天晚上，住校的杨倪彻夜失眠。他开动所有脑细胞想能使自己顺利上大学进而变成城里人的办法。

苍天不负有心人，智商不低的杨倪柳暗花明。

次日，杨倪对哥哥说："我有办法了，我给你们当托儿。"

"骗城里人的钱？"哥哥问。村里有干这行的，拿五元钱的金佛像骗城里老太太五万元。

杨倪说:"偷和偷不一样。一种是傻偷,一种是精偷。傻偷的结局是杀头。咱们不能干,咱们要利用我的智力精偷。我现在学习成绩全县第一,这说明什么?说明全县我最聪明,我只要稍微把这聪明用在偷上一点儿,咱们就不会再为钱发愁了。哥,从前咱是抱着金碗要饭呀!"

杨照问:"你快说你的主意。"

杨倪说:"马上就放暑假了,放暑假后,我和王志柱进城,我们踩着已有的护窗进入楼上的人家偷偷,当然,碰到好东西和钱我们也会顺手牵羊。然后你们就去那个居住区揽护窗生意,保准生意兴隆。咱们就这么一个一个小区干。"

杨照说:"绝了!"

满天和王志柱获悉杨倪的主意后,满天对杨照说:"你弟是个宝,他的智力能让咱们发大财。"

一个暑假,杨倪和王志柱在前当托,杨照和满天在后收订单,他们盈利八万元。

光阴似箭。高考前后,杨倪也没闲着。当他进入孔若君家盗窃兼当托时,看见了电脑和骷髅保龄球。杨倪喜欢电脑,在学校有电脑课,他还时常到县城里的网吧上网,但他还没自己的电脑。杨倪已经想好,上大学后,买一台笔记本电脑。因此他顺手拿走了孔若君的一盒磁盘。杨倪没有见过保龄球,但那颗内含骷髅头的透明物件引起了杨倪的兴趣,他决定把它送给满天当生日礼物。

杨倪以六百一十二分被清河大学法律系录取。住进大学校园的第五天,杨倪就给自己买了一个最酷的笔记本电脑。三位室友很是羡慕。由于大学扩招,宿舍不够,学校将两座办公楼腾出来做学生宿舍。学生也无法做到以班为单位住宿,甚至跨系跨年级同住一室的都有。杨倪的三位室友就来自三个不同的系。

"现在农村比城市有钱。"一位有原装城市户口的名叫侯杰的室友看着杨倪的笔记本电脑说。

"我哥是乡镇企业家。"杨倪把自己买笔记本电脑的钱合法化。

"我也要买笔记本电脑。"另一位原装城里人说，他叫金国强。

"就买我这个牌子的，很棒。"杨倪对金国强说。

金国强心里清楚自己没钱买价格昂贵的笔记本电脑，他只是不想太让杨倪这个农村人占上风。

那些天，宿舍里谈论得最多的话题是人头异变事件。金国强完全以局外人的身份参加讨论，没人知道他曾是第一个变头者殷青的男朋友。

很快，金国强买了笔记本电脑，他的比杨倪的档次还高，整整五万元。辛薇给的钱。

进入大城市和大学后，杨倪才发现有多少钱都能花出去。虚荣心是大学生的通病，杨倪也没能免疫。他需要大量的钱。

哥哥杨照几乎每周和杨倪通过电话联系，他们每月至少见面一次。杨倪用自己的智慧给弟兄们盗窃出谋划策，他规定每个招儿只用一次，然后就换新的，决不重复使用。这样警方无法破案。杨倪管这叫打一枪换一个地方。

上周杨倪给杨照们支的招儿是：夜间，王志柱在某路边给122打报警电话，诈称出了交通事故，事故车辆需要拖车拖走。当两名交警分别开着警车和拖车赶到"事故现场"时，被埋伏在那里的杨照们打昏。杨照们脱下警察的警服，再用不干胶带将警察全身包括头部捆上，只留下鼻孔出气。杨照们穿上警服，开着警车和拖车大摇大摆地将停放在路边的汽车拣名贵的拖，其间还有联防队员见义勇为协助"警察"拖"违章车辆"。那几辆奔驰被杨照们卖了一百二十二万元。买主惊奇地问你们干吗主动杀价，杨照们说是为了凑个

122 的吉利数。

　　再上次，杨倪指挥杨照们怀揣二十万元打劫某县城银行。王志柱先冒充储户拿着二十万元到银行办理存款，当他拿到银行给他的存单后，头套长筒丝袜的杨照和满天出现了，他俩一个拿假炸药包，另一个拿假手枪。拿假炸药包的杨照警告保安和银行工作人员说，谁的手离开头他就点燃炸药包。满天则用枪指着桌子上王志柱刚存进去还没来得及收起来的二十万元对营业员说你快把这钱递出来，不递就打死你。营业员原本准备按照反抢训练时教官教的那样说没钱，但她不能当着二十万元向歹徒撒谎，她只得屈从。事后杨倪和弟兄们喝酒祝捷时戏称这叫抢自己的钱。王志柱将二十万元存单交给杨倪，杨倪说这定期存款留着给我当考研的经费吧。

　　当杨倪买了价值一万元的手机时，金国强很嫉妒，但他已将辛薇给他的五万元花光了。金国强必须尽快拿到那五十万元，他已经想好了，拿到五十万元后，先买手机，再买汽车。校园里已经有开车上大学的校友了。

　　金国强仔细策划重返殷青家的方案。

　　一天下午，杨照打电话说要见杨倪。杨倪在清河大学北门外的一家酒吧见哥哥。

　　"什么事？"杨倪问哥哥。

　　杨照拿出一张报纸给杨倪看。那报纸的头版上有这样的标题《未进高校进高墙》，杨倪看内容，说的是2000年8月5日合肥市公安局花冲派出所抓获了四名盗窃犯罪嫌疑人，这四人都是今年已被高校录取的大学生，他们作案三十多起，盗窃了价值十多万元的财物。

　　"哥，你担心我？"杨倪猜到了哥哥的用意。

　　"你到今天不容易，你是咱们家的希望。"杨照说。

"没事，只要你们严格按我说的办，绝对不会有事。"杨倪说。杨倪对杨照们有两点要求：第一是不要杀人，第二是作案手段只用一次。

"要不你退出？"杨照说。

"我一退出，不出一个月，你们就会进去。"杨倪喝光杯中的咖啡。

杨照相信弟弟的话。

"我会慎重的，我还有二十五个构思，都是特绝的。干完这二十五次，我估计咱们会有三千万了，到那时咱们就金盆洗手。我也该出国留学了，去美国搅和搅和。"杨倪说。

"如果有了案底，公安局就不给你办护照了。"杨照提醒弟弟。

杨倪说："这是我最不明白的事，国家干吗把好人都放出国去，把坏人给自己留着。帮外国政审，给外国把关。"

"不管怎么说，咱们要特别当心。你是前途无量的人。"杨照说。

"我知道。"杨倪说。

除上学和策划案子外，其他时间杨倪都用来上网。孔若君的磁盘都被杨倪覆盖使用了，只有那张里边有一个美女照片的他没删除，那女孩儿太漂亮了，杨倪发誓要照着这副模样觅女友。

最近杨倪在网上找到了心爱的人，他爱得如醉如痴。尽管他还没见过她的相貌，但他直觉到她的美丽，他料定她起码不会比磁盘里那女孩儿逊色。

杨倪的网名叫蒙面人。

第二十章　殷青中计

这天下午，孔若君去保龄球馆找骷髅保龄球，殷青自己在家上网。

蒙面人和殷青的恋情已经升温到炽烈的程度，蒙面人强烈要求见面。而殷青清楚，她绝对不能让对方看到她的狗头，见面对殷青来说意味着失去蒙面人的爱。

蒙面人通过网络打字给殷青：我这个星期无论如何要见你。今天是星期一，星期日是最后期限。

狗头：这个星期我很忙。

蒙面人：你没有不忙的时候。你说忙，可你随时都在网上，我看你闲得很。

狗头：我在家上班。

蒙面人：如果这个星期你不让我见到你，咱们就不要再浪费时间了。

狗头：别呀。说实话，我很丑，怕你一见特失望。

蒙面人：你肯定漂亮。

狗头：你怎么知道？

蒙面人：我的直觉是一流的。我就靠直觉挣钱。

狗头：你的职业到底是什么？

蒙面人：你别打岔。到底星期几见？

狗头：怎么弄得跟最后通牒似的？这是网恋还是网上追逃？

蒙面人：你别拿这种话打比喻，我害怕。

狗头：你是逃犯？

蒙面人：又打岔，星期三下午见面，就这么定了。

狗头：我真的很丑，你会失望的。

蒙面人：还会比狗头丑？

狗头：平级吧。

蒙面人：我的笔记本电脑的桌布是一位很漂亮的女孩儿的照片，我想象中你就是这个样子。

电脑开机后，首先出现的基本画面叫桌面。杨倪将他窃得的孔若君的磁盘中殷青的照片输入他的电脑作为桌布，每次他一开机先见到她。

狗头：你喜欢漂亮女孩儿？

蒙面人：光是漂亮还不行，还要有感觉。

狗头：要求真高，难伺候。

蒙面人：星期三下午咱们见面，定了。

狗头：我如果不同意呢？

蒙面人：那你在网上就再也见不到我了。

狗头：我有你的ICQ。

蒙面人：我更换ICQ和网名。就算咱们在一张桌子上打牌，你也认不出我。

网上有很多虚拟棋牌室，殷青和杨倪都是里边的常客。

殷青最害怕蒙面人和她断交。网上有上亿人，但真正能对路子的不多。蒙面人已经使殷青忘却了变头给她造成的痛苦。如果失去蒙面人，殷青将重返地狱。

狗头：我争取星期三见你。

殷青不得不使用缓兵之计，到时候再找理由推辞。

蒙面人：一言为定。

有人按门铃。

狗头：有人来我家，我去看看。咱们待会儿见。

蒙面人：现在坏人多，看好再开门。

狗头：放心吧，能蒙我的人还没生出来呢。

殷青离开电脑，她到门口看外边是谁。

门镜里是金国强。殷青掉头就走。

"小青，我听出是你，请给我开门。我有重要的事找你。"金国强隔着门说。

殷青忽发奇想，她想报复金国强，她要说服孔若君换金国强的头。殷青兴奋了，她要用数码相机给他拍一张照片。殷青手中没有金国强的照片。她开了门。

"恶棍，你好？"殷青对金国强说。

金国强对殷青这么轻易就给他开门很吃惊，他事先为敲开这扇门制订了十七个方案。

"骂得好，我确实是恶棍，十恶不赦。"金国强看屋里有没有其他人。

"你怎么跟贼似的？我家就我自己。你来干什么？"殷青问。

金国强背台词："我对不起你。当初从电视上看到你变头的新闻，我没有勇气面对你，就……这一段时间，我心中的负疚感越来越沉重。实话说，我也接触了大学里一些女生，我才发现我是曾经沧海难为水，我没办法不时刻想起你。"

殷青打断金国强："有话直说吧，你来干什么？我没时间听你编故事，我正网恋呢。看在咱们有过一段的分上，我可以和你合一张影，留个纪念。"

金国强听出有戏,他说:"我说的都是真的,我今天来,就是向你赔罪,我要和你重归于好,今生今世永不分离。请你相信我。网恋不适合你。网恋的最后,双方肯定要见面。他见了你,会和你继续感情吗?而我是知道你这个样子和你恢复感情。你可以想想。"

殷青正在发愁星期三无法见蒙面人,金国强的话触动了她。

"小青,你是宽宏大量的人。"金国强拉住殷青的一只手说,"请你给我一次机会。没有你,我今生今世活不好。"

殷青的手一接触到金国强的手,她的全身就像过电一样,她很久没有这种感觉了。

金国强加强攻势,他伸双手捧过殷青的头,深情地吻她。尽管金国强事先做了充分的准备,但当他真的和狗嘴接触时,他还是忍不住要吐。金国强想起了辛薇要给的五十万元,他挺过了不适应期。

殷青身体发软。

金国强清楚自己首战告捷,他要乘胜进军。金国强拉着殷青进入她的房间,他像从前那样插上门。

殷青像在梦里。

"你不会再离开我吧?"殷青问金国强。

"绝对不会。"金国强嘴里都是狗毛,但他不敢吐,怕引起殷青的反感。

殷青放弃了给金国强换头的想法。

"你为什么会变头呢?"金国强小心翼翼地试探,"没有办法再变回来?"

"不知道。"殷青说。

"我要退学。"金国强说。

"为什么?"殷青问。

"像比尔·盖茨那样退学去挣大钱,挣了钱送你去国外治病。"

金国强说。

"我没病。"殷青说。

金国强说："我觉得变头是一种病，肯定能治愈。国外医学水平高，只要肯花钱，一定能治好。"

殷青说："你嫌我的头难看？"

金国强赶紧说："我如果嫌你的头难看会和你……以后不许你这么说。"

殷青说："好，我不说了。但我的头不用治，不是病。"

"不是我看着别扭，而是我觉得你这个样子生活不会开心。我今天回学校就办退学手续。"金国强说。

"你知道辛薇的头也变了吗？"殷青问。

"这世界上谁不知道！"金国强说，"她变头是过量补钙导致的。"

"法院不是说不是吗？"殷青说。

"我们学校的同学都说是，他们说制药九厂有钱，买通了法院。"金国强设套。

"难道我也是因为过量补钙？"殷青说，"你知道我从来不补钙。"

"一共有四个变头的了吧？"金国强说，"都出现在咱们这座城市，真怪。"

"本来是五个。"殷青脱口而出。她指的是郝彬。

"怎么会？"金国强问。

殷青自知失言，她忙说："我是瞎说的。"

"你有事儿瞒着我。人家都要为你退学了。"金国强噘着嘴说，"人多力量大，我想帮助你恢复原来的容貌。"

"真的没什么事瞒着你……"殷青支吾。

金国强握住殷青的手："小青，我有责任帮助你。如果你不告诉我真相，我马上就去退学，我一定要挣很多钱送你去美国治病。"

殷青的手上似乎有极为敏感的神经，只要被金国强一攥，她就不设防了。金国强了解殷青的这个特点。

"我告诉你……"殷青说。

金国强眼中露出喜悦的光。

殷青从孔志方在孔若君十八岁生日时送给儿子一架数码相机开始说，一直说到她报复辛薇给辛薇换了兔子头。

在殷青叙述的二十分钟内，金国强没有打断过殷青一次，他的手一直握着殷青的手。金国强的大脑由于转速太快死机了好几次，他每次重新启动都颇费一番周折。

殷青说完了，她看着金国强。

金国强沉默了。金国强的声带却一刻都没有停止对自己说话。假如殷青说的白客的事属实，金国强清楚这件事对他的意义。如果他能得到"鬼斧神工"软件，他将发大财，更重要的是，他能够获得在这个世界上为所欲为的能力。

"你怎么了？"殷青摇金国强的手。

金国强说："你说的都是真的？"

殷青说："这是我们家的高度机密，没一个外人知道。孔若君说了，只要找到有我的照片的那张磁盘，他马上就彻底删除'鬼斧神工'。"

"孔若君不得了，他的这项发明能改变世界。"金国强说，"'鬼斧神工'就在他的电脑里？"

殷青说："是的。他现在出去找骷髅保龄球了。"

金国强对殷青说："你不要告诉孔若君我知道白客的事了。"

"为什么？"

"我想给他一个惊喜。"金国强说,"我从今天开始就去找你的磁盘,我会找到的。"

"很难。"殷青说。

金国强一边从他的包里拿出一罐饮料一边对殷青说:"我有信心。这是我带给你的你最爱喝的椰汁。"

殷青喝了,她觉得一直甜到脚心。

金国强事先用注射器往饮料里下了安眠药。

殷青倒头大睡,金国强将她放到床上。

尽管时间紧迫,孔若君随时有回家的可能,但金国强还是先到卫生间清理口腔,他差点儿拿管道疏通剂漱口。将嘴里的狗毛和狗唾液清理干净后,金国强一边擦嘴一边朝孔若君的房间走去。

贾宝玉见金国强要进孔若君的房间,它冲金国强大叫。

金国强冲贾宝玉一边做手势一边说:"贾宝玉,你不认识我了?我是孔若君的朋友呀!"

贾宝玉依然挡在门口,不给金国强进孔若君的房间发放签证。

金国强佯装放弃了,他在转身的同时突然迈过贾宝玉强行进入孔若君的房间,进去后,金国强反锁上门。贾宝玉在外边狂吠。

金国强迅速开启孔若君的电脑,他打开"所有文件"菜单,查找"鬼斧神工"。由于孔若君是用字母做文件名称,金国强不得不打开每一个文件查看。

金国强时不时站起来往窗外看,他担心孔若君回来。

贾宝玉在门外狂叫不止。

金国强焦急地注视着电脑屏幕和窗外。在"所有文件"菜单的倒数第三个文件中,金国强看见了"鬼斧神工"。

金国强也同时透过窗户看见了正往这座楼走的孔若君。

金国强从孔若君的抽屉里拿出一张新磁盘,插入电脑,复制

"鬼斧神工"。孔若君的电脑愚昧地执行金国强的指令。电脑屏幕上表示存储进度的蓝色方块在缓慢地增加数量。

"快！快！"金国强看到楼下的孔若君在一步步地接近单元门。

终于完成了拷贝。金国强从电脑软驱中取出磁盘，装进自己的衣兜。他看见孔若君距离单元门只有十米了。

金国强关闭电脑，他打开房间门。

贾宝玉冲他扑过来。

"贾宝玉！你干什么？我什么也没拿！"金国强斥责贾宝玉，他伸出空空如也的双手给贾宝玉看。

贾宝玉被蒙骗了，它过去见过金国强来做客，加上金国强使用训斥的语气叫它的名字，贾宝玉在迟疑中没有扑咬金国强。

金国强迅速打开大门，他从外边关上门后，没有下楼，而是上到三层。等孔若君进家后，金国强飞快地下了楼。

第二十一章　如梦初醒

孔若君进家门后对贾宝玉说："我老远就听见你叫，咱们又不是好多天没见。"

贾宝玉没有像往常迎接孔若君那样摇头摆尾，它往孔若君的房间跑去。

"怎么了？"孔若君跟着贾宝玉走进自己的房间。

贾宝玉冲着电脑叫。

孔若君没发现自己的房间有什么异常。

"闹狗了？"孔若君问贾宝玉。

气得贾宝玉用犬语骂孔若君："你才闹狗呢！"

孔若君发现殷青没露面，他到殷青的房间里，看见殷青躺在床上呼呼大睡。

"地道的网虫，夜间上网，白天睡觉。"孔若君给殷青盖上毛巾被，关上门。

回到自己的房间，孔若君打开电脑上网，望眼欲穿苦等的辛薇见牛肉干终于露面了，欣喜若狂。

阿里巴巴：你失踪了一天，也不打个招呼。干什么去了？

牛肉干：找东西。

阿里巴巴：丢什么了？

牛肉干：很重要的东西。

阿里巴巴：身份证？手机？

牛肉干：比这重要多了。

阿里巴巴：是什么？能告诉我吗？我帮你找。

牛肉干：你帮不上忙。

阿里巴巴：想开点儿，都是身外之物，别急坏了身体。我连身内之物丢了都不急了。

牛肉干：身内之物怎么丢？

阿里巴巴：我丢过头。

牛肉干：……

阿里巴巴：你不信吧？

牛肉干：特坚信不疑。

阿里巴巴：想开点儿，找不到就算了。

牛肉干：我就是在找你的头。

阿里巴巴：我喜欢你把我的感情比喻成我的头，头是感情的卧室。

牛肉干：很多有头的人没有感情。

阿里巴巴：我喜欢你这句话。

孔若君每天要陪辛薇网恋，不知不觉中，孔若君已经喜欢上辛薇，一天不在网上见面，孔若君就怅然若失。

隔壁的殷青醒了，她坐起来，身边的金国强已经不见了。她看看身上的毛巾被，知道是金国强给她盖的，她将毛巾被拿到鼻子前深情地嗅着。殷青认为刚才自己是太激动了，导致异常睡眠。金国强没有叫醒她，悄悄走了。

"哥，你回来了？"殷青到孔若君的房间，她站在孔若君身后。

"今天还是没有收获。"孔若君一边给辛薇打字一边对殷青说。

"你不用急。"殷青安慰孔若君。

185

孔若君感觉殷青的声音里有蜜,他回头看殷青,问:"和蒙面人有飞跃?"

"我们能有什么飞跃?我不可能和他见面。"殷青说。

"有人来过?"孔若君问。

"……没有……"殷青说,"就我这样子,谁敢见我?还是你幸福,快见阿里巴巴了吧?"

"她没提见面的要求。"孔若君心说你要知道阿里巴巴是谁你非吃了我不可。

"估计长得比较简陋。对不起。"殷青说,"我觉得长得好的女孩儿网恋时不怵见面。"

"但愿不是。"孔若君说。

电话铃响了。殷青抢着去客厅接电话,她断定是金国强打给她的电话。

"哥,你生父找你。"殷青从客厅过来对孔若君说。

"你陪阿里巴巴聊会儿,我去接电话。"孔若君站起来对殷青说。

殷青说没问题。

狗头:你好,我是狗头。我哥牛肉干去接电话,我陪你聊一会儿。

阿里巴巴:你好。我听牛肉干说过他的妹妹。如今大都是独生子女,能有一个妹妹真是好福气。

狗头:我们不同父不同母,没有任何血缘关系。

阿里巴巴:牛肉干跟我说过。

狗头:我可长得很酷,你不要掉以轻心。你应该抓紧发展和我哥的关系,怎么认识这么长时间了还不见面?当心我插足!

阿里巴巴:你不会。

狗头：为什么？

阿里巴巴：你有蒙面人。你哥告诉我的。

狗头：这世界上什么事都可能发生。

阿里巴巴：这倒是。

狗头：你喜欢什么？

阿里巴巴：电影。你呢？

狗头：刺探小姑子的爱好？我也爱看电影。你喜欢哪个演员？

阿里巴巴：辛薇和朱丽叶·萝卜丝。

狗头：辛薇不就是那个变兔子头的倒霉蛋吗？我不喜欢她。你得改变爱好，要不我不给你和我哥结婚发证书。

阿里巴巴：结婚证书是街道发，不是你发。

狗头：现在还有人结婚去街道拿证？知道怎么给你做体检吗？前几天我刚从报纸上看到……

孔若君接完电话回来，他看着电脑屏幕对殷青说："你越说越没边了，怎么连结婚证都上来了？谁结婚不去街道领证？"

殷青离开电脑，孔若君坐下继续和阿里巴巴聊。

"哥，我不太喜欢她。"殷青站在孔若君身边说。

"为什么？"孔若君问。

"说不清。"殷青说，"你不会给我找个让我讨厌的嫂子吧？"

"别嫂子嫂子的，说不定哪天咱爸咱妈又离婚了，咱俩还得分手。"孔若君说。

殷青说："不管他们再怎么离再怎么结，你永远是我哥。"

孔若君抬头看殷青："我生父生母没白离异，让我体验到了真正的兄妹情。"

"你最好抓紧见见阿里巴巴，没准是一俗人，你就别瞎耽误工夫了。"殷青说。

"你就凭和她聊了几句，就断言人家不行。"孔若君一边打字一边说。

"我有直觉。"殷青说。

"快回你的房间和蒙面人联络吧。"孔若君心说你的直觉还差火候，"咦，你睡醒了怎么不先开电脑？"

殷青赶紧离开孔若君的房间，她担心再多待就该露出金国强了。

孔若君和辛薇继续网恋。

阿里巴巴：你妹妹很漂亮？

牛肉干：她告诉你的？

阿里巴巴：你不会见异思迁吧？

牛肉干：这话应该我妹妹对我说。她先于你数月成为我妹妹的，你是我后认识的。

阿里巴巴：我还是有点儿担心。

牛肉干：不会。我和她虽然没有血缘关系，但毕竟是兄妹。你放心吧。

阿里巴巴：你干吗从不提出见我？

牛肉干：你也没提出见我呀？

阿里巴巴：应该是男方先提吧？

牛肉干：互联网有这样的规定？

孔若君看出，刚才和殷青聊了几句后，辛薇不踏实了，她害怕网上恋人牛肉干被其同吃同住的不同父不同母的花容月貌的"妹妹"从她手中夺走，可辛薇囿于自己的兔头无法和牛肉干见面巩固发展关系。孔若君可想而知辛薇现在内心的痛苦和焦急，他于心不忍柔肠寸断。

殷青已经无心开电脑和蒙面人网恋，她打金国强的呼机，金国强不回电话。殷青照金国强留下的他的大学宿舍的电话号码拨电话。

正苦于和狗头失去联系的杨倪接电话。

"找金国强。"殷青说。

"请稍等。"杨倪对金国强说,"你的电话,女的。"

"问她是哪儿?"金国强小声说。

"你贵姓?"杨倪问殷青。

"我姓殷。"殷青说。

"她姓殷。"杨倪告诉金国强。

"说我不在。"金国强摆手。

"他不在。"杨倪对殷青说。

"我听见他说话了!"殷青大怒。

"他真的不在。"杨倪挂断电话。

殷青呆若木鸡。

殷青回忆金国强今天来见她所做的一切,她怎么会突然睡着了?殷青想起金国强给她带来的椰汁,她跑进自己的房间,那罐椰汁还有半罐没喝完。

殷青将剩下的椰汁倒进贾宝玉的饭盆,她招呼贾宝玉喝椰汁。贾宝玉很爱喝,喝完了还舔盆。

殷青观察贾宝玉。

只几分钟后,贾宝玉倒头便睡。

殷青推贾宝玉,贾宝玉照睡不误。

殷青一屁股坐在地上。

突然,殷青一跃而起,她冲进孔若君的房间。

"'鬼斧神工'在你的电脑里?"殷青问孔若君。

"对呀?怎么了?"孔若君问。

"还在?"

"还在。"孔若君检查后说,"怎么了?"

"没什么……"殷青不敢说出实情,"从你的电脑里复制'鬼斧神工'很容易吗?"

孔若君吓了一跳:"这个念头你可不能动!你知道利害关系,传出去了不得!"

"我怎么会?"殷青艰难地退出孔若君的房间,她的腿不听使唤。

回到自己的房间,殷青清楚金国强可能复制了"鬼斧神工",但她也不能肯定。她不敢告诉家人,她只能祈求上帝保佑金国强没有复制"鬼斧神工"。

现在殷青最想的人,是蒙面人。

她颤抖着手打开电脑。

蒙面人劈头就问:你去哪儿了?

狗头:我受骗了。

蒙面人:怎么回事?

狗头:一言难尽。我需要你的安慰。

蒙面人:真的受骗了?谁干的?我杀了他!

狗头:我想哭。

蒙面人:我现在就要见你!

狗头:这世界上,有谁值得信任?

蒙面人:我。

狗头:你真的值得我信任?你真的是我想象中的白马王子?白璧无瑕?一尘不染?

蒙面人:……

狗头:你怎么不说话?

蒙面人:真诚的人在这个世界上会碰得头破血流。

狗头：你也受过骗？不然你怎么会说出如此深有体会的话？

蒙面人：做坏事的结局肯定是追悔莫及。

狗头：也不一定吧？我看有的坏人活得有滋有味。

蒙面人：那是表面。

狗头：好像你当过坏人。

蒙面人：你到底怎么了？

狗头：和你说说话，心里好受多了。

蒙面人：明天上午九点，我在湖滨公园北门等你。

狗头：不是说星期三吗？

蒙面人：我等不及了。明天我一定要见到你。

第二十二章　赴约

除殷青外，家人都对贾宝玉在此时此刻的深沉睡眠感到不解。

"宝玉从来不在咱们用餐时睡觉呀？"范晓莹边吃晚饭边说。

"它错吃了安眠药吧？"殷雪涛说。

"今天小青也大白天睡觉。"孔若君说。

"咱家有瞌睡虫了？"范晓莹说。

"可能是。"殷青表情不自然。

家人已经能从殷青的狗头上看出不自然的表情了。

"有事？"殷雪涛问女儿。

"没事。我能有什么事？"殷青欲盖弥彰。

大家都看殷青。

殷青索性用另一桩事转移家人的视线。

"蒙面人说明天上午必须见我，否则一刀两断。"殷青放下筷子说。

"我说你今天怎么心事重重。"孔若君恍然大悟。

范晓莹和殷雪涛都知道现在蒙面人对殷青的重要性，如果失去蒙面人，殷青将发疯。家里谁的日子也别想好过。

范晓莹看孔若君："若君，你懂网恋，怎么才能既不见面又不失去对方？"

"我一定要找到那张磁盘！"孔若君使劲儿打自己的头。

是殷青的头致使她不能见蒙面人。孔若君在自责。

"若君，你别这样。"殷雪涛说，"咱们想想办法。"

孔若君说："明天上午只有我替小青去见蒙面人。"

"你去？"范晓莹说，"他会以为你就是狗头，蒙了他。"

孔若君说："我能让他相信狗头是我妹妹。我和蒙面人在网上打过牌，我说出我的网名，他会相信的。"

殷雪涛问："你怎么跟他解释小青不来赴约？"

孔若君说："我就说小青确实有事，一个月内保证见你。如果你是真爱她，就宽她一个月时间。如果我在一个月内变不回小青的头，我就把我的头也变成贾宝玉！"

孔若君有一句潜台词没说出来：殷青的头变不回来，就意味着辛薇的头也变不回来，那他孔若君就索性舍命陪君子，以狗头和辛薇永结秦晋之好。至于殷青，孔若君想，如果蒙面人真的爱狗头，他也会"嫁狗随狗"。

"哥，这事只有拜托你了。"殷青对孔若君说。

贾宝玉总算醒了，只见它呆头呆脑地走过来朝殷青叫了一声。

"你是怎么了？"孔若君拍拍贾宝玉的头。

只有殷青明白贾宝玉干吗冲她叫。

次日上午九点整，孔若君出现在湖滨公园北门。

公园门口人不多，以孔若君的网龄，他很快就判断出站在距离公园门比较远的一棵树下的那个戴墨镜的小子就是蒙面人。

孔若君走到他面前，问："你是蒙面人？"

杨倪说："我真是有眼无珠，我被你骗了，我真的以为你是女的。你戏弄了我的感情，我会杀了你。"

杨倪认定跟前这个知道他网名的小伙子是在网上男扮女装的狗头。

"你误会了,我不是狗头。我是狗头的哥哥。"孔若君说。

"接着骗?"杨倪冷笑。

孔若君说:"咱们早就在网上认识,我的网名是牛肉干。咱俩在联众锄过大地。"

杨倪想起牌桌上确实有个网友叫牛肉干。

孔若君说:"还记得有一次我出牌太慢,你说牛肉干你怎么出牌跟大象生孩子似的。我问你大象怎么生孩子,你说大象生孩子特慢。"

"你确实是牛肉干。"杨倪说。

"狗头是我妹妹。"孔若君说。

"她为什么不来?她特难看?"杨倪说,"我已经想好了,就是狗头长得比猪八戒的妹妹还难看,我今生今世也非她不娶了!"

孔若君很感动,他看出蒙面人是真爱上殷青了。

"我妹妹很好看,不亚于电影明星。"孔若君说。

"真的?"杨倪说,"那她为什么不来见我?"

孔若君对杨倪有好感,且不说杨倪身高一米八以上,胸前戴着清河大学的校徽,单是杨倪刚才那句猪八戒的妹妹也要娶的豪言壮语,就令孔若君为殷青高兴。

"我不想编谎话,"孔若君对杨倪说,"但我现在也不能告诉你真实原因。你知道,谁都会有不想让别人知道的事。"

"这倒是。"杨倪深有体会。

"你给我们一个月时间,最多一个月,如果我妹妹还不能见你,你就和她分手。"

"她整容了?照着影星的模样?伤口还没愈合?"杨倪猜测。

"你想歪了,我妹妹无须整容,她本身就是影星模子。"孔若君说。

"匪夷所思。"杨倪说。

"没有悬念的经历没价值。好事多磨。"孔若君说。

"好，我信你的话，我等她一个月，从今天算起。"杨倪说，"能麻烦你带一张照片给她吗？"

"你的照片？"孔若君问。

"是的。"杨倪拿出一个信封。

"没问题。"孔若君收好照片。

"咱们年龄差不多吧？"杨倪问。

"我十八岁，高考落榜。我妹妹也是十八岁。我们是再婚父母双方各自带来的孩子。"

"她参加高考了吗？"

"参加了。"

"落榜？"

"录取了。"

"她在哪所大学？"杨倪急于想知道有关狗头的一切信息。

"被取消了上学资格。"

"能问为什么吗？"

"无可奉告。以后她见你时会告诉你。"

高考被录取后又被取消入学资格，原因就那么几个，好事不多。杨倪隐约感到狗头可能是他的同路人，他更是非她不娶了。

孔若君说："再见。她在网上等你呢。"

杨倪说："我这就回学校上网。"

孔若君走出没几步，杨倪叫他。

孔若君站住。

杨倪过来对他说："有一句话我忘了说，大学里坏蛋多着呢，不上也没什么。"

孔若君说:"谢谢。你快走吧。你早一秒钟上网,我妹妹早一秒钟高兴。"

杨倪是坐出租车走的。孔若君等公共汽车。

孔若君进家门时,殷青已经和蒙面人在网上卿卿我我多时了。

狗头:我哥回来了,我先去看你的照片,待会儿说感受。

蒙面人:估计你看了很失望。你哥可把你描述成仙女。

狗头:没那么辉煌。但也不会让你觉得丢人。

蒙面人:觉得妻子长得丢人的男人不是人。丢不丢人不在脸上。

狗头:我先去看你的尊容。我哥给我送来了。

孔若君将信封交给殷青。

殷青拿出照片,说:"帅哥呀!"

"还是清河大学的学生,和咱们同龄。你的眼力真不错。"孔若君说。

殷青哭了。

"你怎么了?"孔若君问。

"如果我不能复原,他不会要我。"殷青抽泣。

"他说你就是猪八戒的妹妹他也要你。这人不错。"孔若君安慰殷青。

"我如果是猪八戒的妹妹就谢天谢地了,我比猪八戒的妹妹难看多了。"殷青还哭。

杨倪通过 ICQ 的敲桌子功能呼叫殷青。

蒙面人:看完了吗?评头论足吧。

狗头:我很不安。

蒙面人:我很丑?

狗头:你很帅,我担心……

蒙面人：为你的学历担心？没关系，明年再考，我辅导你。我有死记硬背的绝招儿。

狗头：大学请我我都不去了。

蒙面人：应该有这种气魄。

狗头：大学里好女孩儿特多吧？

蒙面人：最好的不在大学里。

狗头：在哪儿？

蒙面人：最好的是你。被有眼无珠的大学取消了入学资格。

狗头：你的嘴很甜。

蒙面人：我心更甜。

狗头：够酸的，怎么跟港台歌词似的。

蒙面人：希望这个月过得快一些，早些见到你。

狗头：你要是真爱我，应该希望这个月过得慢一些。

蒙面人：我的想象力很丰富，可我真的想不出你到底是怎么回事。

狗头：好在离真相大白不远了，让悬念再陪伴你最多一个月吧。

殷青和蒙面人一直聊到傍晚，谁也没吃午饭。

殷雪涛和范晓莹几乎是同时下班回到家里。

第二十三章　殷雪涛的意外发现

　　正和辛薇在网上聊天的孔若君听到父母回来了,他对辛薇说他要暂时离开一会儿。辛薇说我等着你,只给你五分钟。孔若君惊讶地说你给我这么长时间?五分钟对咱俩来说是五个世纪。辛薇说快办你的事去吧,已经过去一个世纪了。

　　果然,殷雪涛进门换完鞋就大声问:"若君,小青,见蒙面人的结果怎么样?"

　　孔若君走出自己的房间,对继父和生母说:"我说服他了,他同意一个月后再见小青。"

　　范晓莹问:"是个什么样的人?"

　　孔若君说:"和我们同龄,清河大学的学生,很帅。"

　　"真不错。"殷雪涛眼角湿润了,"若君,谢谢你。"

　　孔若君不自然地提醒继父:"爸,是我把小青的头……您怎么还能谢我……"

　　殷雪涛拍拍继子的肩膀,说:"若君,你不是故意的,事后你的表现令我极其钦佩。如果日后我和你妈离婚,我坚决要你的抚养权。"

　　"我已经满十八岁了,不需要监护人了。"孔若君笑了。

　　"我估计咱俩离婚时,会为争夺孩子展开一场大战。我抢小青,你抢若君。"范晓莹对殷雪涛说。

"预见到恶战，就别离了。"殷雪涛说。

"有的事是不以人的意志为转移的。"范晓莹笑着说。

孔若君说："有蒙面人的照片，你们不看？"

殷雪涛和范晓莹异口同声："你怎么不早说。"

"在小青那儿。"孔若君指着正在自己的房间里和蒙面人网恋的殷青说。

殷雪涛和范晓莹迫不及待到女儿的卧室看准女婿的照片。

孔若君回自己的房间拥抱阔别了五个世纪的辛薇。

"小青，给妈妈看看蒙面人的照片。"范晓莹说。

殷青腾出一只打字的手，将桌子上的照片递给继母。

殷雪涛凑过来看。

"真帅呀。"范晓莹说。

"是很英俊。"殷雪涛说。

照片上的杨倪倚在一个酒柜上，脸上展现着自信的笑容。

殷青说："拿到你们的房间去仔细看吧。"

殷青不愿意父母看到电脑屏幕上她和蒙面人的对话。

范晓莹会意地冲殷青努努嘴，拉着殷雪涛去他们的卧室。范晓莹从外边关上殷青的门。

殷雪涛和范晓莹轮流看杨倪，他们先是为女儿高兴，继而为女儿担心。

殷雪涛叹了口气。范晓莹明白这口气的含义。

"但愿能找到。"范晓莹说这话时底气不足。说实话，她从没对找到那张磁盘抱有信心。

殷雪涛拿着杨倪的照片看，他突然把照片拿近了看，再拿远了看。疑惑出现在他脸上。

"怎么了？"范晓莹问丈夫。

"你看这是什么？"殷雪涛指着照片上的酒柜说。

范晓莹说："酒柜呀，可能是蒙面人家的酒柜。"

"你看酒柜的玻璃门。"殷雪涛说。

"玻璃门里是酒呀。"范晓莹纳闷丈夫的大惊小怪。

殷雪涛再拿起照片放在眼睛前仔细看。

"你看这个地方，酒柜玻璃门反光的一个东西。"殷雪涛指给范晓莹看。

"是什么？"范晓莹还是看不出来。

"骷髅保龄球！"殷雪涛一字一句地说。

"怎么可能？你看花了眼吧？"范晓莹拿过照片仔细看，"还真有点儿像。"

杨倪倚靠的那个酒柜的玻璃门上隐隐约约反射出酒柜对面的一个球形物体，不仔细看根本看不出来。殷雪涛太熟悉骷髅保龄球了，只有他能注意到。

这张照片是杨倪在满天家拍摄的。那天满天过生日，杨倪送给他的生日礼物是骷髅保龄球，满天觉得很刺激。

"我去叫若君！"范晓莹说完往儿子的房间跑。

正和辛薇热火朝天的孔若君被母亲不由分说地拉离电脑。

"妈，你干什么？人家分别也得打个招呼呀！"孔若君抗议，他还想把一分钟再变成一个世纪。

范晓莹什么也不说，她把孔若君拉进她的房间。

"出什么事了？"孔若君看出坐在床上的继父脸色异常。

"若君，你看这个。"殷雪涛将杨倪的照片递给孔若君。

孔若君不接："爸，这照片是我拿来的，我看了一路，路上还堵车，我眼睛都看出茧子了。再说我连真人都见着了。"

"你看这里。"殷雪涛指给孔若君看。

"不就是路易十八吗？我看出他家有钱。他是打车走的。"孔若君看着酒柜里的名酒说。

"你再看！"范晓莹指着骷髅保龄球说，"玻璃柜上反射的是什么？"

孔若君凑近了看，他呆了。

"骷髅保龄球？"孔若君抬头看继父。

殷雪涛点头。

"蒙面人是偷咱们家的人？"孔若君倒吸冷气。

"他是大学生呀！"范晓莹认为大学生不可能当贼。

"前天的报纸上还说东北有两个大学生拦路抢劫被判刑了。"殷雪涛说。

孔若君再看照片。

"事关重大，万一咱们看错了，对小青来说就太惨了。"孔若君说，"我拿到电脑里放大了看。"

殷雪涛点头同意。

三个人到孔若君的房间，阿里巴巴正要死要活地呼叫牛肉干。

孔若君打字：我有急事，给我三十个世纪。

阿里巴巴：三十个世纪？太长了！只给你十个世纪！

孔若君顾不上理辛薇了，他将照片放进扫描仪扫描。

范晓莹和殷雪涛知道儿子也在网恋，但他们做梦也想不到阿里巴巴就是辛薇。

扫描后的照片出现在电脑屏幕上。孔若君操纵鼠标局部放大酒柜玻璃。

殷雪涛和范晓莹站在孔若君身后死盯着电脑屏幕。

酒柜玻璃的反射物被孔若君逐渐放大，一直大到出现了马赛克。

骷髅保龄球再明显不过地呈现在屏幕上。

沉默。

沉默中的三个人都能听到别人心中的疾风暴雨。

"不是说本市有两个这样的骷髅保龄球吗？"范晓莹打破沉默，她心疼殷青，她认定照片上的这颗骷髅保龄球能以大弧线击倒殷青心中的所有幸福和希望之瓶，全中。

"另一个在作家郑渊洁手中。"殷雪涛说。

"也许蒙面人认识郑渊洁，他是在郑渊洁家照的相。"范晓莹说。

"不能完全排除这种可能。"殷雪涛说。

"咱们先不要告诉小青，这对她的打击太大了。咱们弄清楚照片上这颗骷髅保龄球到底是不是咱们的再决定是否告诉她。再说了，就算真的是，也需要小青稳住蒙面人。以小青的性格，她知道后，不会不痛斥蒙面人。"孔若君说。

殷雪涛和范晓莹都点头同意。

"我今天晚上就去找郑渊洁，核实骷髅保龄球。"孔若君说。

"听说这人不好找，深居简出。"殷雪涛说。

"我从小看他的书，再说他有自己的主页，我给他发电子邮件，说明事情的紧迫，他会见我的。"孔若君有信心。

"你们在这儿干什么？怎么还不吃饭？我都饿疯了！"殷青进来说。

孔若君赶紧更换电脑屏幕上的图案。

"蒙面人的照片呢？不还给我了？"殷青问。

孔若君从扫描仪里拿出杨倪的照片交给殷青。

"还扫描了，放大呀？你们够隆重的。"殷青接过照片说。

孔若君说："放大了看得清楚。"

"你们都怎么了？"殷青看出父母脸上不对。

"他们为你高兴。"孔若君说，"我也饿了，谁做饭？"

孔若君担心谁绷不住劲说漏了，他急于支走父母。

"我去做饭。"殷雪涛说。

电话铃响了。

殷雪涛接电话，是孔志方打来的，他找孔若君。

"若君，你爸找你。"殷雪涛说。

孔若君接生父的电话。

"若君，咱们不是说好了，辛薇是最后一个吗？"孔志方使用明显责怪的口气质问孔若君。给辛薇变头后，孔志方要儿子发誓再不当白客。

"您是什么意思？"孔若君听不明白。

"你还装傻！你又弄了一个人的头！"孔志方怒不可遏。

"我又弄了一个？我弄谁了？"孔若君反问生父。

"你打开电视看看！"孔志方怒气冲冲地挂断电话。

孔若君放下电话后急忙打开电视机。

电视台正在紧急报道本市一位高中教师的头在一个小时前变成马头的新闻。顶着马头的教师在电视屏幕上晃来晃去。

孔若君、殷雪涛、殷青和范晓莹都雕塑般凝固了。

殷雪涛和范晓莹同时看孔若君："你干的？"

"绝对不是！"孔若君大喊。

"别人也有'鬼斧神工'？"殷雪涛说。

"不可能！"孔若君否定。

殷青扑通一声坐在地上。

孔若君忽然想起昨天殷青莫名其妙地问过他可否复制"鬼斧神工"。

203

"小青,你干的?"孔若君问殷青。

"小青怎么会?"范晓莹制止儿子。

"小青昨天问我能不能复制'鬼斧神工'。"孔若君说。

殷雪涛在孔若君向殷青发问前就怀疑到是女儿的恶作剧,刚才电视台的记者介绍说到那变成马头的教师所在的校名时,殷雪涛心中就咯噔一下,那是殷青就读的高中。殷雪涛的初步判断是孔若君意志不坚定,再次被殷青说服戏弄她的中学老师。殷雪涛没想到是女儿独立当了白客。

"小青!"殷雪涛怒斥女儿,"你变了头是很痛苦,我们在为你想办法。你不能这样连续祸及他人!连有意传播艾滋病都是违法行为,何况故意换人家的头!"

殷青大哭。

"雪涛,事情还没弄清楚,你不要这样说小青,她也有她的难处……"范晓莹劝阻丈夫。

殷青突然站起来,她声嘶力竭:"金国强!我杀了你!!"

金国强?家人面面相觑。

孔若君猛然想起昨天他回家时贾宝玉的异常表现。

"金国强来过?"孔若君全身不寒而栗。

殷青哭诉经过。

家人都瘫在地上,只剩下殷青站着颤抖。

殷雪涛骂道:"小青,你混!你糊涂!金国强是个什么东西,你还不清楚吗?你确实是狗脑子!"

"你冷静点儿……"范晓莹泪流满面地劝丈夫。

"贾宝玉,你给我过来!"孔若君趴在地上叫贾宝玉。

贾宝玉知道没好事,它战战兢兢过来。

"你看到金国强进我的房间,你为什么不咬他?他给你香肠了？你是个笨蛋！"孔若君怒斥贾宝玉。

贾宝玉很委屈，它发誓再见到金国强一定咬死他。

有人按门铃。

殷青看门外是孔志方，就开了门。

孔志方进屋看见一屋子人都躺在地上，他对孔若君说："我很后悔给你买数码相机。"

"不是若君的事，你不要不分青红皂白。"殷雪涛对孔志方说。

"还能有谁的事？"孔志方说。

殷雪涛冲殷青努努嘴。

范晓莹将孔志方拉进他们原先的卧室，详述原委。

孔志方也没能控制住自己不瘫在地上。

谁都清楚，金国强这种人成为白客，说是世界末日都有可能。

"咱们要赶紧制订对策！"孔志方对前妻说，"除了殷青，你把他们都叫来。"

孔志方觉得现在暂时不让殷青知道蒙面人有骷髅保龄球比较稳妥。

殷青对于家人将她排斥在外商量对策大为不满，但她没办法。

关门前，孔若君反复警告殷青不要将家里发生的事告诉蒙面人。殷青说你当我是弱智呀，说完她自己又说自己确实是弱智。

"首先，咱们应该马上确定蒙面人照片上的骷髅保龄球是不是咱们的，如果是，咱们再想办法从他那儿拿回有小青照片的磁盘。"孔志方说，"上帝保佑蒙面人没有覆盖那张磁盘！"

"咱们需要报警吗？让警方捉拿金国强，销毁'鬼斧神工'。"范晓莹说。

"不能轻易报警，我担心惊动金国强后，他会将'鬼斧神工'放到网上，谁都可以下载，那可就真是天下大乱了。"殷雪涛说，"我比你们了解金国强,他现在绝对不会把'鬼斧神工'传出去,他要垄断。我奇怪他为什么没有删除若君电脑里的'鬼斧神工'。以金国强的人品,他应该会这么干。"

孔若君说:"也许他没有时间了。我在楼下就听见贾宝玉叫。"

"只要咱们不惊动他,他不会传播'鬼斧神工'。咱们先不要报警,再说,警察里也不是没有坏人,谁都可以复制'鬼斧神工'当白客。"殷雪涛说。

"现在我就和若君去找郑渊洁核实骷髅保龄球,如果真是蒙面人干的,咱们再定方针。"孔志方说。

孔若君说:"我通过互联网和郑渊洁联系。"

"但愿他在网上。"范晓莹在胸前画了个十字。

一个小时后,孔若君和孔志方坐在郑渊洁家的客厅里。

"对不起,打搅您了,很急的事。"孔志方拿出儿子使用打印机打印的杨倪的照片递给郑渊洁,"您认识这个人吗?"

郑渊洁拿起杨倪的照片看,他摇摇头,说:"不认识。"

"您有一个骷髅保龄球?"孔若君问郑渊洁。

郑渊洁点头。

"别人借走过吗?"孔若君又问。

郑渊洁摇头。

孔若君和孔志方现在确定无疑蒙面人起码和盗窃磁盘的人有关系。

"我能问问你们为什么向我提出这些问题吗?照片上这个人是谁?你们干吗对骷髅保龄球感兴趣?"郑渊洁说。

孔若君看看爸爸,他觉得可以信任郑渊洁。孔志方点点头。

孔若君问郑渊洁:"您从电视上知道人头异变的事了吧?"

郑渊洁说:"我有十年不看电视了。"

"报纸上也报道了。"孔志方说。

"我有八年不看报纸了。我是从网上知道的。"郑渊洁说。

孔若君尽量简要地告诉郑渊洁"鬼斧神工"的事。

"真没想到,变头的原因是这样。"郑渊洁感叹,"生活本身就是童话。连童话都不敢这么写,写出来谁信?"

"事情结束后,我们将结果告诉您,您写本书。"孔若君对郑渊洁说。

"一言为定,书名就叫《白客》。"郑渊洁说,"作品写完后,拿我的骷髅保龄球当封面。"

"说起来,白客的事跟您还有关系。"孔若君说。

"跟我有关系?"郑渊洁惊讶。

"我最初在电脑里换殷青的头,是受2000年6月号《童话大王》封面的启发,那期的封面是您同一个狗头人身的怪物的合影。"

"这么说,我是白客的源头了?"郑渊洁笑。

"您对人的研究比我们多,您认为我们应该怎样从蒙面人手里拿回磁盘?"孔志方问郑渊洁。

"如果是我,我就直接向蒙面人挑明了要磁盘。"郑渊洁说。

"他可能是坏人。"孔若君说。

"再坏的人也有好的一面,就像再好的人也有坏的一面一样。"郑渊洁说,"刚才你们说了,蒙面人很爱殷青,这是说服他交出磁盘的基础。"

孔志方和孔若君对视,他俩觉得郑渊洁的话有道理。

郑渊洁站起来说:"这是孤注一掷。你们好像也没别的更好的办法了。我等你们的结局再动笔。"

孔志方和孔若君起身告辞。

第二十四章　孤注一掷

孔若君和生父回到家里时，已是深夜十二点了。

范晓莹和殷雪涛心急如焚地坐等消息。殷青蒙着头躺在床上。任凭蒙面人怎么用 ICQ 敲门敲桌子，殷青也不理。

听到钥匙响，范晓莹和殷雪涛跳起来。

孔志方一进门就对殷雪涛夫妇说："是他！"

殷雪涛一拳砸在桌子上。在另一个房间的殷青坐起来，她不知道孔若君父子出去干什么，他们回来后，殷雪涛砸桌子，殷青竖着耳朵听究竟。

范晓莹招呼大家去她的卧室商量。殷雪涛关上门。

"郑渊洁的骷髅保龄球没有外借过，他也不认识蒙面人。"孔若君对生母和继父说。

"这么说，最起码蒙面人认识盗窃咱们家的人，甚至可能就是他干的！"殷雪涛说。

"差不多。"孔志方说，"窃贼偷了这样的保龄球销赃的可能性不大。我估计是蒙面人干的。"

"咱们怎么办？"范晓莹问。

"直接跟蒙面人摊牌。"孔若君说。

"行吗？他会承认？"范晓莹怀疑。

"如果他真的爱上了小青，没准会有义举。我明天去见他。"孔若君说。

"你说出真相后,他会不会拿刀子捅你?假如他真是坏人的话。"范晓莹不放心。

"你怎么约他?"殷雪涛问孔若君。

"只有通过小青约他。"孔若君说。

"咱们得告诉小青了?"范晓莹担心。

"必须告诉她,现在咱们需要她的帮助才能约见蒙面人。"孔志方说。

殷雪涛说:"让小青约蒙面人出来没问题。我担心的是若君一个人去见蒙面人有危险。"

"咱俩埋伏在附近。"孔志方对殷雪涛说。

"我想请崔琳的丈夫宋光辉帮个忙,他是安全部门的人,虽然不是警察,但到关键时刻比咱们管用。"殷雪涛说,"我这样想,如果蒙面人同意交出磁盘,就由若君跟着他去拿。如果他不交甚至企图伤害若君,就由宋光辉抓获他,再去他的住处找磁盘。"

"宋光辉能随便抓人和搜查人家的住处吗?"孔志方问。

"白客如果蔓延,很可能危及国家安全,宋光辉插手说得过去。"殷雪涛说,"在这件事上,宋光辉对咱们来说比警察可靠。他起码绝对不会复制'鬼斧神工'。"

"你现在就给他打电话吧。"范晓莹说。

殷雪涛给崔琳打电话。

"这么晚了,干什么?"崔琳睡意蒙眬地问前夫。

"有急事,是关于小青的。你和宋光辉一起来,就现在!"殷雪涛说。

"小青怎么了?"崔琳醒了。

"来了再说,一定和宋光辉一起来。"殷雪涛挂上电话。

"该和小青谈了吧？"孔若君问。

殷雪涛说："我去叫她来。"

殷雪涛走进殷青的房间，说："拿上蒙面人的照片，到我的房间来，有事跟你说。"

殷青老老实实照着做。

一屋子人看殷青。殷青进父母的卧室后叹了口气，她自知犯下弥天大罪，她拿着蒙面人的照片站着，不敢坐。她不知道父亲让她拿蒙面人的照片干什么，但她不敢问。殷青清楚自己现在只能百依百顺。

范晓莹对殷青说："小青，你坐下。"

殷青站着不动。

殷雪涛看大家，他用眼神问谁和殷青说。

孔若君站起来："我和小青说。"

孔若君拉殷青坐下，他从她手里拿过照片，说："小青，我们找到了磁盘的线索。"

"真的？"殷青腾地站起来。

孔若君说："你要有精神准备，不管我下边说的话你听了多吃惊，你都要承受住。"

殷青问："是金国强偷的咱们家？"

孔若君摇头。

孔若君指着照片上的酒柜玻璃说："你仔细看看玻璃反射的是什么？"

殷青接过照片凑近了看。

"看清了吗？"殷雪涛问。

"没有。"殷青说，"狗的视力不行，如果我哥当初给我换了鹰头就厉害了。"

孔若君对殷青说:"你看这里。"

"骷髅保龄球?"殷青看清了。

大家都点头。

殷青傻了。作为一个十八岁的孩子,她实在无法承受如此接踵而来的沉重打击:先是前恋人的愚弄和窃走"鬼斧神工",再是现恋人身边出现了她家失窃的骷髅保龄球,而这颗保龄球和她的头能否复原有密切的关系。

所有人都站起来将殷青围住,大家劝她。

"小青,你要挺住,咱们已经有办法了。"范晓莹说。

"要说找到骷髅保龄球还是你的功劳。"孔若君说。

"你的头很快就会恢复,你应该高兴。"孔志方说。

殷青目光呆滞地说:"你们查清了,确实是蒙面人干的?"

"基本上是。起码他认识偷咱们家的贼。"殷雪涛说。

"我该怎么办?"殷青问。

孔若君说:"你约他明天上午八点和你见面,老地方。我去向他要磁盘。"

"他会给你?"殷青怀疑。

"我看出蒙面人很爱你,有时这种力量会起意想不到的作用。"孔若君说。

"如果他不给或根本不承认呢?"殷青问。

"我们请宋光辉帮忙。如果蒙面人不交出磁盘,就抓捕他。"孔志方说。

"不行!"殷青脱口而出。

"小青,他如果真的是窃贼,能让他逍遥法外吗?"殷雪涛说。

"如果不是呢?"殷青问。

"如果抓错了,我们会向他道歉,还会承担责任。"殷雪涛说。

"他不会是贼。"殷青说。

"不管他是不是贼,反正在他的照片上出现了骷髅保龄球,面对这个难得的可能让你复原的线索,咱们不能置之不理。"孔志方说。

殷青不说话了。

门铃响。

"你妈和宋光辉来了,等我们向他们说明情况后,如果他们没有异议,你就同蒙面人约见面的时间。"殷雪涛对殷青说。

崔琳一进来就到殷青身边看她:"你又出什么事了?"

殷雪涛对崔琳和宋光辉说:"我们早就知道小青变头的原因,但我们没有告诉你们,这是由于我们担心白客的事传出去对社会造成大的危害。现在出了意外,我们需要你们的帮助。"

"白客?"崔琳问。

殷雪涛从孔志方给孔若君买数码相机说起,一直说到金国强复制了"鬼斧神工"和蒙面人照片上的骷髅保龄球。

崔琳和宋光辉听完后大眼瞪大眼。

"这么说,辛薇变头还真不是'钙王'弄的了。"崔琳为自己的律师生涯好不容易瞎猫撞死耗子捍卫了一回真理而高兴。

殷雪涛问宋光辉:"你能帮我们吗?有难处吗?"

宋光辉说:"没任何问题。白客一旦横行社会,绝对危害国家安全。比如他们想换谁的头从电视屏幕上的新闻节目里拍摄下来就换了,万一换了省长甚至更高职位的领导人的头怎么办?当然是危害国家安全!我插手名正言顺。"

孔志方说:"你暂时不能向你的上司汇报。知道这事的人越多,'鬼斧神工'失控的可能就越大。"

宋光辉说:"我明白你们的意思,咱们一定要将'鬼斧神工'

全部销毁。现在只有孔若君和金国强有'鬼斧神工'软件，孔若君这套只要恢复了小青、辛薇和那居委会主任的头立即就删除，关键是金国强手里那套。只要咱们不打草惊蛇，金国强就不会外传。而如果咱们现在报警通过抓蒙面人找小青的磁盘，就可能惊动金国强从而导致他将'鬼斧神工'放到网上去任人下载。所以你们找我，既不惊动金国强，又可以在蒙面人不配合时有拥有抓人权力的人抓捕蒙面人。"

殷雪涛说："正是。"

宋光辉说："我可以承诺暂不向我的上级汇报。但是明天我一个人去不行，万一蒙面人是个团伙呢？咱们埋伏了，人家也埋伏了，人家比咱们人多，场面就会被动。有一个反间谍特别行动组归我领导，一共八个人，都是身怀绝技的家伙，其中有五人会驾驶飞机，六人获得过全国散打比赛前三名，个个枪法百步穿杨弹无虚发。他们的纪律是执行任务从不问为什么。"

孔志方问："你带几个人去？"

宋光辉说："八个人全带上，还有四辆装有远红外跟踪仪、卫星定位系统和超长距离监听器的汽车，车上还有最先进的武器和通信设备。我会在若君身上佩戴微型窃听器和摄像头，还会在若君的耳朵里塞上旁人看不见的耳机，由此我在车上能时刻掌握进展。蒙面人如果不配合，他是插翅难飞。抓到他后，立刻搜查他的住处，争取找到磁盘。"

"咱们给蒙面人的规格很高呀。"殷雪涛说。

殷青在一旁听着家人给她的心上人设套，浑身发抖。

"如果他配合呢？"殷青问。

宋光辉说："如果他同意交出磁盘，就由若君跟着他去拿，我们尾随。拿到磁盘后，立刻恢复小青和辛薇还有那居委会主任。至于金国强，如果你们需要我帮助你们对付他，我必须向上级汇报。如果你们依然担心知道的人多了导致金国强向外扩散'鬼斧神工'，那就由你们自己想办法。我随叫随到。"

崔琳说："一切以不能让'鬼斧神工'失控流传为前提。白客比黑客可怕多了。"

孔若君自责："我罪大恶极。"

宋光辉对孔若君说："你是天才。以后加盟我们单位怎么样？"

孔若君说："如果能顺利销毁'鬼斧神工'，我以后要开电脑公司。"

殷雪涛说："若君开电脑公司，很多电脑公司就没饭吃了。"

宋光辉对殷青说："小青，现在就看你的了，有把握约他出来吗？还不能让他生疑。这人智商不会低，倘若真是他偷的骷髅保龄球，我估计他名下的案子不会少。"

殷青不说话。

崔琳对女儿说："小青，你看这么多人为了你不睡觉，你一定要协助大家。"

殷青对宋光辉说："您能保证不伤害他吗？不管他做什么。你们应该有麻醉枪呀。"

"都什么时候了，你还为他着想！"殷雪涛责怪女儿。

宋光辉对殷青说："我刚才说了，我的手下枪法极其准确。我说要活的，他们就绝对不会给我死的。再说了，我估计蒙面人带枪去约会的可能几乎没有，就算他有枪的话。"

"我约他。"殷青说。

大家都松了口气。

殷青回到自己的房间上网，如此深更半夜，蒙面人竟然还在网上苦等殷青。

大家都看出蒙面人和殷青的感情之深。

殷青打字：我来了。

蒙面人：你是怎么了？说没就没了，出了什么事？

狗头：家里出了点事儿，我和父母发生了冲突。

蒙面人：为什么？

狗头：我想见你！

蒙面人：真的？

狗头：今天上午八点，还在湖滨公园北门。

蒙面人：这不会是真的吧？昨天你哥还说一个月后。

狗头：是真的。

蒙面人：我不敢相信。

狗头：祝你好运，你要保重……

宋光辉对殷青说："你不能再说了！"

蒙面人：保重什么？

殷雪涛从电脑前拉开殷青。孔若君坐下以狗头的名义继续给蒙面人打字。

狗头：你乘车要注意安全。

蒙面人：你是个仔细的姑娘。

狗头：不要迟到。

蒙面人：我会吗？

狗头：我该睡觉了，你也睡吧。

殷青突然大叫："蒙面人，他们设套诓你！你千万不要去！"

尽管众人都知道蒙面人听不见殷青的喊叫，可大家还是将殷青拉到隔壁的房间。

孔若君结束了和蒙面人的网上交谈。

宋光辉对崔琳说："从现在起到行动结束，你要寸步不离小青，

215

绝对不能让她上网和打电话。"

崔琳点头。

宋光辉对孔若君说:"你去见蒙面人的时候,带上小青变头前的一张照片,再带上放大后的能看清骷髅保龄球的蒙面人和酒柜的照片,使他放弃抵赖的念头。"

已经是清晨五点了,宋光辉开始向他的下属发指令。六点整,四辆汽车停在范晓莹家的楼下。宋光辉下楼拿上来各种尖端视听设备,全部物件加在一起只有小拇指的五分之一。宋光辉将它们隐藏在孔若君身上。

七点,孔若君和宋光辉以及他的组员们出发了。殷雪涛、孔志方和范晓莹在家听信。崔琳寸步不离殷青。

第二十五章　不翼而飞

用天罗地网来形容现在的湖滨公园北门一点儿也不过分。四辆由高科技武装到牙齿的汽车静静地停在北门外的四处，车里的人个个儿头戴耳机，面前是车载电脑屏幕，衣服里插着各种微型尖端武器。蒙面人的照片已被输入电脑，只要他出现在一平方公里的范围内，车上的人就会得到信号。

为了不让组员知道白客的事，孔若君身上的窃听器只有宋光辉一个人能监听。

无论杨倪的智商有多高，他也想不到在公园门口等着他的是什么。

"目标出现！"一名组员说。

此时杨倪正坐在距离湖滨公园北门一公里的出租车上。

宋光辉对孔若君说："你现在下车。最好能说服他交出磁盘，看你的了。我们如果测出他身上有凶器，会通过耳机告诉你多加小心。他说的每一句话，我们都会用远距离测谎仪分析，我会随时将分析结果告诉你。"

孔若君底气十足地下车朝公园北门走去。

杨倪看见又是孔若君时，他明显火了。

"你没有妹妹，你就是狗头，你在耍我！"杨倪认定孔若君通过因特网涮他。

宋光辉告诉孔若君，仪器检测结果表明，杨倪身上没有凶器。

孔若君对杨倪说："我确实不是狗头。狗头是我妹妹。我是来告诉你她为什么不能见你的真相的。"

杨倪说："我警告你，如果你再撒谎，你会为此付出代价，你还不知道我是谁。"

孔若君说："你听说过有个叫殷青的女孩子的头变成狗头的事吧？"

杨倪点头。

孔若君说："殷青是我妹妹，狗头是她的网名。现在我告诉你她变狗头的原因。"

孔若君说了自己编制的"鬼斧神工"，说了他在电脑中恶作剧换继妹的头导致殷青真的换了头，说了家中被窃，装有殷青照片的磁盘失踪，因此殷青至今无法恢复原状，痛苦至极。

孔若君终于说出了关键的话："那次失窃，我家还丢了一颗骷髅保龄球。"

四台测谎仪从不同的方向测试杨倪的血压和心跳等数据。

不用宋光辉告诉，孔若君已经从杨倪的眼中看到了他就是窃贼的答案。

孔若君说："我妹妹很爱你，她为不能见你感到万分痛苦。"

杨倪无论如何没想到自己的网恋有如此戏剧性的结果，如果真像狗头的哥哥说的，那么他杨倪唯一没覆盖的那张窃来的磁盘里的美人就是狗头！天下竟会有这么巧合这么残酷的事！他见不到恋人的原因竟然是由于他偷走了她哥哥的磁盘！

"你有你妹妹变头前的照片吗？"杨倪需要证实。

孔若君拿出殷青的原照。

杨倪的眼泪夺眶而出。

"你怎么了？"孔若君明知故问。

"我对不起狗头！"杨倪泪流满面。

宋光辉指示孔若君："有戏，这小子真对小青动情了。他运气不错，今天看来起码不用戴手铐了。你继续攻他，让他尽快交盘。"

孔若君问杨倪："怎么会是你对不起我妹？"

杨倪痛心疾首："是我偷了你们家！你不会相信！"

孔若君说："我信。"

杨倪一愣："你说什么？"

孔若君拿出放大了的杨倪的照片，他指着酒柜玻璃反射的骷髅保龄球说："你穿帮了。"

杨倪警惕地看四周："你是来抓我的？"

孔若君说："你看看四周，如果有一个警察我就不是人。"

宋光辉们不是警察。

杨倪问："你们叫我来干吗？"

孔若君："把磁盘还给我，恢复殷青的美貌，继续你们的恋情。"

杨倪问："狗头知道我……对不起，殷青知道我是贼了？"

孔若君："知道。她不让我们报警，她相信你对她的爱是真的。"

杨倪的眼泪再次决堤。他长这么大，这是第二次哭，刚才是第一次。

孔若君说出了最令自己心惊胆战的话："磁盘还在吗？"

"在。"杨倪点头。

孔若君激动得差点儿拥抱杨倪，宋光辉提醒他别碰坏了身上的昂贵仪器。

"我现在跟你去拿？"孔若君问。

"拿到磁盘，你马上能恢复她？"杨倪问。

孔若君点头。

"你跟我去学校宿舍拿磁盘。我能跟你去你家吗？我想见她。"杨倪说。

"可以。"孔若君说。

"咱们走。"杨倪说。

杨倪和孔若君乘坐出租车朝清河大学驶去。四辆装有卫星定位仪的汽车全自动尾随。

出租车停在大学门口，杨倪和孔若君朝宿舍楼走去。

宋光辉命令三辆车停在校门外，他乘坐的车进学校。保安拦住宋光辉的车不让进，宋光辉掏出万能通行证给他看，那保安就差打开城门放鞭炮欢迎他们进城了。

宿舍里只有侯杰在。

"这么快就回来了？"侯杰知道杨倪是去见恋人。

杨倪直奔自己的桌子。侯杰惊奇地看杨倪和陌生人孔若君。

杨倪掏出钥匙开抽屉，他喊道："谁撬了我的锁？"

"怎么会？"侯杰过来看，杨倪的抽屉锁果然被撬开了。

杨倪打开抽屉，什么都没丢，只有那张磁盘不见了。

"谁拿了我的磁盘？！"杨倪喊叫。

"殷青的磁盘丢了？"孔若君难以置信。

杨倪点头。

孔若君扑上去厮打杨倪："你撒谎！是你不想给我！"

宋光辉制止孔若君："若君，你要冷静！他不像是撒谎，测谎仪没亮红灯。"

侯杰上来用力拉开孔若君："你干吗？你是谁？跑我们宿舍打架来了？"

"你松开他。"杨倪对侯杰说。

"怎么了,刚才出去时还好好的,回来整个一个世界末日。"侯杰说。

杨倪突然想起他的笔记本电脑的桌布是殷青的照片,他对孔若君说:"我的笔记本电脑的桌布是那张照片!"

孔若君眼睛一亮:"万幸!"

杨倪急忙开启他的笔记本电脑,令他呆若木鸡的情况发生了:殷青照片的桌布被删除了。

"谁干的?我杀了你!!!"杨倪回身拽住侯杰的脖领子。

"王八蛋干的,你干吗?放开我!精神病呀你!"侯杰愤怒。

"谁动我的东西了?"杨倪血红着眼睛问侯杰。

"我没看见,我刚进来。对了,金国强退学了。他把东西都拿走了。"侯杰说。

这回轮到孔若君揪住侯杰的脖领子了:"你说什么?金国强?金国强怎么会在这儿?!"

杨倪不明白孔若君干吗在听到他的同学金国强的名字后如此激动。

"你认识金国强?"杨倪将孔若君从侯杰身边拽开。

"就是左脸上部有颗黑痣的金国强?"孔若君问。

"没错,他住我的上铺。"杨倪说。

孔若君号啕大哭。

宋光辉也在楼下的车里擦眼角。宋光辉清楚,以金国强的人品,他拿走殷青的磁盘,归还的可能性几乎是零。

"金国强为什么退学?"杨倪问侯杰。

"不知道。"侯杰说。

孔若君知道。已经是白客的金国强,无须大学文凭也能征服世

221

界了。

"是金国强拿走了磁盘并删除了桌布。"孔若君咬牙切齿。

"哪儿跟哪儿呀！"杨倪脑子不够用了，"他要这个干什么？"

孔若君对侯杰说："对不起，你能出去一会儿吗？"

侯杰二话没说就出去了。

孔若君将金国强和殷青的关系以及昨天金国强欺骗殷青并窃走"鬼斧神工"的事告诉杨倪。

杨倪想起昨天他接了一位小姐找金国强的电话，金国强坚决不接，原来那就是他心爱的狗头！

杨倪恶狠狠地说："金国强，你飞不了，我会找到你的！你还不知道我的能量！跑得了和尚跑不了庙，我去你家等你！我绑你爹绑你娘！"

孔若君吓了一跳："犯法的事你可不能再做了，为了殷青。"

杨倪说："我知道。但是他金国强也要见好就收，把磁盘给我送回来。狗急了还跳墙呢！"

孔若君觉得曾有攀窗入室盗窃经历的杨倪用狗急跳墙形容自己不恰当。

杨倪对孔若君说："我要去你家见殷青。"

第二十六章　杨倪被判死刑

宋光辉在车里将事情的进展向殷雪涛们通报。

殷雪涛惊讶："金国强和蒙面人同住一间宿舍？会有这么巧的事！"

宋光辉说："当务之急是找到金国强。"

殷雪涛说："我对找金国强有信心。我们连一张磁盘的线索都能找到，何况是一个大活人。"

宋光辉说："如果需要我继续帮忙找金国强，我必须向我的头儿汇报。"

殷雪涛说："那就暂时不用你了，如果到了我们的力量达不到的紧急关头，我会请你帮助。"

宋光辉说："刚才我听到杨倪对若君说，他想见小青。我认为现在让他见小青对于促使他抓紧找金国强有益。我马上告诉若君让他带杨倪去你家见小青。我觉得有杨倪参与找金国强，找到的概率就大多了。"

殷雪涛说："蒙面人叫杨倪？让他来吧。不会引狼入室吧？"

宋光辉说："以我这双辨别过上百名国际间谍的眼睛观察杨倪，他可能从此放下屠刀立地成佛了。"

殷雪涛说："我们在家等他们。"

宋光辉对孔若君说："你答应他的要求，现在带他去你家见小青。我已经同你继父通过话了。我们撤了。我装在你身上的仪器这几天不要摘下来，它们能保证你和家人的安全，我会随时注意着你们。"

孔若君咳嗽了一声，表示他知道了。

宋光辉命令他的组员："行动结束，收队。"

孔若君对杨倪说："我带你去我家见我妹妹。"

杨倪说："谢谢你。"

孔若君又说："其实不用我带，你认识路。"

杨倪说："我不得好死。"

杨倪开门叫侯杰进来，他对侯杰说："如果你看见金国强，马上打我的手机。"

侯杰说："怎么弄得跟电影里似的。"

孔若君说："比电影电影多了。"

杨倪在孔若君家的楼下站了几分钟，他抬头看孔若君家的窗户，看那些由杨照安装的众多已经生锈的护窗。

孔若君以大舅子的身份责怪杨倪："你确实死有余辜。"

杨倪叹了口气。

当杨倪出现在殷青面前时，两个人片刻都没有犹豫，紧紧拥抱。家人用复杂的眼光注视着他们。

杨倪对殷青说："就算你的头变不回来，我也一定娶你！"

殷青对杨倪说："答应我，找到金国强后，你就去自首。不管你蹲多少年监狱，我都等你！"

杨倪说："我答应你，找到金国强拿回磁盘后，我就去自首。只要不判我死刑，我就要争取提前释放，出来和你白头到老。"

孔志方说："一般来说，去自首不会判死刑。"

殷雪涛问准女婿："你是团伙还是单干？"

杨倪说："……团伙。"

孔志方说："揭发检举同案犯，是戴罪立功。"

杨倪说："我不会这么做，我会动员他们和我一起自首。现在我还要发动他们帮我找金国强，他们都是有能量有本事的人。金国强逃不出我们的手心。"

殷青抱杨倪抱得更紧了。

孔志方点头，他觉得发动犯罪团伙找金国强是以毒攻毒事半功倍的事。

杨倪对殷雪涛说："伯父，我会尽快将骷髅保龄球还给您。对不起。"

"还有我们家的钱。"范晓莹提醒准继女婿。

"加倍还。"杨倪红着脖子说。

"你喜欢打保龄球？"殷雪涛问杨倪。

杨倪尴尬："没打过。我当时觉得这个骷髅挺好玩……就想送给一个杀人不眨眼但还没杀过人的朋友……就拿了……"

孔志方提醒大家："咱们还是抓紧找金国强吧，以后有的是时间聊。"

杨倪说："我马上召集我的哥们儿，撒大网找金国强。你们也去找。"

殷青说："我有金国强父母家的地址和电话。"

杨倪记下来。

孔若君警告杨倪："你不要伤害金国强的父母。"

杨倪说："希望他们能配合我。"

孔志方说："他们不配合，你也不能动人家。你要答应我们。"

孔志方看殷青。

殷青对杨倪说："你要答应我。"

杨倪说:"我答应。"

范晓莹说:"一定要尽快找到金国强,他拿着'鬼斧神工'不定怎么折腾呢!不知有多少人会倒霉!"

杨倪忽然问:"你们有没有金国强的照片?咱们现在把他的头先给换了!"

大家都兴奋,认为这是个好主意,被换了头的金国强,行动肯定受限制,找他就易如反掌了。

众人看殷青。

殷青摇头:"我爸反对我和金国强,我不敢在家里放他的照片。"

大家失望。

孔志方说:"咱们也要注意,不要被金国强偷拍了去换头。特别是杨倪。"

杨倪说:"我去部署哥们儿找金国强,咱们随时联系。"

杨倪留下他的手机号码,记上殷青家的电话号码。

"我也该去上班了。有情况随时联络我。"孔志方说。

杨倪和孔志方走后,孔若君赶紧回自己的房间上网联络辛薇。辛薇已经急疯了。

阿里巴巴:你怎么失踪了这么多个世纪?

牛肉干:也是为了你。

阿里巴巴:考验我?

牛肉干:以后你会知道。

阿里巴巴:有时你挺神秘。

牛肉干:生活越来越像网络,一天比一天扑朔迷离。

杨倪离开殷青家后,马上给哥哥打电话。

杨倪对杨照说:"有急事。你和满天马上来见我。让满天带上我送给他的那颗骷髅保龄球。"

杨照不明白:"带保龄球干什么?有麻烦?"

杨倪不耐烦地说:"让你带你就带吧。"

在一座公园的小山坡上,杨倪、杨照和满天见了面。满天将装有骷髅保龄球的包交给杨倪。

满天对杨倪说:"你教给你嫂子的那招儿还真灵。这个月,她弄了三千多元,人不知鬼不觉。"

满天的老婆在农村信用社储蓄柜台当营业员。她不想老花丈夫弄来的钱,她是有自立意识的现代妇女,她要"自谋职业"。她向杨倪要挣钱的计谋。杨倪给嫂子出的主意是:遇到比较有钱的储户,就悄悄将点钞机里的一个金属爪弯过来一点儿,由此点钞机会在点钞的过程中将纸币截留在点钞机内一两张,储户根本看不见。嫂子对目不转睛看着她点钱的储户说,您的这捆万元钞少了一张,不信您自己点点。储户只能补上。储户走后,嫂子用身体挡住摄像机,假装喝水顺手牵羊拿出点钞机里的钱。

杨倪对满天说:"让嫂子别这么干了。"

"为什么?"满天问。

"其他计划也先暂停吧。"杨倪说,"你们先帮我找个人。"

杨照觉出弟弟异常,他问杨倪:"找谁?"

杨倪说:"这人叫金国强,是我在大学的同室寝友。他拿了我的东西,跑了。"

满天问:"他拿了你什么?"

杨倪说:"一张电脑磁盘。"

杨照问:"磁盘里有什么?咱们的所有行动计划?"

杨倪摇头:"不是。"

满天问:"那是什么?"

杨倪说:"我暂时不想说,咱们一定要找回那张磁盘。"

满天问:"你还有什么事不能让我们知道?我们会两肋插刀为你找这个人,但你应该让我们知道那张磁盘里有什么。"

杨倪说:"我说过了,现在我不能说。"

杨照说:"出什么事了?你今天不对劲儿。"

杨倪说:"没什么,我以后不想做犯法的事了,你们也别做了。"

杨照和满天面面相觑。

满天提醒杨倪:"咱们过去做的那些事可是死罪,你是学法律的,比我们清楚。"

杨倪说:"咱们先找金国强,其他事以后再说。"

杨照勉强点头。满天看着湖中的游船发呆。

"你要这骷髅干什么?不会是物归原主吧?"满天突然问杨倪。

杨倪说:"你说对了,是完璧归赵。这是我女人家的物件。"

满天和杨照像看怪物似的看杨倪。

满天回到家里后,找到王志柱。

王志柱问满天:"杨倪又有什么高招儿?我都没钱了。"

满天说:"杨倪要出卖咱们。"

王志柱说:"你胡说!"

满天将经过告诉王志柱。王志柱呆了。

满天说:"杨倪这小子读书读坏了,鬼迷心窍了。想当初,还是咱们从他上小学起供他上的学。咱们瞎了眼,白投资了。"

王志柱问:"咱们怎么办?"

满天说:"还能怎么办?"

王志柱问:"大哥的意思?"

满天用手指碾灭烟蒂,说:"我替法院判他死刑。"

王志柱呆了半晌，说："没别的办法？"

满天："他要当好人，咱们只能是他送给公安的立功见面礼。咱们除了灭口别无他路可走。"

王志柱问："杨照知道吗？"

满天说："杨照虽然也不满，但他毕竟是杨倪的亲哥。我信不过他。就咱俩办这件事。咱们这是帮杨照。"

王志柱点头。满天和王志柱耳语。

第二十七章　疯狂白客

金国强复制了"鬼斧神工"离开殷青家后，他明白自己现在最需要的东西是数码相机。可他没有钱。

金国强想到了辛薇。

金国强到辛薇家时，辛薇正在网上和牛肉干聊得火热。母亲告诉辛薇那个金国强来了，在客厅等她。

"叫他来我这儿。"辛薇说。

金国强进来，他看了一眼电脑屏幕问辛薇："你也上网？"

辛薇说："我这样的人，不上网，谁理我？有进展？"

金国强说："我有重大发现。但还需要证实，我急需五万元资金。顶多两天后，告诉你真相。"

辛薇让母亲拿五万元给金国强。

金国强走后，母亲对辛薇说："我不喜欢这个人。"

辛薇说："喜欢的人替你办不了事。"

金国强拿着五万元离开辛薇家时回头看了看这座别墅，他料定自己不会再来了。他在心里说我得感谢你辛薇，是你让我成为神通广大的白客，还倒贴我十万元。

金国强到商店买了一台数码相机，他现在急于要做实验。拿谁开刀呢？最好是仇人，一举两得。

金国强首先想到了高中马老师。

金国强从小学到高中考试成绩都不差，在考试成绩代表学生一切的国度里，自然不应该有老师和金国强过不去。事实上在金国强从小学到高中的十二年学生生涯中，只有高中教英语的马老师贬损过他一次。马老师对金国强并无成见，也许那天马老师家里有事不痛快，比如妻子不让他给农村的父母汇钱什么的。金国强没有像其他同学那样识时务地对马老师那天脸上的阴云敬而远之，他竟然提了一个马老师没能回答出的问题。于是马老师将不能孝敬父母的火气撒到了金国强身上。他使用尖刻的语言挖苦金国强自以为了不起，其实不过是个绣花枕头。对于马老师对他的贬损，金国强始料未及，他不能反抗，只能任凭马老师继续往他身上泼脏话。越是没有受过老师贬损的学生越在乎老师的贬损。对于那次屈辱，金国强一直铭刻在心。金国强多次做过这样的梦：他去瑞典领取诺贝尔奖后，回国见的第一个人就是马老师，他对马老师说，终于有一个绣花枕头拿了诺贝尔奖。

决定拿马老师做试验后，金国强拎着数码相机去自己就读过的高中，正当金国强在学校大门外徘徊发愁如何找到恰当的理由重返母校给马老师拍摄数码照片时，该着马老师在劫难逃，金国强看见马老师骑着自行车从校门里出来。

金国强迅速举起拥有高倍数变焦镜头的数码相机给马老师拍照。可怜马老师竟毫无察觉。

在回大学的途中，金国强到一家电脑软件店买了一张《动物图库》光盘，该光盘里收有五百种动物的照片。

金国强回到大学宿舍时，已是下午五点了。宿舍里只有杨倪愁眉苦脸地看着他的笔记本电脑屏幕。

"失恋了？"金国强一边往他的上铺爬一边问杨倪。

"网上恋人失踪了，已经三个小时了。"杨倪说。

这三个小时中，有一个小时殷青和金国强在一起。

金国强坐在自己的铺位上接通笔记本电脑，他一边将数码相机里的马老师的照片输入电脑一边对杨倪说："你要抓紧找她，据说网上女孩儿变心特快，比芯片升级换代还快。"

电话铃响了。杨倪接电话。殷青找金国强。

"请稍等。"杨倪对金国强说，"你的电话，女的。"

"问她是哪儿？"金国强小声说。

"你贵姓？"杨倪问对方。

"我姓殷。"殷青说。

"她姓殷。"杨倪告诉金国强。

"说我不在。"金国强摆手。

"他不在。"杨倪对殷青说。

"我听见他说话了！"殷青大怒。

"他真的不在。"杨倪挂断电话。

"谢谢。"金国强在杨倪头顶上说。

"你的马子？脾气不小呀？"杨倪模仿下作港台电视剧里男混混对女友的称呼。

金国强没说话，他专注地在上铺使用"鬼斧神工"切换马老师的头。

杨倪看见狗头忽然在网上露面了，他立即全身心投入和狗头网恋。

金国强顺利将《动物图库》光盘里的一颗马头安在了马老师的脖子上。看到马首人身的滑稽图案，金国强忍不住笑了。

杨倪抬头看金国强："有什么高兴事？"

金国强说："看到你和马子联系上了，为你高兴。"

杨倪正色道："你再管她叫马子我会捅死你。"

金国强说:"得,真爱上了。我以后管她叫弟妹。"

杨倪说:"好像我比你大吧?"

"那就叫嫂子。"金国强说。

金国强的手指放在笔记本电脑的自带鼠标上,他不完全相信自己只要按下"确定"键,马老师的头就会变成马头,但他还是拿出十分钟来回忆当年那次马老师羞辱他的场面。

"恶有恶报。"金国强在心里说完这句话后,他不是用鼠标而是用报复心直接点击"确定"。

金国强将笔记本电脑和数码相机塞到被子下边,他到宿舍楼外的公用电话亭往母校打电话。

"请找高二教英语的马老师。"金国强说。

"请你等一下。"对方说。

金国强的心嗵嗵地狂跳。

"马老师出事了!"对方气喘吁吁地说。

"出什么事了?"金国强尽量控制自己的情绪。

"马老师的头……"

"你说呀!"

"他的头变成马头了……"

金国强将手中的电话听筒扔向天空。

金国强跑到校园里的湖边,他不顾一切地用双手捧起湖里脏得面目全非的水,大口大口地痛饮。

喝够了后,金国强坐在湖边的长椅上,整理自己的思绪。湖对面是一座校领导使用的办公楼,其中三层一个窗户下边的室外空调机和室内机连接的管子上包裹的白色带子脱落了一截,那截一端尚受束缚的带子在微风的作用下做着各种舞蹈动作。金国强注视着空调机的带子的舞姿,思索已经成为白客的他应该如何抓住这个机会昂首挺胸走人生的路。

"我现在能干的事太多了。"这是金国强在心里对自己说得最多的一句话。

"今后谁得罪我谁倒霉。"这是金国强想得第二多的另一句话。

晚上，金国强在宿舍里从电视上看到了变成了马头的马老师。室友们对此事大加评论时，金国强很是享受。

入睡前，坐在上铺的金国强无意中瞥见下铺的杨倪在一次关闭笔记本电脑时出现的桌布竟然是殷青的照片！

金国强不相信自己的眼睛，但他又怎么可能看错殷青的形象呢？！

杨倪就是盗窃殷青家的贼？决定殷青命运的那张磁盘在杨倪手中？金国强绞尽脑汁。

金国强通宵失眠。他做出了两个决定：一、退学。他已经从殷青处得知，殷青的家人在全力以赴找这张磁盘。金国强明白自己必须离开杨倪，免得殷青的家人万一找到杨倪时搂草打兔子找到他金国强。金国强相信殷青家的人会找他的。二、窃走杨倪保留的有殷青照片的磁盘，如果他还保留着的话，删除杨倪的笔记本桌布。此举对金国强有"人质"的作用，金国强确信殷青家的人不会放过他，但当他们知道他金国强手里攥着事关殷青命运的磁盘时，他们还敢动他一根毫毛吗？

次日上午，当宿舍里没人时，金国强开始搜查杨倪的物品，他第一个打开的是杨倪的抽屉，他将抽屉里的所有磁盘都插入电脑检查，当他找到了他想要的磁盘时，他删除了杨倪电脑的桌布。

室友侯杰回来时，金国强告诉他，他退学了。侯杰问为什么，金国强说没有原因，就是不想上了。侯杰没觉得奇怪，开学以来，退学的人挺多，很多对大学失望的人纷纷退学。

金国强清楚殷青和杨倪会分别找他,他要暂时躲起来。金国强决定趁杨倪还没发现丢了磁盘时先回父母家,他知道父母家肯定是杨倪他们找他的首选目标。

父母对于儿子在非周末回家感到惊讶。

"爸,妈,我有重要的事跟你们说。"金国强说。

父母看着儿子。

"有一家外国大公司看上了我,他们出高价聘用我,年薪五十万元。"金国强编织孝顺的谎言。

"他们看上了你什么?"父亲问。

"……看上了我的管理才能,"金国强说,"这是他们给我的定金。"

金国强拿出辛薇昨天给他的五万元中的两万元,放在父母面前。

"这是我第一次挣钱,给你们用吧。"金国强说,"我退学了。"

"这么大的事,你怎么能不跟我们商量?"母亲说。

"比尔·盖茨退学当亿万富翁时,他父母就特别支持。我想你们也会像盖茨的父母一样有眼光,对吧?"金国强一边看表一边说。

父母发愣。

"现在竞争特别激烈,好多公司想要我,有时他们会不择手段,比如说到家里向你们打听我的行踪,你们千万不要说,我会定期和你们联系,给你们汇钱。"金国强说,"我现在该走了。"

父亲说:"你从小就爱说谎,我看你有事。"

母亲说:"不义之财不能要。"

金国强说:"爸妈,别人不了解我,你们还能不了解我吗?我年年是三好学生,品学兼优。"

"咱这儿的学校只管学,不管品。"父亲说。

"您这是偏见，学校怎么不管品了？每周一都升国旗，还坚持军训。"金国强看表，"我该走了。"

"我们不要你的钱。"母亲说。

金国强拿起桌上的钱走了。

天已经黑了，金国强到本市的假证件黑市买了一张假身份证，他拿假身份证入住一家不太显眼的三星级宾馆。

这是金国强有生以来头一次住宾馆，他估计由于白客的身份日后自己的钱少不了，由此他将是各类五星级宾馆饭店的常客。

金国强模仿外国电影里大亨的派头靠在床上给服务台打电话："能把晚餐给我送到房间来吗？"

"可以。您的房间号？你要几份晚餐？中餐还是西餐？"小姐问。

"708房间。一位。西餐。"金国强说。

"十五分钟后给您送去。先生还有别的盼咐吗？"小姐说。

"暂时没有了。"金国强放下电话后右臂用力在空中划过一道弧线。

金国强洗了个澡，很痛快。金国强在家洗澡没爽过，家里喷头的水很细，连屁股沟都盖不住。

金国强穿着浴衣和拖鞋从卫生间出来，有人按门铃。

"进来。"金国强说。

男侍推着餐车进来给金国强送晚餐。

"先生在哪儿用餐？"男侍问。

"放茶几上吧。"金国强说。

男侍将餐车上的西餐迁徙到茶几上。金国强学着电影里的样子给他十元小费。

"我们不收小费。"男侍拘束地说。明显的想要又不敢要。

"那要看是什么人给。"金国强坚持将十元钱塞给男侍。

"谢谢先生。"男侍将钱塞进衣兜推着餐车走了。

金国强打开电视机，他一边用餐一边看电视。

电视屏幕上一男一女两个长期并肩战斗的播音员正在直播新闻。

金国强注视着电视屏幕吃了一口罐焖鸡后忽发恶作剧奇想：如果在这二位直播新闻时换他们的头，肯定刺激。

金国强顾不上吃饭了，他兴奋地拿出数码相机和笔记本电脑。金国强举起数码相机拍摄电视屏幕上的男女播音员。他再将数码相机里的两位播音员照片输入笔记本电脑。

金国强使用"鬼斧神工"在笔记本电脑里给女播音员换上了猪头，给男播音员换上了驴头。现在万事俱备，只需分别按"确定"。

金国强极其兴奋，他可以亲眼看到播音员头部异变的过程，电视观众也能目睹这一不可思议的场面。

金国强将笔记本电脑放在膝盖上，他为先换男的还是女的很是踌躇了一番，最后金国强决定做个绅士：女士优先。

电视屏幕上的女播音员自我感觉良好地在口播一条新闻，金国强目不转睛地看着电视屏幕，他的右手按下了膝盖上的笔记本电脑中的"确定"。

女播音员的头奇迹般地变成了猪头，她还浑然不知，依旧用口条喋喋不休地说着。

金国强哈哈大笑，眼泪洒到笔记本电脑上。他想象得出电视台直播新闻间里此时此刻的混乱局面：插播广告吧？新闻节目里没有这个规矩。再说事后如何向厂家收取广告费？也不能开在新闻节目中播放硬广告的先例。中断新闻吧？责任谁负？继续播报？新闻节目岂不变成了魔术表演？全是假的了。

果然，猪头口播新闻在电视屏幕上竟然持续了一分钟时间，由此可见电视台的束手无策。金国强手舞足蹈。

男播音员替换下了女播音员，继续战友未竟的事业。

金国强将笔记本电脑中已经整装待命的驴头男播音员的图像调出来，他按下了"确定"。

电视屏幕上的男播音员变成了驴头。由于驴耳朵的长度过于明显从而导致头部支撑力的增大，那男的显然察觉到自己也遭遇不测了，他强忍着不伸手摸自己的头而是继续播报。金国强断定，男播音员变头的收视率肯定比女同事高得多：不计其数的家人肯定急呼在卫生间准备轻装上阵等着新闻完了看电视连续剧的血亲来看地道的新闻。

电视台不得不打出转播世界杯时的家常便饭字幕：信号中断，请稍候。

金国强放下笔记本电脑，他大口吃西餐，再将口中的饭菜悉数喷出来。

这之后，两位播音员没有在本次新闻节目中再露面，全是变了调的画外音。

金国强想："如果我没有估计错的话，以我对辛薇和殷青的了解，两位播音员变头后，她俩是这个世界上最高兴的人。这也算是我金国强对她俩的报答吧。"

金国强在笔记本中新建了一个名为"人质"的文件夹，他将马老师、男女播音员的换头原装照片存放到"人质"文件夹中。金国强清楚，如果这些照片被删除，这三位的头就永远换不回来了。金国强想等到没钱花时，以此为条件让他们付赎金后再恢复他们的原头，金国强戏称之为绑头。金国强手里还有四万元，够他花几天的。

第二十八章　结识沈国庆

　　金国强乐够了,他准备睡觉时,隔壁房间传来争吵声,吵得他无法入睡。宾馆的房间应该是隔音的,可见隔壁争吵的声音之大。金国强准备给服务台打电话让服务员去制止隔壁房间的客人干扰他人休息,他拿起话筒后又放下了。隔壁的一句话引起了他的注意。

　　那句话的内容如下:"沈国庆!你说好了肯定能请到蔡黑风和程绿,我们连定金都付给你了,还在当地花了十万元打广告,连门票都卖光了,你怎么能说他们有事不来了呢?"

　　蔡黑风和程绿都是当今红得发紫的笑星歌星。

　　金国强放下电话听筒。他将耳朵贴在墙上听隔壁吵架。金国强渐渐听明白了,隔壁住的是一位名叫沈国庆的穴头,如今穴头有了个好听的名字叫演出经纪人。穴头靠组织明星到比较愚昧的地方演出赚钱,不愚昧的地方的人都上网了,没人傻到把自己的钱转到明星的账号上。没想到身经百战的沈穴头这次砸了,已经答应走穴的大腕儿因为要参加背靠背演出团到老少边穷地区免费演出而无法履行走穴的合约。沈穴头埋怨大腕儿放着巨款不挣,却要去做分文不取的演出。没想到大腕儿们点拨沈穴头说,背靠背号称"小春节晚会",录像后在电视台播放时的收视率特高,是混个脸熟的绝佳机会,倒贴钱大腕儿们都打破脑袋抢着去。如果不录像,你看谁去?保准都称病。沈穴头傻眼了。愚昧地区承办此次演出的文化公司一听说大腕儿们不来了，急红了眼，他们不远万里跑来找沈穴头算账。

金国强清楚明星走穴是挣大钱的机会，一个极其大胆的想法从天而降闯进金国强的脑子里，连他自己都被自己的想法吓了一跳。金国强的想法是：使用"鬼斧神工"将自己的头换成明星的头去走穴挣大钱。可是一次只能换一个明星的头，而一个明星去愚昧地区演出独唱音乐会是没戏的，那儿的老百姓要看呈乌合之众状态的众多明星同台献艺。

"在后台连续换不同明星的头！甚至是女明星的头！只要换换衣服就万事大吉了！"金国强从床上一个鲤鱼打挺跃起，他迅速打开笔记本电脑上网，找到了一个名为"群星灿烂"的网站，上边各种明星的玉照应有尽有。

金国强下楼在宾馆的商店买了几件男女服装，他回到自己的房间，将衣服放在床上，去按隔壁的门铃。

沈国庆一边开门一边还在和边远地区的人争吵。

"是沈先生吗？"金国强问。

"你是谁？"沈国庆问。

"我住您隔壁的房间，你们的争吵……"金国强没说完，被沈国庆打断了。

"我说你们不要这么大声和我嚷嚷，影响别人睡觉了。"沈国庆回头说。

"我不是这个意思。"金国强说，"我无意中听到了你们的话，我认识很多明星，可以帮沈先生渡过这次难关。我姓窦。"

窦是金国强的假身份证上的姓氏。

沈国庆显然不信。房间里的人像捞到了救命稻草，他们出来将金国强拉进房间。

他们围着金国强说：

"窦先生真的认识很多明星？"

"请您救救我们，否则我们在老家就不能再混了，已经有人说要砸我们的家了。"

沈国庆在一边冷眼观察金国强，他看出金国强基本上是个骗子，但他又乐得有人傻到在这个时候给他当替罪羊。

"我看出沈先生不信我。"金国强对沈国庆说，"如果我能帮你过这一关，你怎么谢我？"

"这次我一分钱不要，全归你。"沈国庆说，"我再另付你五万元。"

"明星的出场费呢？"金国强问。

"这要看是谁了。如今的行市是杨玮和普彤最高，他俩的出场费是每人八万元。"沈国庆说。

金国强一字一句地说："杨玮和普彤现在就在我的房间里。"

边远地区的人立即举行撑眼眶比赛。

"听他瞎说。昨天电视上还说杨玮出国演出了。"沈国庆冷笑。

"如果我把杨玮叫来呢？"金国强问沈国庆。

"你喝多了吧？"沈国庆要驱逐金国强。

"如果我把杨玮叫来呢？"金国强再问。

"我给你一百万。"沈国庆说。

杨玮在演艺界最牛，现在几乎谁也请不动他。沈国庆清楚，杨玮根本不可能出入三星级宾馆。

"一言为定？"金国强说，"你们当证人。"

边远地区都点头。

"如果你叫不来杨玮呢？"沈国强拦住正要走的金国强。

"我给你一百万。"金国强说，"美元。"

沈国庆眯起眼睛看金国强，他不明白这个口中没有酒气的小子为什么来给他添乱。

金国强回到自己的房间，他锁上门。

金国强将数码相机放在桌子上，他按下自拍按钮，给自己拍照。金国强再将自己的照片输进笔记本电脑，他从群星灿烂上下载了杨玮的照片。

金国强将杨玮的头安在他身上。

在按"确定"前，金国强犹豫了片刻，他担心变不回来了。

"当杨玮也没什么不好！"金国强给自己吃定心丸。

在下了决心后，金国强又怕疼了。他回忆殷青跟他说她变头的感受时，似乎没有疼痛这一条。

金国强闭上眼睛，咬紧牙关，按下了"确定"。

什么感觉都没有。

金国强照镜子，镜子里是大名鼎鼎的杨玮。

金国强穿着鞋在床上乱踩，不如此不足以宣泄他内心的欢愉。

金国强换了一身新买的衣服，他进入隔壁沈国庆的房间。他进门时的场面无须任何描述，谁都能想象得出来。

"是窦先生让我来的，听说拿我打了一百万的赌？"金国强模仿从前在电视上见过的杨玮的做派，"哪位是沈先生？"

尽管沈国庆觉得眼前这个杨玮有点儿别扭，但他还是欣喜若狂，就算这个杨玮是假的，但他足以以假乱真。如果他能去救场，比蔡黑风强多了。至于输给金国强的一百万元，沈国庆根本不在乎，只要杨玮去了那个穷地方，沈国庆个人最少多挣四百万。

边远地区的人眼泪全出来了："您能去我们那儿演出？"

"窦先生的话，我不能不听。他爹地抗日时期救过我妈咪的命。否则我妈咪差点儿被日本鬼子……"金国强说。

"窦先生在哪儿？我们要重谢他！"边远地区们说。

"窦先生在陪普彤聊天,一会儿我去陪窦先生,让普彤过来见见你们。"金国强说。

普彤是如日中天的女歌星,和影星辛薇齐名。

"快和杨玮合个影!"一位边远地区提议。

闪光灯乱闪。群合,单合,各种排列组合。

"你们还用这么原始的装胶卷的照相机呀!"站着不动任凭身边走马灯似的换来换去的金国强说。

一个人请杨玮签名。

沈国庆在一边注意杨玮的签名字体。他曾经做过倒卖明星签名生意,伪造过所有当红明星的签名。

金国强的签名使他在沈国庆那儿穿了帮。

沈国庆没有揭穿假杨玮,他需要这个长相酷似杨玮的人帮他挣钱。

"杨先生现在能让普彤来吗?"沈国庆问。

沈国庆不大相信还有一个和普彤长得一模一样的人,真要是如此,这就是一个完全能够以假乱真的模仿秀艺术团了。那可就值大钱了。

"我去叫她来。"金国强临走时问沈国庆,"那一百万?"

"我给。"沈国庆掏出支票本,"一会儿我亲自交给窦先生。"

"痛快。"金国强说。

回到自己的房间,金国强换上普彤的头,他穿上女装,再将枕巾塞到肋骨附近。

沈国庆见到金国强时眼睛一亮,尽管他一眼就看出眼前的这个普彤身上的某些部位比真普彤夸张虚假多了,但他还是口服心服,他认为除了双胞胎,不可能有人和普彤如此相像。

边远地区们再次顶礼膜拜合影签名。

金国强回到房间后成功地复原了自己。他神采奕奕地出现在沈国庆们面前。

沈国庆将一张一百万元的支票交给金国强。

"演出后天晚上七点整在我们市举行，窦先生，杨玮和普彤都去没问题吧？"一个边远地区问。

"既然你们已经给蔡黑风和程绿打了广告，老百姓是冲着他们二位掏的腰包，我就把他们两个也叫上。"金国强一边将支票装进衣兜一边说。

"他俩不是去参加背靠背演出吗？"

"我让他们去你们那儿走穴是看得起他们，他们敢不去？吃了豹子胆了他们！还想不想在演艺圈混了？告诉你们，蔡黑风的爷爷在清朝是给我爷爷梳头的！"金国强说。

"高祖在清朝是？"

"反正不是太监。"沈国庆替金国强回答。

"没错。"金国强冲沈国庆一笑。

"一共去几个腕儿？"沈国庆问。

"杨玮，普彤，蔡黑风，程绿，再加上钟喇叭。把陆边边也叫上。"金国强的口气像清点家奴。

钟喇叭和陆边边都是超级大腕儿。

屋子里的人包括沈国庆都目瞪口呆。

"要不要港台的？"金国强又开新思路。

"港台的窦先生也能请？"边远地区们难以置信。

"不是请，是叫，是通知他们来，是赏他们脸，是他们三生有幸。"金国强纠正对方的口误。

"四大天王行吗？"

"演历史剧呀？都什么年代了，还四大天王？"金国强思如泉

244

涌,"干脆我叫好莱坞大腕儿吧,汤姆·克鲁斯怎么样?要不007布鲁斯南?布鲁斯·威利也行。演《泰坦尼克号》的那个小子叫莱昂什么来着?要不我把斯皮尔伯格弄来?"金国强说。

"我们那儿的观众层次还没这么高,只认土的,顶多也就是港台的,出了亚洲他们就不认了,倒贴钱他们都不看。"

"我不信我把麦当娜弄来他们不看。"

"窦先生就还是请个……对不起,我说错了,窦先生就还是通知个港台的来吧,还得历史点儿的,太新了俺们那儿的人也不认。"

"要不邓丽君?"金国强问。

"早没了。"沈国庆提醒金国强别露怯。

"没的也行。"金国强口气越来越大。

只要有照片,金国强能让明星起死复生。

沈国庆看着金国强,他想不出面前这个家伙有何等法术能随心所欲克隆出任何明星。反正有一点沈国庆是拿定了主意,他今后要和这位窦先生联手挣大钱。

最后三方定了除大陆明星外,金国强还捎带通知港台四大天王来陪衬大陆明星。

边远地区们咧着嘴回自己的旅馆休息。

沈国庆对金国强说:"请窦先生将各路明星的身份证给我,我明天去给他们买机票。"

金国强说:"你买我一个人的就行了。"

沈国庆脸色变了:"你涮我?"

金国强说:"我去了就全去了。"

"什么意思?"

"无可奉告。但有一点我可以告诉你,你从今天开始全力和我合作,咱们到处走穴组台演出,钱财滚滚而来。玩腻了,咱们还可以通知美国总统来给咱们主持脱衣舞节目,你不信?"金国强哈哈大笑。

沈国庆傻看着金国强说不出话。

金国强对沈国庆说:"国有国法,家有家规。游戏有游戏规则。咱们先小人后君子丑话说在前边,今后你要什么明星,我给你什么明星,但是你不能问这是怎么回事,更不能试图刺探原因。如果我没弄来你要的,任你怎么处置我都行,千刀万剐都由你。反过来,如果你企图打探我的秘密,我会对你不客气。我连面都不跟你照,就能让你生不如死。和我共事期间,有一句话你务必记牢——天外有天。"

沈国庆世面不可谓见得不多,美国他都不爱去了,中国的著名人物他没握过手的也已经不多了。今天沈国庆才知道自己是个纯正的井底之蛙。

"我照你说的办。"沈国庆俯首称臣。

"咱们合张影,算是合作开端的标志。"金国强拿过数码相机调整自拍角度,"笑着点儿,别跟买卖婚姻似的。"

沈国庆傻笑着和金国强合影。

照完了,金国强拿着数码相机对搭档说:"明天上午你去买后天上午的飞机票,再将所有咱们刚才定了去的明星的 CD 光盘每人至少买一张,再照着这件衣服的尺寸买二十套服装,数量男女装各一半。下午你带我找个娱乐的地方开开心,在这方面我是乐盲,拜你为师。明天晚上我要早睡觉。后天上午咱们飞那座边远城市,叫什么来着?"

沈国庆说那小城的名字。

金国强说:"我去睡了。"

沈国庆站起来。

金国强在门口回头对沈国庆说:"如果我说我是外星人,你信吗?"

沈国庆说:"我就是这么想的。尽管咱们有纪律,我不能打探你。"

回到自己的房间,金国强将沈国庆的照片输入笔记本电脑,他给沈国庆配了个苍蝇头待命。如果沈国庆耍滑头,金国强就随时随地将他变成苍蝇,还要坚决删除他的原照。

金国强上床躺了没两分钟,又起来了。

第二十九章　夜闯信访办

入睡前，金国强认为有必要给殷青家打个警告电话，警告他们不要骚扰他的父母，同时警告他们不要企图找他。金国强知道不能在下榻的宾馆打这样的电话，他透过窗户看到楼下不远处的路边有投币式公用电话。

金国强离开宾馆，他来到深夜空无一人的街道上，掏出硬币插进电话机，拨殷青家的电话号码。

"找谁？"殷雪涛问。

"是殷青家吗？"金国强说。

"是的，你是谁？"

"你听好。我是你过去的女婿金国强。有殷青照片的那张磁盘在我手里，我还没有删除。如果你们企图找我，我随时会删除磁盘。只要你们去我父母家一次，我就删除磁盘。听清了？再会，前丈母爹。"金国强挂上电话后笑。他对于当初殷雪涛反对女儿和他来往还耿耿于怀。

金国强在回宾馆的路上，无意中看到路边一座大门旁边的便道上睡着几个人。

金国强过去一看，都是衣衫褴褛的人。其中一个坐着哭。

真拿自己当外星人的金国强上前问："你们干吗睡在地上？"

那坐着的人说："我们是从农村来上访的，告我们乡的干部为非作歹。事情老解决不了，我们没钱住店，只好睡在这儿等天亮了再进去央求信访办的人。"

金国强抬头看那门旁的牌子，上面写着：市信访办公室。

金国强不知天高地厚地敲门。

"你干吗？"门缝儿里露出一张睡意蒙眬的惺忪脸。

"你们要不当天给上访的人办完事，要不给他们找地方睡觉，怎能让他们露宿街头？"金国强说。

"你是谁？"那人问。

"国家公民。"金国强说。

"找死呀你？"那人伸出一只手用力推金国强，金国强向后踉跄了几步。

"你打人？"金国强急了。

"我这儿有叫警察抓破坏社会安定分子的专线。我让警察抓你，你信不信？"那人说。

"我不信。"金国强说。

"我现在去打电话，有种你等着！"

"有种你打，我等着。"金国强说。

那人关上门打电话去了。

金国强愣了片刻，他撒腿往宾馆跑。回到房间后，金国强打开笔记本电脑上网找市政府主页，他从市政府主页上下载了市长的照片。

金国强在电脑中完成了将市长的头移植到他的头上后，将笔记本塞进书包，他不能现在变成市长的头，现在变了可能吓死宾馆服务员。

金国强拿着书包来到信访办门口，他看见了不远处闪烁着警灯的警车朝这边开来。金国强在暗处打开笔记本电脑，按"确定"。市

249

长的头长在了他的肩膀上。

警车停在信访办门口，警察下来。

"老张，有捣乱的？"警察问信访办的人。

"刚才有个捣乱的，哪儿去了？"老张四处看。

金国强从暗处出来。

"就是他！铐起来！"老张指着金国强说。

警察走到金国强跟前，他一愣，立正给金国强敬礼。

老张问警察："交警纠正司机违章先敬礼，你们处理上访的也改先敬礼了？"

金国强走到老张面前，说："你看看我是谁？你刚才还动手打我？你胆子不小呀？"

警察吃了一惊，他问金国强："他打了您？要不要铐起来？"

金国强说："不要动不动就铐嘛，随便铐人怎么行？"

老张傻了："市长，这么晚了，您……"

金国强："没看古装电视剧？知道什么叫微服私访吗？"

老张发呆。

"你们有几个人值班？"金国强过市长瘾。

"两个。"老张战战兢兢地说，"他们在睡觉。"

"在地上睡还是在床上睡？"金国强问。

"……在床上睡……"老张说。

"你们是什么人民公仆？有这样的公仆吗？让主人睡在露天的地上，仆人睡在屋里的床上！你给我把他们叫出来。"金国强模仿反腐电影里清官发怒的样子。

老张赶紧叫醒同事。

上访的人一看市长来了，都从地上爬起来。

信访办的工作人员站成一排听市长训话。

"我考考你们，不合格的下岗。"金国强说，"宪法第四十一条的内容是什么？"

信访办的工作人员面面相觑。

金国强大怒："作为国家公务员，你们连宪法的内容都不清楚？没人要求国家公务员把宪法倒背如流？"

其中一个工作人员壮着胆子说："上级对我们没有这项要求。"

"起码你们应该清楚宪法第四十一条的内容！"金国强说。

工作人员显然不知道宪法第四十一条说的是什么。

"我说一句，你们说一句，像宣誓那样。"金国强说完举起右手，"宪法第四十一条：公民对于任何国家机关和国家工作人员，有提出批评和建议的权利；对于任何国家机关和国家工作人员的违法失职行为，有向有关国家机关提出申诉、控告或者检举的权利……"

工作人员鹦鹉学舌般地宣誓。

金国强在高中时政治课考分很高，为应付考试，他背诵过宪法。没想到今天用上了。

金国强说："从今天起，信访办二十四小时营业，说办公也行。如果暂时做不到，晚上你们睡在外边地上，让依据宪法第四十一条赋予的权利来上访的人民群众睡在信访办的床上，听见了吗？"

"听见了！"信访办的工作人员齐声回答。

"大声点儿，我没听清。"金国强继承小学老师的做法。

"听见了！"高八度。

"现在就办。"金国强说。

信访办的工作人员扶老携幼将上访的人民群众迎进屋里的床上就寝。

"市长，我有冤，俺们乡长打人……"

"市长……我老婆死得惨，是医疗事故呀……"

上访群众在床上呼喊。

金国强对老张说:"这几个人的案子,我交给你办,要件件落实!你现在以公仆的身份给主人倒洗脚水给他们解乏。"

老张受宠若惊:"请市长放心,我一定办好!其实我早对晚上让人民群众睡在地上看不惯了……我们吃的喝的都是哪儿来的?还不是人民群众给的!如果不为人民群众办事,我们不成一群白眼狼了?"

"你的,良心大大的!"得意忘形的金国强竟然用市长的声带学电影里日本鬼子的腔调。

"市长真幽默!"老张说,"您快回去休息吧,都这么晚了,听说明天您还要出访欧洲。"

金国强吓了一跳,他赶紧撤退。

金国强睡醒时,已经是下午一点了。

金国强给隔壁的沈国庆打电话。

"机票买好了?"金国强问。

"窦老板,机票、服装和 CD 都办妥了。我还买了台录音机,也许您用得着。我在等您起床。"沈国庆夜里跟踪金国强去了信访办,他目睹了摇身一变成为市长的金国强耀武扬威地训斥信访办工作人员的一幕,他由此坚信金国强是无所不能的外星人。沈国庆决定死心塌地甘愿以仆从的身份追随金国强。

"你给我叫饭,吃完了咱们出去乐乐。"金国强不等沈国庆说话就挂上电话。

金国强洗漱完毕后,沈国庆从门口的男侍手中接过餐车,亲自给金国强送餐。

金国强一边用餐一边看电视,几乎所有电视台都在大肆炒作昨天新闻播音员当众变头的奇闻。

侍立一旁的沈国庆清楚这是窦先生的杰作。

"绝了。"沈国庆忍不住说。

"不要猜测。"金国强伸手要餐巾纸,"我能变别人,也能变你。像昨天晚上那样跟踪我的事,你不能再做第二次了。"

面如土色的沈国庆赶紧给金国强递上餐巾纸,他奴颜婢膝地说:"我从此死心塌地忠心耿耿为您效劳。"

金国强擦完嘴,不扔餐巾纸,而是举着等沈国庆来拿。

沈国庆像承受圣物那样双手接过满是油渍被蹂躏得筋疲力尽的餐巾纸。

"只要你忠贞不贰,我不会亏待你。"金国强说。

"有一句话……我不敢说……"沈国庆踌躇。

"不敢说就别说。"金国强说。

"……可我又想说……"沈国庆说,"……是关于我的报酬方面的事……"

"你说吧,你要求年薪多少?"金国强问。

"我不要钱。"沈国庆说。

金国强抬眼看沈国庆:"你要什么?"

沈国庆说:"我见过钱。我对钱已经厌倦了。我为您服务,不要一分钱。我只是想……"

金国强警惕:"你想要什么?"

沈国庆吞吞吐吐地说:"……有几个女歌星女影星……我特崇拜……特仰慕……我想……如果您对我的服务满意,不要给我钱……每个月把我的头变成某位女星的丈夫或男友的头……让我……"

金国强说:"你顶着女明星丈夫或男友的头去和人家过几天日子?"

253

沈国庆脸没红，说："老板英明。"

金国强说："这要看你的表现了。如果我对你满意，我答应你。"

"谢谢老板。"沈国庆兴奋。

"你就不怕去了露馅？"金国强笑。

"我是戏剧学院表演系研究生毕业。"沈国庆有自信。

"倘若我奖励你，你第一个选谁？"金国强想知道沈国庆的审美观和他是否同步。

"我说了老板别笑话我。"

"说吧。"金国强鼓励下属。

沈国庆说出一个名字。

这是一个金国强见了就想吐的女星。

"我斗胆说一句话，"看出金国强皱眉头的沈国庆说，"萝卜青菜各有所爱。在这方面，我和老板越分道扬镳越好。"

"这倒是。"金国强站起来，"咱们去哪儿玩？"

"离这儿比较近的有海天娱乐城，里边有个叫孟乖乖的小姐很不错，本科毕业生，歌也唱得好。"沈国庆说。

"走。"金国强戴上墨镜拿着装有笔记本电脑和数码相机的包。

"老板，用我给您拿包吗？"沈国庆请示。

"这包我自己拿。"金国强说。

出了宾馆大门，沈国庆为金国强开出租车的门。

海天娱乐城的门童显然熟识沈国庆，他热情地和沈国庆打招呼："沈老板来了？"

沈国庆纠正他："以后不要叫我老板，这位才是老板，窦老板，我的老板。"

门童赶紧招呼金国强。

海天娱乐城的杜经理见沈国庆来了，忙迎上来。

沈国庆对他说："这是我的老板。你叫孟乖乖来陪我们老板唱唱歌什么的。"

在一个装饰豪华的单间里，金国强见到了孟乖乖小姐，他们刚聊了没两句，杜经理进来对沈国庆说："真对不起，任局长来了，他点名要孟乖乖小姐陪。实在对不起，这任局长我可得罪不起。得罪了他，我这娱乐城就开不成了。"

"不行！什么破局长，你不知道我们窦老板的能量……"沈国庆不干。

"叫孟小姐去陪任局长吧，咱们来日方长。"金国强说，"既然见了面，就是缘分，我给孟小姐照张相怎么样？"

"没问题，没问题。"杜经理说。

金国强拿出数码相机给孟乖乖照相。

"窦老板海量！这次算我请客，不收二位一分钱。"杜经理和孟乖乖走了。

"老板，您怎么能……"沈国庆咽不下这口气。

"和气生财。"金国强说，"你出去十分钟，在门口站着，不要让任何人进来。"

沈国庆恍然大悟，他出去时咬牙切齿地说："任局长今天算是撞到枪口上了。"

金国强打开笔记本电脑，他把市长的头安在了孟乖乖的脖子上。想象着任局长突然发现自己搂着的竟然是顶头上司市长时，金国强笑得死去活来，以至于他数十次尝试按"确定"都按不准。

金国强终于按下"确定"后，他竖着耳朵听门外的动静。当他确认外边一片混乱后，他恢复了孟乖乖的头，然后收起笔记本电脑。

任局长是海天娱乐城的常客，他利用手中的权力，可以在娱乐城免费消费任何项目。

当任局长在叱咤风云中发觉孟小姐脸上的胡子扎疼了他时,任局长诧异地推开孟小姐的头看究竟,当他看清了自己怀中是一市之长时,任局长当即精神失常。此后,只要他见到上至百岁老妪下至未成年女童的所有女性,都会一边冲人家鞠躬一边说:"市长,对不起,我非礼了您。我不是故意的,我真的不知道是您,我要是知道是您,杀了我我也不会,我不是嫌弃您,我是……"任局长的余生是在疯人院度过的。这是后话,不表。

孟小姐不知道任局长是怎么了,在她尚未发现自己已是市长时,她的头已经复原了。杜经理闻声进来问出什么事了,孟小姐说任局长突然照死里管她叫市长。在杜经理确认任局长精神失常后,他吩咐保安们送任局长去医院。

两名保安架着任局长离开娱乐城,任局长途经金国强和沈国庆时,口中大喊:"市长……我真的不是故意那个您……您千万别撤我……其实拍您马屁和那个您有什么区别?非礼您的不止我一个呀……行贿也是非礼……受贿是卖淫……市长……再给我一次机会吧……我是放牛娃出身……到今天不易呀……"

沈国庆对金国强佩服得五体投地。

杜经理过来问沈国庆:"让孟小姐再陪陪窦老板?"

金国强冲杜经理一笑:"我可不敢非礼市长。"

杜经理尴尬:"窦老板误会了,任局长的事和本娱乐城无关。我看过一本古代医书,书上说有在这种时候得精神病的,不过以狗居多。也怪了,从前任局长一直很正常呀。"

"咱们走。"金国强气宇轩昂地说。

沈国庆跑出去开出租车门。金国强上车时,沈国庆把手挡在车门上方为金国强的头部保驾护航。

回到宾馆后，沈国庆接到已经乘飞机回到边远地区的同行的电话。

沈国庆放下电话后兴奋地向金国强汇报："他们将演出地点由礼堂改在了露天广场。票价一百元的票已经卖出去十万张，票房已达一千万。"

"你跟他们说，我要六百万，少一分咱们就不去了。"金国强说。

"他们刚才说了，给咱们七百万。"沈国庆说，"他们还说当地的官员都准备好了和明星聚餐，接待规格很高，官员们倾巢出动。"

金国强不知自己如何同时扮演所有明星。

看到金国强沉思，沈国庆小心翼翼地问："老板，没问题吧？"

金国强瞪了沈国庆一眼："当然没问题。你把CD和录音机都拿来。我要休息会儿，有事我叫你。"

金国强觉得自己有必要背歌词，否则他在演出时无法恰如其分地对准口型。

好在金国强是应试教育体制的高才生，在几个小时内背诵上百首歌词对他来说易如反掌。

金国强打开电视机，他一边看电视一边背歌词。

一则电视新闻引起了金国强的注意。那新闻说美国一位专家针对中国近日连续出现的人头异变事件向政府提出禁止进口中国食品的建议。那专家在屏幕上振振有词，他说鉴于目前地球上只有中国出现了人头异变现象，很可能中国有了类似于疯牛病二噁英口蹄疫一类的由食品导致的新型传染病，人吃了这种食品，就会变成动物的头。否则怎么只有中国有这种现象？

金国强的爸爸在一家专门生产往美国出口食品的工厂当工人，金国强认为美国政府如果采纳那浑蛋专家的馊主意，对他父亲的钱包不利。金国强决定采取孝顺父亲的跨国白客行动。

金国强举起数码相机将电视屏幕上的美国专家绑架到他的笔记本电脑中，金国强给那教授换了颗牛头，他还在牛的额头上打了英文：正宗美国原装疯牛病。

按"确定"后，金国强相信美利坚媒体的工作效率会使全球在十分钟之内家喻户晓美国问世牛头教授的新闻。

他还相信以美国总统的智商由此大概不会做出停止进口中国食品的决定，从而使得金国强的父亲在大洋彼岸稳端饭碗无须下岗。

果不其然，金国强很快就从一个卫星频道上看到了顶着牛头的美国教授，有记者问该专家是否经常食用中国进口食品，那教授赶紧说从来没吃过。记者追问变头的原因，教授沉默是金再不敢胡言乱语。记者又采访教授的太太是否会因此和教授离婚，太太说她是动物保护组织的成员，不会在现实生活中歧视动物，反而会因此更加关照丈夫更加对丈夫体贴入微更加无微不至更加问寒问暖。

金国强看电视时的表情像上帝。

次日上午，金国强在沈国庆的陪同下，飞往边远贫困地区走穴演出淘金，那儿有七百万大洋望眼欲穿翘首以待等着他。

第三十章　阿里巴巴悔恨

深夜接到金国强的恐吓电话后，殷雪涛全家通宵未眠。大家商议对策。

殷雪涛说："金国强做得出来，咱们必须谨慎。"

范晓莹说："他敢换电视台新闻播音员的头，他就什么都敢干。"

殷青说："这是一个疯子。"

孔若君提醒殷青："你马上通知杨倪，千万不要去金国强家找他。再说我估计金国强也不会在家坐以待毙。"

殷青打杨倪的手机。

"这么晚了，你还没睡？"杨倪说。

"我们刚才接到金国强的恐吓电话，他说如果咱们去找他父母的麻烦，他就删除我的磁盘。"殷青说。

"这小子在找死。"杨倪说。

"你不要去他父母家，想别的办法找他。"殷青说。

"我已经把金国强父母家的地址给了我的朋友，我马上通知他们不要去了。"杨倪决定一会儿就给满天他们打电话。

"金国强不好对付。"殷青说。

"道高一尺，魔高一丈。他一个大活人，能躲到哪儿去？你放心，咱们能制伏他。不要被他一个电话吓住。睡吧。"杨倪有信心。

殷青挂上电话。

孔若君问殷青："小青，你了解金国强，他会去哪儿躲着？"

"他不会刻意躲着，他会拿'鬼斧神工'为所欲为。"殷青说，"他和我在一起时，说得最多的是他希望自己有朝一日拥有超人那样的神奇力量，然后到处打抱不平。"

范晓莹说："他还打抱不平？恬不知耻。"

孔若君说："如果咱们不尽快找到他，他会给这个星球惹很多事。"

殷雪涛说："又要尽快找，又不能打草惊蛇导致他'撕票'，很麻烦。"

"苍天在上。"殷青冒出这么一句。

孔若君房间里的电脑传出 ICQ 的呼叫声。

孔若君回自己的房间看电脑屏幕，是辛薇。

阿里巴巴：这么晚了，你还没睡？

牛肉干：你也没睡。

阿里巴巴：听说有家电视台的播音员在直播新闻时变头的事了吗？

牛肉干：听说了。

阿里巴巴：如果你是那女播音员的恋人，你会因此离开她吗？

孔若君知道辛薇此问的用意。

牛肉干：绝对不会。

阿里巴巴：为什么？和一个长着猪头的人生活不觉得别扭吗？

牛肉干：如果我真爱她，我爱的是她的心，不是头。不过，我不太喜欢猪，如果是兔子头就好了，我喜欢兔子。

阿里巴巴：……

牛肉干：你怎么不说话了？

阿里巴巴：我很同情那女播音员。

牛肉干：我也是。

阿里巴巴：她以后怎么见恋人？

牛肉干：只要恋人真的爱她，这不会成为障碍。

阿里巴巴：你真的爱我吗？

牛肉干：你都问过一亿遍了。

阿里巴巴：请你第一亿零一遍回答我。

牛肉干：我真的爱你。就算你的头再怎么变，我也一如既往地爱你。何况我还没见过你，不存在适应你变头的问题，我第一次见你时你的头是什么样，我就认可那个样子。

阿里巴巴：我想见你。

这是孔若君等了很久的话，他知道辛薇和他网恋后一直受不能见面的煎熬，如果孔若君见到长着兔子头的辛薇后依然爱她，将极大地抵消辛薇变头的痛苦，亦将极大地减轻孔若君对辛薇的负罪心理。

牛肉干：什么时间？

阿里巴巴：现在。

牛肉干：现在是清晨四点。

阿里巴巴：就现在。

牛肉干：我去，在哪儿？

阿里巴巴：你来我家。

辛薇将地址告诉孔若君。其实孔若君已经去过。

孔若君对家人说："我要出去。"

范晓莹问："天还黑着，你去哪儿？"

孔若君说："请原谅我现在还不能告诉你们。"

殷雪涛说："你不能一个人单枪匹马去找金国强。"

孔若君说："我不是去找他。"

殷青说:"和金国强无关的事?"

孔若君迟疑了一下,说:"也不能说完全无关。"

范晓莹提醒儿子:"你要注意安全。"

孔若君说:"我现在是世界上最安全的人之一。"

"此话怎讲?"殷雪涛不明白。

孔若君指指自己身上佩戴的各种尖端仪器,说:"宋叔叔随时在掌握我的动向。"

孔若君出现在辛薇面前时,辛薇才知道她的网上恋人就是那个指引她上网的"追星族"。辛薇松了一口气,他早就知道她是兔头。两个人热烈拥抱。

"你坏。"辛薇说。

"这台词太俗了。"孔若君说。

辛薇捶孔若君的后背。

"八流导演才会设计这种动作。"孔若君评论。

辛薇的父母在一旁擦眼泪。那种标志不幸中的万幸的眼泪。

"我有重要的事告诉你。"孔若君对辛薇说。他觉得如果自己再瞒着辛薇,就不是人了。如果辛薇知道真相后不原谅他,孔若君甘愿接受她的任何处罚。

"别这么一本正经,吓着我。"辛薇拉孔若君在沙发上坐下。

"很可能吓着你,你要有心理准备。"孔若君严肃地说。辛薇看他。

"我是殷青的哥哥。"孔若君说。

"胡说八道,殷青就没有哥哥。"辛薇说完疑惑了,"你怎么知道殷青?"

"想知道你变头的真实原因吗?不是钙王。"

"当然不是钙王,是殷青。"辛薇说。

孔若君惊讶:"你怎么知道是殷青?"

"我的这颗兔子头是殷青画册里的兔子。"辛薇说,"我已经委托一个叫金国强的同学去调查殷青了,马上就会真相大白。"

孔若君呆了。

"你怎么了?对了,你怎么知道殷青的?"辛薇摇孔若君。

孔若君和盘托出实情。

辛薇没有像孔若君预料的那样冲动或沮丧,相反,辛薇说了一句令孔若君想不到的话。

辛薇平静地说:"我是咎由自取。"

"你怎么这样说?"孔若君问。

辛薇说:"我犯了两个错误。如果当年在汪导选演员时,我不使用不正当竞争手段胜出,今天我的头不是这个样子。这是我犯的第一个错误。如果我在变头后不雇用金国强去刺探殷青,我的头现在也不会是这个样子。因为你们已经找到杨倪拿回磁盘了。殷青的头复原了,我的头也就复原了。这是我犯的第二个错误。我不是咎由自取?"

孔若君紧紧握住辛薇的手。辛薇抽出她的手。孔若君不解地看辛薇。

"你是出于负疚心理和我网恋。我不需要假的东西,我成名后,最大的收获就是看不见真东西。"辛薇说。

孔若君声泪俱下地说:"我对你是百分之百的真情!我承认,我和你交往的初衷是赎罪,但随着我和你沟通的增多,我已经真心实意地爱上了你。我想好了,如果金国强删除了殷青的磁盘,我就把我也变成兔子头,和你同舟共济白头到老!"

辛薇拥抱孔若君,她哽咽着说:"我很感谢你把我变成了兔子头,否则我不可能体验到真情。和真情比起来,人头算什么?"

辛薇的父亲在一旁对孔若君说:"自从辛薇变头后,朋友甚至亲戚都对我们唯恐避之不及，好像躲怪物似的。"

辛薇对孔若君说："我要见殷青。"

孔若君问："干什么？我还没对他们说阿里巴巴是你。"

孔若君担心辛薇是去找殷青算账。

"我想她。"辛薇说，"现在就去。"

孔若君看辛薇的父母。

辛母说："我的女儿我了解。你带她去吧。没事。"

辛父说："我开车送你们去。"

汽车停在孔若君家楼下，孔若君对辛薇说："能让我先上去打个招呼吗？要不太突然了。"

辛薇同意。

孔若君进家门时看见家人都傻坐着不知等什么。

孔若君对殷青说："小青，有人要见你。"

"谁？"殷青感觉奇怪。范晓莹和殷雪涛也对孔若君的脸部表情表示纳闷。

"阿里巴巴。"孔若君缓冲。

"你见到阿里巴巴了？怎么样？她干吗要见我？"殷青问。

"阿里巴巴的真名叫辛薇。"孔若君说。

殷青、殷雪涛和范晓莹的眼球都不会转了。

"我不见她！让她滚！"殷青突然大叫。

孔若君说："她很后悔当初对不起你。她知道是咱们变了她的头后，她不但没说告咱们，她还说她是咎由自取。她是真心想见你，有忏悔的意思。另外，我决定今生今世非她不娶。"

殷雪涛对殷青说："按说咱们该向辛薇忏悔。说老实话，以当今的道德水准衡量，她也没有做太对不起你的事。咱们换人家的头，实在不应该。再说从现在看，将来她肯定是你嫂子，对吧？"

殷青不吭声了。

孔若君下楼。

辛薇和孔若君手拉手出现在大家面前。辛薇对殷青说:"我对不起你,本来可能是你当影星的。你应该惩罚我。"

殷青再也控制不住了,她扑上去和辛薇抱头痛哭:"是我对不起你!是我害了你!现在我就让我哥恢复你的头!"

范晓莹、殷雪涛和孔若君为殷青鼓掌。

辛薇说:"不,我陪着你!你的头一天变不回来,我就坚决不变!你哥得听我的。"

范晓莹哭成了泪人。贾宝玉舔了地上的眼泪后,也躲到阳台上呜咽。

"我有个请求。"辛薇说,"把那无辜的居委会主任变回来好吗?"

孔若君一直没恢复居委会主任的头的原因是怕刺激殷青。

"恢复吧。"殷青同意。大家再次鼓掌。

门铃响。是宋光辉。他告诉大家,鉴于电视台播音员在直播新闻时被变头,他的上司责成他调查此事。

"是不是因为小青也变了头,你接触过这种事,所以上司让你调查。"殷雪涛问宋光辉。

"估计是。"宋光辉说,"以我们的能力,找到金国强易如反掌。但我知道他给你们打了恐吓电话,我们依然不能打草惊蛇,必须确保小青的磁盘安全。这真是投鼠忌器。"

孔若君说:"我觉得暂时还是让杨倪找金国强比较稳妥。"

"我也是这么想。但我们会密切注意动向。"宋光辉说。

孔若君要给宋光辉介绍辛薇,宋光辉指着孔若君身上的仪器说他都听到了。

265

第三十一章　走穴淘金

这是金国强平生头一次坐飞机，他尽量掩饰自己的兴奋。他的眼睛几乎没有离开过舷窗，窗外看上去趴在白云上不挪窝的机翼令他感觉不到飞机在做一日千里的飞行。

空中小姐周到的服务使得金国强想在飞机上安家。

飞机着陆时，金国强很有些恋恋不舍，包括飞机和空中小姐。

"老板，你看。"沈国庆站在舷梯上指着下边说。

金国强往下看，那几个边远地区的穴头穿着袖子上挂着商标的笔挺西装站在舷梯下恭候明星大驾光临，他们的身后是数十辆停放整齐的豪华轿车。

"没事，按咱们事先商量好的办。"金国强说完掏出一副平光眼镜戴上。

尽管沈国庆有准备，他还是有些胆怯。沈国庆也戴上平光眼镜。

当边远穴头们看见沈国庆和窦先生身后没有大腕儿时，脸色都变了。

"如果你们耍我们，这次你俩绝对回不去了。"一个边远穴头勃然大怒。

金国强说："你急什么？土包子！明星都来了！如果没带他们来，我们敢来送死？你是猪脑子？"

"他们在哪儿？"

"都什么年代了，懂高科技吗？别看你现在看不见，到演出时一个都不少！"金国强说。

"欺负俺们世面见得少？"

金国强凑到一个边远穴头耳边小声说："你真没听说美国上个月试验成功了隐身药？"

"俺只知道美国有伟哥药，几百元一粒，俺们已经送给俺们这儿的头每人五粒。隐身药？"

金国强说："刚试验成功，还没投放市场，一千五百美元一粒，吃一粒能隐身五小时。这药特受各国明星欢迎，本来他们不能随便逛商场随便去公共场所。有了隐身药，他们哪儿都能去了。我们带这么多明星来，飞机还能安全飞行吗？他们现在都隐身了，就在我们身后，我给你们一一介绍。"

金国强闪开身子，指着空气说："这是杨玮，你们已经认识了，还合过影。这是普彤，你们也见过了。蔡黑风，你别老和陆边边调情，吃了隐身药也不能无所顾忌呀？毕竟是公共场合，这儿还是边远地区，观念还比较朴素。那位是钟喇叭，钟喇叭后边的是程绿。这几个不用我介绍你们都认识，港台天王！"

沈国庆小声对边远穴头们说："你们别给我丢人，真的不懂高科技呀？快和大腕儿打招呼！这些人的脾气你们不是不知道，过热过冷都急，急了就罢演。"

"你们怎么能看见隐身的他们？"有个穴头问沈国庆。

沈国庆指着自己鼻子上的眼镜说："我们戴了特制的眼镜，专看隐身人的。"

"就两副特制眼镜？"那穴头问。

沈国庆从包里掏出几副眼镜，说："这儿还有，你们戴上就看见他们了。不过，有那个病的人戴上也看不见隐身人。"

"什么病？"

沈国庆说："就是你刚才说的和伟哥有关系的病。"

一个穴头对金国强和沈国庆说："我们可不是皇帝的新衣。我们再土，还不至于傻到这个程度。你俩准备写遗嘱吧！"

金国强说："看来我必须给你们扫盲。这样吧，我这里有隐身药，如果我吃了后，你们看不见我了，你们就信了吧？我这儿还有解药，我让蔡黑风吃，他吃了解药就现形了。"

金国强拿出两粒胶囊给边远穴头看。

金国强对着空气说："黑风，你跟我去车上吃药。你吃解药，我吃隐身药。咱们得入乡随俗，到了愚昧的地方，不光演出，还肩负着科普的任务。比背靠背还背靠背。"

金国强在众目睽睽下拿着装有笔记本的包钻进一辆凯迪拉克，他对车里的司机说："对不起，你出去一会儿。"

当蔡黑风从凯迪拉克里出来时，边远穴头们先是瞠目结舌继而欣喜若狂。他们又到凯迪拉克里找金国强，一无所获后，他们服了。

蔡黑风大声对身边的空气说："窦老板，我说不来吧，你非通知我来。这儿的人太土，真的连隐身药都没听说过？害得咱们还得表演！两粒药加起来三千美元，损失太大。"

一个边远穴头一边打开包一边说："这钱由我们付，只不过我们没有美元，三万人民币差不多吧？"

蔡黑风点头接过三万元人民币。

边远穴头们从沈国庆手中拿过特制眼镜，他们要看别的隐身明星。

"看见了吗？"他们互相问。

"看见了，真的是港台天王！"

"陆边边的衣服真漂亮！"

"这么多大腕儿来咱们这地方，我就跟做梦似的！"

都怕别人嘲笑自己不行。

尽管金国强和沈国庆事先约好谁控制不住笑谁输二百万元，金国强还是忍不住笑了。

看到蔡黑风笑，边远穴头们很荣幸。

沈国庆小声对金国强说："老板，我不要二百万，我要……"

金国强小声说："我知道你要什么，回去就给你变头。没出息。"

一位边远穴头对沈国庆说："本地的头头脑脑都在宾馆恭候各位呢，他们准备了盛宴给明星们接风。"

沈国庆说："你们最好派个人先去宾馆和头儿们打个招呼，说清隐身药的事。我这里还有二十副特制眼镜，你们先给头儿们配备上，省得到时候头儿看不见着急。对了，你们刚才说你们的头儿都吃伟哥？这就麻烦了，八成他们戴上眼镜也看不见隐身明星，不像你们几位火力壮的一戴上眼镜就全看见了。"

"是要先去通报一下。把特制眼镜拿上。"一个穴头说。

蔡黑风说："这眼镜五百美元一副。"

边远穴头们一手交钱一手拿货。

先遣人员先去向头儿通报隐身药和分发眼镜。

"咱们也上车吧。"一个穴头对沈国庆说，"不用请窦老板现形？隐身很难受吧？"

沈国庆说："隐身舒服着呢，不冷不热，四季如春，这玩意儿上瘾。你想想，哪儿都能去，还不花钱，什么都随便看……"

"能不能卖给我几粒？高价也行！"那穴头说。

"这药特紧张，以后我给你搞，这次我们带得不多。"

269

"其实也不是我用，是送给头儿，起码能换个处长当当。"

"头儿好不容易当了头儿，隐身多亏？"

"这你就不懂了，隐身后旁听省里的会，甚至去首都……信息不就都掌握了？"

"以你的智商，你不应该今天才知道隐身药呀？"

"我是生生让俺们这地方给耽误了，算了，不说了，上车吧。"

穴头们逐一给隐身明星们开车门。金国强和沈国庆同乘一辆奔驰。车队浩浩荡荡驶出机场，最前边的车还闪烁着警灯。

"我怎么觉得跟出国似的。"金国强小声说。

沈国庆给老板释疑："越穷的地方越讲排场。就是这么穷的。"

车队抵达宾馆时，金国强在车里看见宾馆大厅外站着数十位戴着沈国庆上飞机前从地摊上以每副一元钱买来的劣质眼镜的官员。

文化局长亲自给金国强开车门。

当头儿们看见从车里出来的是家喻户晓的蔡黑风时，他们兴奋了。

一个边远穴头先将文化局邢局长介绍给沈国庆，他请沈国庆和邢局长负责介绍双方。

车辆逐一在头儿们面前停下，车门逐一打开又关闭。看着从车里下来的空气，头儿们不明白自己怎么只看见了一个蔡黑风，却看不见其他的隐身明星。但谁也不说。

邢局长向隐身明星们一一介绍地主："这位是马市长。这位是牛主任。这位是王副主席。这位是李副……"

沈国庆向东道主一一介绍大腕儿："这位是钟喇叭。这是杨玮。这是蔡黑风。这是普彤。这是陆边边。这是港台……"

沈国庆故意把看得见的蔡黑风夹在中间介绍。

头儿们和空气明星热烈握手，说着欢迎的话。

"直接去餐厅吧？饭已经准备好了。"邢局长征求沈国庆的意见。

沈国庆看金国强。

"客随主便。"金国强说。

餐厅里聚集了数十张餐桌，尽管大菜尚未登场，光是餐桌上琳琅满目极尽奢华的冷拼就令金国强垂涎欲滴，他从未经历过如此奢侈的场面。

"马市长，你们可不穷呀！"金国强对身边的马市长说。

马市长对蔡黑风说："蔡先生是挖苦我们，和你们见过的世面相比，我们这里是幼儿园水平。"

每张桌子上对应不同的座位都放置好了人名牌，比如"马市长"，比如"牛主任"。每张餐桌上众星拱月般平摊了一位大腕儿，马市长餐桌上放置的人名牌是"杨玮"。

马市长至今只看到蔡黑风一位大腕儿，其他隐身的明星他都没看见。马市长觉得和看不见的大腕儿同桌用餐不大方便。

"给我换换，我和蔡黑风坐在一起。"马市长对邢局长说。

邢局长赶紧将蔡黑风的人名牌和杨玮的调换。

一个边远穴头一边招呼隐身明星们对号入座一边小声对沈国庆说："这五百美元的眼镜质量也就那么回事，我这副镜片已经掉了六次了。"

沈国庆解释说："美国伪劣产品多着呢！你没去过你不知道。这是他们的国情决定的。你想呀，满大街都卖枪，如果全是货真价实的东西，天天不成枪战片了？所以干脆任其生产销售假冒伪劣枪支，打不响。美国讲平等，如果政府只允许生产假枪不允许生产别的假货，别的商家就会向独立大法官控告政府不民主鼓励不正当竞争。懂了吧？你这副质量还算好的，刚才我看见李副主席的眼镜腿已经折了。所有的腕儿你都看见了吧？这回我可是劳苦功高。"

"都看见了，都看见了，看得那叫清楚。我估计有不少人没看见，他们不好意思说。"那穴头赶紧说。

沈国庆说："照老规矩，演出前你要付全款，要现金和税单。"

"七百万元都准备好了，吃完饭就给你们。"

"别吃得时间太长，一会儿人家还要演出。"沈国庆说。

"那是那是，我已经和邢局长关照过了，不超过一个小时。"

市长先致欢迎词，他代表该市数百万人民对明星的光临表示感谢。

盛宴开始，山珍海味摩肩擦踵鱼贯登场，金国强目不暇接。这是他头一次吃如此丰盛的宴会，当他准备喝盛在一个精致的玻璃碗里的巧克力颜色的水时，坐在隔壁桌子上的沈国庆眼疾手快在千钧一发之际赶过来轻声告诉金国强那水是吃基围虾后用来洗手的，不能喝。

各桌的头儿们陪着摊给各桌的明星用餐，每个头儿都怕同僚发现自己看不见隐身明星，由此他们争先恐后向隐身明星劝酒劝菜。

马主任对着杨玮的人名牌说："我们一家都是你的追星族，你的眼睛有点儿红，是不是坐飞机累的？"

徐副主任马上对杨玮说："我女儿可喜欢你的歌了，她要跟我来见你，我说那不成腐败了？虽然是我的女儿，也不能搞特殊化呀。你戴的手表是劳力士吧？我认识，马市长戴的就是劳力士。"

穆副主席说："杨明星怎么不吃？我们的饭菜不合你的口？"

朱局长说："他们都不敢多吃，一会儿还要演出，更不能喝酒，要保护嗓子，人家是靠嗓子吃饭，不像咱们，不把嗓子喝劈了坐不牢位置。"

每张餐桌上的官员都和隐身明星套磁。觥筹交错，酒香荡漾。

金国强有点儿可怜地主们，他时不时拿着包去卫生间换头，让杨玮、钟喇叭、陆边边等轮换现形。

餐后，金国强和沈国庆在边远穴头的陪伴下到宾馆房间点钱，一个硕大的密码箱里整整齐齐摆放着七百万元现金。

演出前三十分钟，金国强和沈国庆拎着密码箱和装有服装的箱子进入后台化妆室。

沈国庆向当地穴头们宣布纪律：从现在起到演出结束，任何人不得进入化妆室。

金国强从幕布的缝隙往台下看，广场上黑压压的全是人，一眼望不到边。最前排是领导的沙发。这场面对于从未登过台的金国强来说，尽管是顶着别人的头演出，他还是有点儿紧张。

沈国庆看出窦老板有怯场的嫌疑，他建议说："应该让杨玮先上场，这样可以转移观众的注意力。一般都是杨玮压轴，杨玮先出场，有出人意料的作用。"

金国强点头，他对沈国庆说："不要播错歌。"

沈国庆说："老板放心，我是靠掩盖大腕儿假唱起家的，这是我的强项，绝对穿不了帮。"

"你出去准备吧。"金国强驱逐沈国庆。

沈国庆出去后，金国强换杨玮的头，换完头换衣服。

官员入场后，灯光大开。

金国强手拿话筒小跑着出现在舞台上。全场掌声雷鸣。

"朋友们好！我是杨玮！"金国强学着歌星的样子喊叫。

欢呼声掌声。

金国强说："大家可能奇怪，怎么没有报幕的？如今报幕的除了语病连篇还能干什么？什么叫'接下来'？大家知道，上边的东西才能接，下边的东西怎么接？给娃把尿才是'接下来'。"

273

全场笑。

金国强说:"咱们不要报幕的了,他们是晚会的痔疮和盲肠。我们自己报幕。"

鼓掌。

"今天我带给朋友们的第一支歌是《泪雨连绵》!"

掌声雷鸣。《泪雨连绵》是杨玮的成名作。

音乐适时地响起。沈国庆的确身手不凡。

金国强刚唱了第一句就博得了满堂喝彩。他受到鼓舞,开始模仿大腕儿的样子一边唱一边在舞台上来回瞎走,向离他最近的观众招手飞吻。

当金国强近距离看清台下的观众时,他傻了,他还从没见过衣衫如此破烂的人,那一张张风吹日晒皮肤粗糙的脸膛儿虔诚地看着他,金国强鼻子一酸,竟然泪流满面。观众看见杨玮真的泪雨连绵,都拼命鼓掌。金国强哽咽得唱不下去了,后台的沈国庆不知金国强出了什么事,久经沙场的他恰到好处地渐渐关闭音量。

观众以为这是杨玮表演的绝活儿,他们喝彩。

金国强擦着眼泪说:"看到你们这么穷,穿这样的衣服,还花这么多钱看我的演出,我很惭愧。过去我一直觉得我们明星是爷爷,观众是孙子。现在我才明白,我们明星是孙子,观众才是爷爷!没有你们赏钱给我们,我们早喝西北风了。"

观众先是集体一愣,然后对杨玮的话报以雷鸣般的掌声。

金国强越说越激动:"我们住着别墅,坐着汽车,却要不远万里来骗你们那屈指可数的几个钱,真是禽兽不如!我还假唱!"

观众异口同声:"你不是假唱!就算你是假唱,我们也爱听!"

金国强热泪盈眶地说:"我带给大家的第二首假唱是《我的良心在哪里》。"

掌声。

金国强唱。没人相信他是假唱。金国强学着歌星的样子一边唱一边走到台下和观众握手。当金国强的手和农民的手接触时,农民那砂纸般布满老茧的手终于刺破了他的心。

金国强回到舞台上,歌曲结束。金国强到后台的化妆室喝水,沈国庆过来说:"窦老板,太棒了,您是天下假唱第一人,没人敢这么说。越是这么说,人家越相信您是真唱。"

金国强打开密码箱,拿出几捆百元大钞塞进衣兜。

"您干什么?"沈国庆诧异。

"一会儿你就知道了。"金国强说,"你快去准备播歌吧。"

金国强回到舞台上,他拿着麦克风说:"请朋友们告诉我,咱们这儿最穷的是哪个乡?"

"赵集乡。"山呼海啸般的声音。

金国强说:"刚才在吃饭时,马市长对我说,他想和我结对子扶贫帮助一个乡。我决定和马市长向赵集乡捐款扶贫。我捐款十万元,马市长捐款五万元。马市长说了,他卖了手表也要捐款,他的劳力士手表就价值五万元。"

"马市长万岁!"老百姓喊。

马市长不知所措地站起来转身向衣食父母尴尬地致意。

"我把这首《我是一只白眼狼》送给赵集乡的朋友们。"金国强唱歌。

金国强一边唱一边走下舞台,他看见衣衫特褴褛的观众,就走到人家跟前,掏出一张百元钞塞给人家。金国强一路唱一路塞,全场的气氛达到了沸点。人们只见过歌星边唱边握观众的手从观众手里拿钱,还从没见过歌星边唱边给观众塞钱的。全场数十万人跟着杨玮齐唱《我是一只白眼狼》。

连后台见多识广的沈国庆都泣不成声。

金国强觉得表演实在是一种享受。他换了陆边边的头后，模仿女声对观众说："杨玮这么煽情，我也不能落后。刚才牛主任要和我共同帮助本地穷乡僻壤的亚军，我出资十万元，牛主任委托我代表他宣布他出资五万元！"

潮水般的掌声。

金国强看见王副主席有预见性地要溜，他说："王副主席等不及了，他刚才在餐桌上说他要捐十万元，他现在就回家去拿钱，当场兑现。"

掌声。

王副主席赶紧坐下。坐沙发的没人敢再走了。

陆边边也是一边唱一边塞钱，她唱《一个苦孩子》时，专找穷孩子塞钱。她唱《黄昏不老》时，就给老头老婆子塞钱。

全场自始至终没一个观众往明星身边挤向明星伸手要钱。

演出结束后金国强卸妆时对沈国庆说："这儿穷不是老百姓不行，是当官的不行。"

沈国庆说："哪儿穷都是因为当官的不行。"

沈国庆清点账目后告诉金国强他在演出过程中一共捐出去一百五十万元，还剩五百五十万元。

从边远地区回来后，金国强花二百万元买了一座别墅，又花五十万元买了汽车。

金国强说话算数，没有给沈国庆一分钱，而是满足了他的要求。沈国庆毕竟是戏剧学院科班出身，和吕思思过了两天愣是没有穿帮。

"你有表演才能。"在获悉沈国庆成功后，金国强夸他。

沈国庆说："说实话，您有表演天赋。那次走穴，您演得绝了。

我敢说，您如果投身演艺界，连美国好莱坞的大腕儿都得去要饭。"

金国强说："我原来不知道演戏这么有意思，表演是挺上瘾的。"

沈国庆见金国强兴致好，他小心翼翼地说："我有个想法，不知当说不当说？"

金国强说："说。"

沈国庆表情诡秘地说："我有个朋友，您可能知道她，叫黄密。"

金国强笑："人老珠黄的女星，她都有五十岁了吧？怎么，你想变成她丈夫？"

沈国庆说："老板真会开玩笑，我还没落魄到那程度。黄密曾经向我说过，谁能恢复她二十岁时的面貌，她就给谁一百万。"

金国强眼珠一亮，用黄密二十岁时的照片恢复她的青春，对他来说易如反掌，一百万就到手了。

沈国庆添油加醋火上浇油："不是一次性的。您可以每年向她要一百万元保持青春费。如果她拒付，您就复原她脸上的皱纹、眼袋、老年斑和脖子上一圈一圈的肉项链。这样一来，她的银行账号就等于是您的了，还不用登记您的身份证。"

"这买卖我做。"金国强说，"你的智商不低。"

沈国庆赶紧说："我是近朱者赤，老伴随天才左右，傻子也变聪明了。"

金国强哈哈大笑。

第三十二章 贾宝玉功绩卓著

这天晚上，沈国庆从外边回到别墅，他对金国强说："老板，我的一位黑道上的朋友说，最近有人在道上悬赏五百万元找一个叫金国强的人。"

"什么人值这么多钱？"金国强眯着眼睛问。

"听说不是什么大款，只是个大一的穷学生。"沈国庆说。

夜间，金国强躺在床上睡不着。

"殷雪涛还敢找我？得要耍他们。"金国强坏笑，他受沈国庆去吕思思家度假的启发，想出了绝妙的主意。

金国强要顶着殷雪涛的头去殷青家寻开心。

"我是白客我怕谁？"金国强现在是天不怕地不怕。

次日是星期天。早晨一起床，金国强通过114查号台查到了殷雪涛供职的保龄球馆的电话号码。过去殷青跟金国强说过殷雪涛在哪家保龄球馆上班。

"我找殷教练。"金国强拨通电话后说。

"殷教练今天带学员去郊区打比赛，刚走，下午四点以后回来。"对方说。

挂断电话后，金国强说："天助我也，今天玩个痛快。"

金国强按电铃叫睡在楼下的沈国庆。

沈国庆上来问老板有什么事。

"咱们出去，你去准备车。五分钟后出发。"金国强说。

金国强不会开车。他觉得当老板没必要学开车。

沈国庆下楼到车库里备车。

金国强往包里装笔记本电脑和数码相机。

果然不出金国强所料，那家保龄球馆在一进门的地方挂着几位教练的照片和简介，以招徕顾客，其中第一个炫耀的就是殷雪涛。

金国强使用数码相机给殷雪涛的照片拍照。

沈国庆驾驶汽车依照金国强的吩咐停在孔若君家的楼下。

"你下去五分钟。"金国强对沈国庆说。

金国强至今不让沈国庆知道换头是由笔记本电脑完成的。

金国强使用"鬼斧神工"将自己的头变成殷雪涛的头。他想象着自己以殷雪涛的面貌出现在殷青家时的情景，笑得死去活来。

金国强招呼沈国庆回到车里："你在车上等我。"

沈国庆见老板换了头，开玩笑地问："这是哪个女腕儿的丈夫？"

"我不像你那么没出息，残羹剩饭也吃。"金国强一边下车一边说。

金国强再熟悉这条楼道不过了，他站在殷青家门口，按门铃。

孔若君和殷青分别在自己的房间里上网和各自的恋人聊天。范晓莹在卫生间洗衣服。

范晓莹听见门铃声，她擦干手上的水，从门镜往外看。

是殷雪涛。

范晓莹开门，说："你的钥匙呢？怎么没去打比赛？"

"抓不到金国强，我没心思打比赛。"金国强进来关上门后说。

范晓莹在丈夫脸颊上吻了一下，说："也是。这个金国强一天不抓到，咱们一天不安生。"

令金国强始料未及猝不及防的事发生了：贾宝玉声嘶力竭地狂吠着从孔若君的房间里冲出来，它亮出恶狗的架势扑到金国强身上，撕咬他。

"贾宝玉！你干什么？"范晓莹大喝。

孔若君和殷青闻声从各自的房间跑出来，他们被眼前的惨景惊呆了：贾宝玉疯狂地咬殷雪涛，殷雪涛身上血迹斑斑。

"贾宝玉！住口！你疯了！"孔若君怒吼。

"爸！你快躲到卧室去！"殷青提醒爸爸。

范晓莹不顾一切地拦在殷雪涛和贾宝玉之间，贾宝玉顽强地拱开范晓莹，继续攻击殷雪涛。

孔若君拿起酒柜上的一个保龄球瓶，他冲到贾宝玉身后，举起保龄球瓶，狠命朝贾宝玉后脑勺砸下去。

范晓莹估计，孔若君这一瓶子砸下去，贾宝玉就没命了。

"别砸！！！"殷青突然大喊。

孔若君用力太猛，他已然刹不住车。

只见殷青扑过来，用身体将孔若君撞到一边，保龄球瓶砸碎了酒柜上的玻璃。

"你干吗？"见贾宝玉还在不依不饶地噬咬殷雪涛，孔若君质问殷青。

"他不是爸爸，他是金国强！"殷青说。

孔若君和范晓莹半信半疑。

殷青指着衣服已经被贾宝玉撕成布条的金国强裸露的右臀说："金国强的黑痣，他的专利。"

孔若君问母亲："我继父没有？"

范晓莹说："你生父左边有。继父晴空万里。"

孔若君对必欲置金国强于死地而后快的贾宝玉说："宝玉，我们已经知道他是金国强了，你不要再咬了，咬死了，咱们就找不到殷青的磁盘了。"

贾宝玉停止撕咬。

孔若君踢了一脚躺在地上的金国强，说："我看你是忘乎所以了，竟然自己送上门来了！说，磁盘在哪儿？"

金国强咬着牙坐起来，他说："你们立刻放我走，否则就是非法拘禁！"

有人敲门。范晓莹一看外边是宋光辉，就开了门。

宋光辉带着两名彪形大汉进来，他对金国强说："我抓你就不是非法拘禁了。再说你是私闯民宅在先。"

"铐上！"宋光辉对手下说。

范晓莹对宋光辉说："你来得很是时候。"

宋光辉说："我通过若君身上的仪器一听到就赶来了。"

"磁盘在哪儿？"孔若君问金国强。

金国强说："你们扣着我，三十分钟后我不回去，就有人删除磁盘。"

宋光辉冲金国强冷笑："看电影看多了吧？拿我们当小孩儿？"

"带我们去你的住处。"孔若君对金国强说。

"我不说，你们永远也找不到我住在哪儿。"金国强吐出一颗被贾宝玉咬掉的门牙。

宋光辉对金国强说："楼下那辆车是你的吧？司机也像你一样是铁嘴钢牙？"

金国强傻眼了，他冲窗外大喊："沈国庆快跑！"

宋光辉给了金国强一拳，金国强倒在地上呻吟。

正在车上听歌的沈国庆面对两边车窗上出现的漆黑的枪口，尿了一裤子。

"我带你们去他的别墅。"没等宋光辉要求，沈国庆就说。

宋光辉将从车里找到的金国强的笔记本电脑拿给楼上的孔若君："看看小青的照片会不会在里边？"

孔若君打开金国强的笔记本电脑，他没找到殷青的照片。

看到笔记本电脑里有殷雪涛的照片，范晓莹说："把金国强的头换回来，他老顶着雪涛的头，我看着别扭。"

孔若君复原金国强。

殷青冲上去狠狠打了金国强一个嘴巴。

"咱们抓紧去他的住处找磁盘。"宋光辉说。

"你们绝对找不到。"金国强狞笑。

"带上贾宝玉。"宋光辉看着金国强说。

金国强瘫在地上。

殷青看出有戏，她说："我也去。"

孔若君回自己的房间拿上辛薇照片的备份磁盘，他给在网上等他的辛薇打字：随时注意你的头部！一会儿见！

殷青也回自己的房间，她想告诉杨倪喜讯，但杨倪已经不在网上了。殷青拿上自己喜爱的那本动物画册。

反间谍行动组的四辆车在沈国庆的指引下闪着警灯风驰电掣般驶向金国强的别墅。车上分别有孔若君、殷青、范晓莹、宋光辉、贾宝玉和金国强。

没有贾宝玉绝对找不到殷青的磁盘。金国强将磁盘藏在饮水机里边。贾宝玉进门直奔饮水机，一点儿弯路都没走。

孔若君对宋光辉说："能麻烦您派人将辛薇接来吗？"

宋光辉拍案叫绝："好主意。"

辛薇赶到后，她怒视金国强。

"打就打一下吧，我没看见。"宋光辉对辛薇说。

辛薇说:"我不打他,我怕脏了我的手。"

孔若君打开金国强的笔记本电脑,他激动地问殷青和辛薇:"先恢复谁?"

殷青和辛薇异口同声:"当然是她!"

孔若君先复原了殷青的头,再复原辛薇的头。

辛薇先是和殷青拥抱,她再和孔若君拥抱。殷青在外围紧紧抱着他俩。

范晓莹也入围。

金国强在一旁沮丧地看着这场面。

宋光辉掏出手机给崔琳打报喜电话。

辛薇从人圈里伸出美丽的人头冲宋光辉说:"叔叔,麻烦你让崔律师转告制药九厂,我愿意继续给钙王当形象代表,不过每周只能在电视上播一次。"

孔若君想起了什么,他对宋光辉说:"金国强的笔记本电脑里有个叫'人质'的文件夹,被他换了头后没换回来的人的原始照片都在这个文件夹里,我把他们都复原了吧?"

宋光辉问:"'人质'里被绑架的都有谁?"

孔若君说:"有电视台的两个播音员、一个美国教授和一个叫黄密的女演员。"

宋光辉点头:"全复原了。"

孔若君完成。

金国强嘀咕:"黄密最惨,白扔了一百万。"

宋光辉问金国强:"你说什么?"

金国强苦笑,不回答。

"怎么处置金国强?"孔若君问宋光辉。

宋光辉将孔若君拉到一边,小声说:"你最好马上删除'鬼斧神工'，我不想让我们头儿知道白客的事。所以我不能抓金国强，抓了就得审，我们那些预审员都是教授级的，他们还没张嘴，金国强就会和盘托出。我担心头儿万一找你要求你再编制'鬼斧神工'。你清楚，哪个国家的情报部门都会对白客感兴趣。当然我们头儿也不一定，但咱们还是稳妥点儿好。"

孔若君点头同意。

看到孔若君要删除"鬼斧神工"，殷青说："且慢！"

大家都看殷青。

"既然不抓金国强，必须给他点儿教训。"殷青说。

"算了……"孔若君劝殷青。

殷青哭了："他害我害得太苦，我不能饶恕他……"

孔若君想起金国强在殷青变头后来诓殷青的事，金国强是太损了。

"怎么教训他？"孔若君问。

"把金国强的头变成蟑螂头，再删除他的原始照片，让他永远变不回来。"殷青看着金国强说。

金国强大叫："殷青！我杀了你！活该我把你给……"

辛薇大喊："我同意殷青的办法！"

范晓莹也说："我同意！"

孔若君听到金国强用不堪入耳的话骂殷青，他也说就按殷青说的办。

宋光辉说："罪有应得。"

孔若君使用金国强的数码相机给金国强拍照，金国强低头躲闪，辛薇和殷青上前扳过金国强的脸。孔若君按下快门。

殷青打开她的画册，翻到有蟑螂的那页。孔若君用数码相机翻拍蟑螂。

孔若君将金国强和蟑螂的照片输入电脑。

"鬼斧神工"将蟑螂头安到金国强的脖子上。

孔若君对殷青说:"小青,你操刀。"

殷青的手放在鼠标上,她看着金国强。殷青想好了,只要金国强告饶,她就放他一马。

"你们都不得好死!"金国强咬牙切齿。

殷青毅然按了"确定"。

金国强的头在众目睽睽下变成了蟑螂头。

"删除他的原始照片吗?"孔若君问殷青。

所有在场的人都清楚,只要删除了金国强的这张原始照片,他的头就永远不能复原了。

殷青再看金国强。

"一群王八蛋!"金国强用蟑螂嘴骂道。

殷青摇摇头,略显遗憾地删除了金国强的原始照片。

孔若君随后删除了金国强电脑里的"鬼斧神工"。孔若君想好了,一会儿回家后他要做的第一件事就是删除自己电脑里的"鬼斧神工",让白客从此在这个世界上永远消失。

范晓莹提醒殷青:"快告诉杨倪。"

殷青打杨倪的手机。

第三十三章　生死搏斗

　　星期日上午，在宿舍和殷青在网上聊天的杨倪忽然接到满天打来的电话，满天说他们抓到了金国强，让杨倪快去。

　　欣喜若狂的杨倪正准备将这个消息告诉殷青，遗憾的是殷青不知为什么不在网上了，杨倪当然不可能知道殷青离网是去劝贾宝玉不要咬殷雪涛。杨倪火速赶往满天在电话里告诉他关押金国强的地方。

　　杨倪一进门就问："金国强在哪儿？"

　　满天和王志柱一拥而上，将杨倪按在地上，满天使用宽胶带将杨倪缠死。

　　"你干吗？"杨倪质问满天。

　　满天说："应该是我问你干吗！你要当叛徒，我们如果不杀你，我们肯定活不成。这叫正当防卫。我真后悔供你上大学，你读书读坏了良心。"

　　"我哥呢？"杨倪问满天，他担心哥哥已遭不测。

　　"杨照马上就来。"满天说，"我是明人不做暗事，我杀你也是为了保护杨照。"

　　杨照来了，他看见地上被捆得不能动弹的杨倪，吃惊地问满天和王志柱："你们这是干什么？"

　　满天拿出刀子，说："杨倪要重新做人，这你已经知道了。咱们犯的都是死罪。自首也没有宽大的可能。何况咱们凭什么去自首？弱智呀？杀了杨倪，咱们可能活下去。不杀他，咱们肯定死。"

杨照问杨倪："你能不去自首吗？"

杨倪说："不能。"

满天看杨照。

杨照伸手向满天要刀子："要杀我杀。"

满天将刀子递给杨照。杨照拿着刀子突然刺向满天。满天没想到杨照这一手，他捂着伤口对王志柱喊："还愣着干什么？给我刀子！"

王志柱将他的刀子扔给满天。

满天和杨照搏斗，双方滚在一起，刀子不停地进出对方的躯体。最后两个人面对面倒在地上。满天的肠子先流了出来，杨照的肠子也跟着流出来。双方的肠子搅在一起，继续厮打。

满天有气无力地对王志柱说："你杀了杨倪……"

王志柱拿起地上鲜血淋漓的刀子，朝杨倪走过来。

杨倪什么也不说，他闭上眼睛等死。

王志柱的刀子触及杨倪的皮肤，是在割胶带。

杨倪睁开眼睛。

王志柱泪流满面地说："杀你，我还真下不去手……你为什么要自首？咱们原来多好……都被你毁了……"

松绑后的杨倪说："不是毁，是救。像咱们原来那么干，迟早得死。"

杨倪的手机响了。殷青告诉他，她的头已经复原，金国强已经罪有应得。她问杨倪在哪儿。

"我的哥们儿要杀我，事情已经过去了，我准备现在自首。"杨倪说。

殷青说:"我支持你自首。进去时,你填表一定要在亲属栏写上我的名字,我的称谓是你的未婚妻。"

杨倪热泪盈眶:"我一定照你说的填表,如果有填表这一项的话。"

殷青说:"我天天去探监。"

杨倪说:"我不是去住宾馆。怎么可能天天可以接待访客。"

殷青说:"没准就宽大了,你是自首呀!"

杨倪说:"你不知道我经手的案子的性质,我是学法律的,我懂。"

殷青说:"从死缓以下,我都等你!含死缓。"

杨倪说:"如果是死刑,来世你只能嫁给我。"

殷青说:"这应该是我说的话,来世你只能娶我。"

由于杨倪的手机档次很高,王志柱在一边将双方的对话听得一清二楚。王志柱对杨倪感叹:"难怪你自首,换了我,找到这份爱,我根本坚持不到今天才自首。你可真沉得住气。"

杨倪打110。

"这里是110报警电话,请讲。"110说。

"我是罪犯。自首。除警车外,再来一辆救护车。地址是……"杨倪说完将手机从窗户扔了出去。

第三十四章　结局

辛薇复出后，更受影迷欢迎。在她的力荐下，一大牌导演起用殷青出演故事片《生化保姆》中的肖慧勤。殷青因此片一夜走红，成为与辛薇齐名的影后，名利双收。

汪导力邀辛薇和殷青联袂主演《并蒂莲》，该片获得本届奥斯卡最佳故事片奖。评委在决定将最佳女主角奖授给辛薇还是殷青时，根本无法达成共识，最后破了奥斯卡奖的先例，将本届最佳女主角奖同时授给辛薇和殷青。

辛薇已和西部制药九厂握手言和。由于有辛薇做代言，"钙王"畅销全球，连美国第一、第二夫人都天天狂喝。

满天被法院判处死刑，立即执行。杨倪是首犯，亦被判处死刑，因其有自首立功表现，缓期两年执行。杨照被判无期徒刑。王志柱被判有期徒刑二十年。满天的妻子被判有期徒刑十五年。

殷青每周到监狱探视杨倪。杨倪表示一定要在监狱有上佳表现，以获得减刑。殷青则表示，不管减刑与否，她都死心塌地等杨倪，如果两年后杨倪被执行死刑，她就一直等到下辈子。由于殷青成名后对媒体很低调，也从不参加电视台大众文化类的娱乐节目，因此，杨倪服刑的监狱就成为媒介能见到殷青的圣地。每到殷青探监的日子，俨然是监狱的节日。监狱门口人山人海，盛况空前，被称为"殷青一条街"。

取消殷青入学资格的那所电影学院追悔莫及，院长率全体教职员工乞求殷青收下该学校孝敬她的毕业证书。殷青一反报复的常态，竟然笑纳。崔琳闻知此事后感慨道：我的女儿真正成熟了。

孔若君创办了自己的电脑公司。孔志方跳槽给儿子打工，出任孔若君电脑公司副总经理。孔志方首先靠新款鼠标一炮打响，孔若君获得授权后将其定名为"皮皮鲁鼠标"。该鼠标除具有鼠标原有功能外，使用者只要手攥皮皮鲁鼠标，电脑屏幕的右下角就会出现使用者的体温、脉搏、血压、心脏工作是否正常等数据。如果使用者在使用电脑时身体出现意外，鼠标会自动通过互联网向急救中心求救。皮皮鲁鼠标获得专利后投放市场供不应求，在短短的三个月里，畅销全球八千万个。孔若君电脑公司已在美国纳斯达克上市股价飙升，孔若君已是亿万身家。孔若君陪辛薇出席奥斯卡颁奖典礼。他和辛薇决定与殷青杨倪同时举行婚礼。为此，孔若君和辛薇期盼杨倪减刑的心情比殷青还迫切。

金国强独树一帜与众不同全球唯一的蟑螂头被好莱坞星探相中，星探认定金国强的蟑螂头有巨大的市场价值。金国强因此得以到美国好莱坞发展。著名编剧约翰逊为金国强度身定做的多集电影《蟑螂009》获得空前成功，第一部的票房就突破二百亿美元。金国强的超级表演天赋令全球影迷为他疯狂。金国强的每部片酬已逾一亿美元，还不包括后期分账。金国强已是美国头号影帝加影界首富。好莱坞凡人不理的影后朱丽叶已和金国强屈尊在白宫举行了婚礼。金国强获得本届奥斯卡最佳男主角奖。

在颁奖典礼上，金国强邂逅辛薇、殷青和孔若君。金国强由衷感谢殷青动议将他变成蟑螂头。金国强还小声告诉孔若君说，他当初早就防患于未然复制了一百五十份"鬼斧神工"软件。孔若君闻声大惊失色。金国强说你放心，我不会拿出来用。我如果拿出来，我的饭碗就砸了。孔若君细想觉得金国强的话很有道理，他才如释重负。金国强临上劳斯莱斯时挽着袒胸露背的朱丽叶的胳膊对孔若君说，如果他有混不下去的那一天，没准白客还会东山再起。孔若君呆若木鸡，当即决定今后他的公司将主要精力放在开发反白客软件上。

殷雪涛和范晓莹友好离婚，双方拥有共同的离婚理由：企图拥有更多的继子继女。

贾宝玉已婚，太太是歌星杨玮家的母狗，芳名林黛玉。目前贾宝玉和林黛玉两地分居。贾宝玉对于双方主人心血来潮式的包办婚姻和完事后立马棒打鸳鸯的做法颇有微词，但敢怒不敢言。

宋光辉的头儿向其询问换人头事件的侦查结果，宋光辉顾左右而言他，还说他保证不会再有电视台的播音员在直播新闻时被换成动物头。头儿说你拿我当傻子，我搞反间谍工作时你还穿开裆裤呢。你手下有两名组员是我的人，他们除了听你指挥外，还替我监视你。你头一次跟踪杨倪我就知道。你身上有我的窃听器，就是我送给你的打火机。只不过我和你在白客的问题上看法碰巧一致，我也不愿意让白客祸害世界，所以我就默许了你的做法。不过有一句话我说在前边，你那个继子孔若君——如果能叫继子的话，反正你们家够乱的——我需要他的时候，你要责无旁贷地叫他来。那小子是个天才，必要时，我想委托他给咱们设计战区间谍防御系统，当然该系统绝不会简称TMD。

金国强走穴演出后，那边远贫困地区的头儿们由于和明星联手慷慨解囊扶贫而在人民群众中威信骤增。头儿们就坡下驴，一反常态全身心投入领导人民群众脱贫，使得该地区迅速摘掉国家级贫困帽子，由此导致公款参观取经者络绎不绝，旅游会议收入成为该地区新兴的无烟工业，致使该地成为全省首富地区。

黄密放话要追杀沈国庆，沈国庆惶惶不可终日。一日，沈国庆于百无聊赖中偶然花五元钱买了张彩票，竟然中了一千万元的巨奖。沈国庆背上五百万元向黄密负荆请罪，黄密转怒为喜和沈国庆捐弃前嫌。

孔若君和孔志方再次去见郑渊洁，将白客事件自始至终详细告诉郑渊洁。郑渊洁如实记录，一气呵成，写了三十万字，定名为《白客》。《童话大王》杂志社将《白客》中不适合未成年人阅读的内容逐一验明正身挥泪斩马谡，悉数删除忍痛割爱。余二十万字。

2000年7月20日至8月7日

写于北京皮皮鲁城堡

（全书完）

白客

作者_郑渊洁

产品经理_来佳音　　装帧设计_何月婷　　封面插画_张弘蕾
技术编辑_陈皮　　　责任印制_刘世乐　　出品人_曹俊然

果麦
www.guomai.cn

以 微 小 的 力 量 推 动 文 明

图书在版编目（CIP）数据

白客 / 郑渊洁著. -- 昆明 : 云南人民出版社, 2024.10. -- ISBN 978-7-222-22880-1

Ⅰ.I247.5

中国国家版本馆CIP数据核字第20243FL061号

责任编辑：刘　娟
责任校对：陈　迟
产品经理：来佳音

白客
BAIKE

郑渊洁　著

出版	云南人民出版社
发行	云南人民出版社
社址	昆明市环城西路609号
邮编	650034
网址	www.ynpph.com.cn
E-mail	ynrms@sina.com
开本	710mm×960mm　1/16
印张	18.75
印数	1—5,000
字数	226千字
版次	2024年10月第1版第1次印刷
印刷	嘉业印刷（天津）有限公司
书号	ISBN 978-7-222-22880-1
定价	49.80元

如发现印装质量问题，影响阅读，请联系021-64386496调换。